KB119863

세속 도시의 시인들

■ 일러두기

_ 이 책에서 인용하고 있는 시와 산문, 인터뷰 등은 출판권을 가진 출판사와 작가의 동의를 얻어 수록했습니다.

_ 작품의 출처와 발행 연도는 초판을 기준으로 실었습니다.

세속 도시의 시인들

삶의 진부함에 맞서는 15개의 다른 시선, 다른 태도

김정환 / 황인숙 / 이문재 / 김요일 / 성윤석 / 이수명 / 허연
류근 / 권혁웅 / 김이듬 / 문태준 / 안현미 / 김경주 / 서효인 / 황인찬

김도언 인터뷰집

로고폴리스
LOGOPOLIS

머리말

개인적인 의지와 출판사의 아이디어가 겹쳐, 작년 초여름부터 세밑까지 분주하게 시인들을 만나고 다녔다. 매달 두 명의 시인과 마주 앉아 그들이 들려주는 이야기에 귀를 기울였다. 내가 관심을 가졌던 것은 시인들이 세상과 타자와 관계를 맺는 방식과 감정 소비자로서 그들이 가진 고유한 태도는 어떤 것인가 하는 것이었다. 폭압적이라 할 만한 퇴행적 정치와 물신주의의 광풍에 시인들이 자신을 어떻게 방어하고 있는지도 관심사였다. 시인들은 그 누구보다도 실존적 조건에 민감하면서 자본에 취약한 것으로 알려져 있기 때문이다. 이 같은 취지에 집중하기 위해 시인들의 작품에 대한 문학적 접근, 이를 테면 작품의 비평적 분석이나 시론 리뷰 같은 것은 일부러 자제했다. 사실 그것은 하고 싶어도 할 수 없는, 내 능력 밖의 일이기도 했다. 나는 소설을 쓰는 동안 내게 익숙해진 서사적 원리를 적용해 시인들의 이야기를 사실寫實적으로 구성하는 데 더 큰 관심을 기울였다. 원고의 형태가, 품평과 해석과 감상을 녹인 에세이가 아니라 콘텍스트를 살리면서 육성을 그대로 전달하는 '지문+대화'의 형식을 띠고 있는 것은 그 때문이다.

내가 만난 시인은 모두 열다섯 명이다. 김정환, 황인숙, 이문재 등 1950년대에 태어난 시인부터 서효인, 황인찬과 같은 1980년대생까지 연령대가 다양하고 등단 시기도 1970년대부터 2010년대에 이르기까지 그 폭이 넓다. 그중에는 이미 셀 수 없이 많은 저서 목록을 가져서 명실공히 우리 시대를 대표하는 저술가로 알려진 시인도 있고, 등단 후 십수 년이 지나는 동안 단 한 권의 시집만을 상재한 시인도 있다. 유적이 발굴되듯 등단 후 한참이 지나고서야 작품 세계를 인정받은 시인도 있고, 첫 시집부터 폭발적인 관심을 받으며 젊은 시인을 대표하는 자리에 선 시인도 있다. 자연스레 변별적인 위치에 선 시인들의 다성적인 목소리를 수집할 수 있는 환경이 만들어졌다. 재미있는 것은 시인들의 개별적인 서사를 정리하는 과정에서 필연처럼 1980년대 이후 한국 현대시사의 어떤 연결 고리가 만들어졌다는 것이다. 그 연결 고리는 어떤 부분에서는 서로 길항하고 어떤 부분에서는 호응하고 어떤 부분에서는 화해하면서 나아간다. 예를 들어 권혁웅 시인의 증언을 먼저 읽고, 이수명 시인과 이문재 시인의 증언, 그리고 김경주 시인의 고백을 함께 읽으면 2000년대 시단의 풍경과 풍속이 입체적이고 오롯하게 그려진다는 것이다. 또한 나는 편협하게 알려져 있는 시단 주류의 생태를 바로 알리는 동시에 자발적인 소외를 감행하는 비주류 시인들의 목소리를 골고루 담기 위해 노력했다. 아웃사이더를 자처하는 성윤석, 김요일, 류근 시인의 목소리는 그런 면에서 시단 풍경의 총체성을 보완하는 희유한 텍스트라 할 만하다.

만나보고 싶은 시인들의 목록을 정하면서 나는 몇 가지 원칙과 기준을 만들었다. 나는 먼저 가급적 개성적인 스타일이 농후한 시인을 만나고자 했다. 시인의 독자적인 스타일이란 쉽게 말하면 시인이 구사하는 문법이 그가 가진 세계관과 결합하면서 만들어지는 것이다. 스타일은 그러니까 정신의 태도나 외화적인 포즈, 삶의 전략 같은 것들을 포함한다. 개별적인 차원에서 보면 스타일이 없는 시인도 있을까라는 회의가 있을 수 있다. 하지만 나는 고집스럽게 자신의 스타일을 만들어간 시인에게, 그 명백한 증좌를 가진 이들에게 끌렸다. 이를테면 좌고우면 하지 않고 화이부동和而不同을 실천하는 태도 속에서 만들어진 시인의 스타일에 매혹된 것이다. 이와 같은 맥락에서 또한 나는 가급적 텍스트의 바깥에서조차 문제적 삶을 살고 있는 시인들을 만나고자 했다. 텍스트의 환영幻影에 갇힌 문학주의자가 아니라 그 바깥에서 부단한 모욕과 쟁투를 벌이면서 삶의 서사를 써내려가는 시인을 우선적인 인터뷰 대상으로 고려했다. 그들과 나눈 대화 속에 가족사와 입지전, 자신들이 지켜내고 있는 생활에 얽힌 이야기가 빈번히 나오는 것은 이 때문이다. 콤플렉스라는 혐의 때문에라도 쉽게 꺼내기 어려웠을 이야기를 성실하게 들려준 시인들에게 이 자리를 빌려 깊은 감사의 말씀을 드리고 싶다. 그들의 고백은 불가해한 시편들의 유효한 알리바이로 독자들에게 주어질 것이다.

편애를 무릅쓰고 말하건대 현 단계 우리 시단을 대표한다고 믿는 열다섯 명의 시인을 만나는 동안 나는 한두 가지 공통된 것을 느꼈다. 그것은 눈앞에 덧씌워진 흑암이 거두어지는 것과 같은 즐거운 '눈뜸'이었다. 나는 이들에게서 먼저 자유와 용서라는 공통점을 발견했다. 내가 만난 시인들은 하나같이 다른 시인을 의식하지 않았다. 자신들이 그려나가고 있는 좌표에 충실할 뿐 다른 이들의 동선을 염탐하지 않더라는 것이다. 당연히 누구와 비교되는 것도 마뜩찮아 했다. 그것은 부단히 자기부정과 자기갱신을 감행해본 자들이 가닿은 자유로움 같은 것으로 여겨졌다. 예컨대 "Omnia mea mecum porto(나는 내 모든 것을 지니고 있다)"라는 말을 가장 잘 이해하는 자의 태도를 나는 이들에게서 보았던 것이다. 또한 내가 만난 시인들은 세계와 타자에 대한 깊은 연민을 용서라는 주제와 연결시키고 있었다. 이들은 자신의 고통을 용서하고 가족을 용서하고 타자와 세계를 용서하는 과정에 참여하고 있었다. 그것을 주체자인 동시에 대리인의 자격으로 수행하고 있었다. 이들은 또한 용서하면서 용서 받고자 했다. 첨단의 감수성과 긍휼의 상상력으로 자신의 순결과 야만을 용서받고자 했다. 그렇게 용서의 소비자로서 세계 앞에 서 있고자 했던 시인들의 순정이 눈부셨다.

시인들과의 인터뷰는 세 계절을 지나면서 여러 곳에서 행해졌다. 시인의 집에서, 연희문학촌 도서관에서, 도심 카페에서, 대학교 교정에서,

주점에서, 근무처 사무실에서, 강의실에서, 어항을 낀 바다에서 시인들은 수상하고 어설픈 인터뷰어의 질문을 받아냈다. 내가 시인들에게 건넨 질문 중에는 아마도 되먹지 못한, 어리석기 짝이 없는 것들도 있었을 것이다. 그럼에도 내색하지 않고 성실하게 답해준 시인들의 관대함과 후의에 깊은 감사를 드리고 싶다. 이 각별한 시인들의 성실하면서도 솔직한 육성을 눈앞에서 들었던 나는 아마도 그 세 계절 동안 가장 행복한 사람이었을 것이다. 나는 이 인터뷰집이 유의미한 '문학사회학적' 텍스트로 받아들여지길 원한다. 대개의 시인 인터뷰는 새 시집이 출간되거나 문학상 수상을 하거나 문예지의 특집기획 같은, 시인이 처한 시의적 사안과 연동되기 마련인데, 우리의 인터뷰는 그런 인위적인 조건을 조금도 고려하지 않은 것이었다. 그런 면에서 감히 오염되지 않은 텍스트라고 할 수 있다. 나는 이 인터뷰집이 시인에 대해 우리 사회가 가지고 있는 느슨하면서도 허술한 시선, 그리고 강고한 편견이 수정되는 데 조금이라도 도움이 되었으면 한다. 그래서 시인의 다양한 태도와 시의 다성적인 목소리들이 골고루 존중받을 수 있기를 바란다.

마땅히 감사드려야 할 분들이 있다. 먼저 책에 귀한 추천의 글을 보태주신 황현산 선생님과 신형철 씨께 깊은 사의를 표한다. 두 분이 앞서 보여준 우리 시에 대한 애정은 늘 나를 각성시켰다. 두 분이 내 글을 읽었다는 걸 상상하는 것만으로도 나는 참 황홀하다. 아울러 인터뷰 시리즈를 공동으로 기획하고 아낌없는 지원을 해주신 로고폴리스 김정희 대표님과 멋진 책으로 만들어준 김경은 팀장님, 늘 동행하면서 시인의 얼굴을 담아준 이홍렬 사진작가님께도 뜨거운 감사의 인사를 전한다. 이분들의 정성과 협조가 아니었으면 인터뷰가 온전히 진행되긴 어려웠을 것이다. 인터뷰가 진행될 때마다 지면을 마련해준 Yes24 채널예스팀에게도 심심한 사의를 표한다. 마지막으로 이 인터뷰집에는 담기지 못한, 내가 아직 미처 만나지 못한 더 많은 시인들께 죄송한 말씀과 아울러 표현되지 못한 성원과 지지를 보내고 싶다. 당신의 목소리 역시 몹시 궁금했다는 말과 함께.

2016년 봄의 길목에서

김도언

■

차

례

■

Coffret
7 CD
René Jacobs

김
정환,

인문주의적 파르티잔의 길

죽음이 있으니 인생에 불가능은 당연히 있고 문제는 언제 어디서부터 불가능인가, 불가능한가다. 죽음이 끊임없는 (불)가능의 변증법을 모두 치르거나 겪고 난 후에도 있는 마지막 불가능이고 가능이다. 그 이전 불가능은 대개 지쳤거나 게으른 것에 다름 아니다. 잔당殘黨의 울화를 닮은.

김정환, 〈현실의 물증, 접속사로서의 죽음〉 중, 《21세기 문학》(2015년 봄호)

시인,
공적인 죽음을 말하다

합정동에서 양화대교로 한강을 건너면 바로 당산동이다. 거기 오래된 아파트에, 거실 한가운데 놓인 책상 앞에 한 시인이 정물처럼 앉아 있다. 그는 그냥 있을 뿐인데 사람들이 그를 마음대로 사용했다. 신기한 것은 수많은 이들의 손을 탄 이후에도 그는 그대로, 처음처럼 닳지 않고 남아 있다는 것이다. 닳지 않고 그냥 거기에 있는 사람, 시인 김정환 얘기다.

가장 최근의 것으로 보이는, 시인 서효인이 한 인터뷰(《21세기문학》, 2015년 봄호)에서 그는 의미심장한 말을 했다.

사실 모든 시는 정치적이야. 김수영이 모든 좋은 시에는 죽음의 리듬이 있다고 말한 것, 그게 바로 정치적인 것이라는 말이야. 정치는 공적인 것과 사적인 것을 나누는 일인데, 공적이라는 것은 세상을 좀더 나은 방향으로 가게 하기 위한 자기 죽음 같은 거거든. 일단 죽음을 통과해야 당대의 미학을 끌고 나갈 수 있다는 것이지. (그렇다면 그건) 공적인 희생이라고 말할 수 있겠지.

공적인 죽음과 공적인 희생. 그가 죽음과 희생에 대해 말하고 있다는 것이 내게는 어딘지 심상치 않게 다가왔는데, 자신이 선택해 자신의 입으로 발음한 그 단어들이 자기가 끌고 나갔던 문학적 삶에 어떤 영향을 미쳤는지 그가 연역적으로 재구성하는 데 관심이 있는 건 아닐까, 그러니까 그가 해온 모든 방대한 작업이 공적인 죽음을 이해한 자의 의식과 연관되어 있는 것은 아닐까 하는 추정을 가능케 했기 때문이다.

그는 앞서 얘기한 강변 동네의 오래된 아파트에서 수십 년째 살고 있다. 이 한결같음은 시인으로서, 저술가로서, 그리고 번역가로서의 그의 삶의 전모를 이해하는 데 제법 중요한 실마리가 된다. 글을 쓴다는 것은 사실 매우 적극적이고 구체적인 행위다. 그 행위의 구체성이 시인과 작가의 세계를 구성하는 것일 테다. 시인은 군인이나 경찰처럼 신분적 존재가 아니라 행위적 존재라는 말은 이 같은 맥락에서 이해되어야 한다. 그런데, 행위란 운동성을 지니는 것이어서 지속 가능한 상태를 유지하는 것이 여간 어려운 게 아니다. 더군다나 그게 사유에서 의미를 뽑아내는 일임에야 더 말할 나위도 없다. 그런데, 내 생각에 글쓰기라는 '행위' 속에서 가장 적확하게 정의되고 있는 시인이 바로 김정환인 듯하다. 그 말고 누가 중단 없는 '행위'의 운동성을 통해 자신이 시인이라는 것을, 당대의 지식인이라는 것을 의심의 여지없이 증명해 보였는가. 그가 그동안 펴낸 책은 물경 이백 권. 일 년에 한 권씩 펴내도 이 년, 일 년에 두 권을 펴내도 백 년이 걸리는 놀라운 양이다. 글만 쓰는 게 아니다. 그는 우리나라 최초로 셰익스피어 전집과 세계 현대 시인들의 전집을 번역하고 있다. 이 멈추지 않는 운동성의 행위는 행위 자체에 대한 객관적 타자성을 탈색해야 가능하다. 객관적 타자성이란, 수요를 계산하는 공급자의 시각이다. 그런데, 시인 김정환에게 글을 쓴다는 행위는 내면의 각성에 의한 공적인 죽음을 수행하는 행위여서 수

요와 공급의 '관제성'을 일찌감치 뛰어넘는다. 그에게 글쓰기는 차라리 회의와 성찰과 자기긍정이 극적으로 통합된, 아니 애초부터 무화된 주술성과 즉물성의 지배를 받는 것으로도 보인다. 참으로 신비하고 경이로운 삶.

내가 인터뷰어가 되어 그를 만나야겠다는 생각을 한 것은 바로 관제성을 뛰어넘는 순수한 정치 행위자로서의 시인의 삶과, 죽음까지 엮어 내고자 하는 그의 '총체적' 노력이 오늘 우리 문학의 조건에서 어떤 의미를 지니는지를 알아보고 싶었기 때문이다, 라고 말하는 것은 어딘지 부족한 것 같고, 인문주의의 파르티잔이라 칭할 만한 그의 비정상적 에너지에 대한 원색적인 호기심 때문이라고 말하는 것도 마음에 안 들고. 아무려나, 이 인터뷰는 백 퍼센트 실패가 예정된 것이다.

콤플렉스와 분열

문청 시절부터 그의 글을 따라 읽으면서 궁금했던 것이 하나 있다. 그것은 이 압도적인 괴물 같은 능력의 소유자에게도 혹여 콤플렉스 같은 것이 있지 않을까 하는 것이다. 그래, 인간이라면 열등감이 어찌 없겠는가. 더군다나 상처에서 꽃을 피운다는 문학을 하는 사람인데. 나는 그래서 작심을 하고 인터뷰어로서 그 앞에 섰을 때 첫 번째 질문을 통해 그의 콤플렉스를 유인해보고자 했다. 그에게 콤플렉스가 있다면 나는 그것이 그의 출생지 '서울'이라는 향토성이 거세된 공간의 어떤 한계로부터 촉발되는 건 아닐까 하고 짐작했다. 그래서 예의를 가장해 도발적으로 물었다. 그가 담배를 빼어물 때, 그러니까 방심할 때를 기다려서.

김도언　선생님은 서울 출생이잖아요. 비교적 서울의 전통적인 정서가 남아 있는 마포라는 곳에서 태어난 걸로 압니다. 대개 지방 출신 시인 예술가들이 각각 자신의 고향을 독자적인 감수성의 전진기지로 삼아 문학을 시작하고 심화시키는데, 대한민국의 중앙이자 수도인 서울에서 태어난 선생님은 다른 작가나 시인들의 문학적 고향을 부러워한 적은 없나요?

김정환　(다소 어이없는 표정을 지으며) 지금은 풍토가 달라졌는데 옛날에는 문단 어른들이 내가 술 잘 먹고 잘 노니까 좋아하다가도 서울 출신인 걸 언급하면서 너 글쓰기 힘들겠다, 그러다 또 몇 달 지나면 내가 서울대 나온 것까지 곁들여 너 정말 글쓰기 힘들겠다, 이런 말씀들을 했어요. 거기에다 난 또 영문과잖아. 그러니까 문단 어른들이 자기가 제일 똑똑한 줄 알고 잘난 척하면서도 글은 제대로 못 썼던 서울대 출신 문인들의 현실적인 한계를 지적한 거였지. 사실 뭐, 서울대 출신들이 문학에 약하긴 하지. 그런데 지금은 달라진 게 요즘 젊은 작가들은 오십 퍼센트 이상이 서울 출신이에요. 그만큼 서울이 넓어졌지. 내가 마포 살 때는, 사실 사대문 안이 아니면 서울로 쳐주지도 않고, 마포 촌놈이라고 했거든. 그래서 시골 출신 그리고 서울 사대문 출신 양쪽에서 모두 날 안 쳐줬지.(웃음) 근데 내가 성격이 뻔뻔스러운

데가 있어서 그런지 속상했던 적도 없고, 서울 출신이라고 생각한 적도 없고. 뭐, 별로 신경을 안 쓰고 살았어. 그리고 내가 서울을 좋아해요. 서울이 내 고향이니까. 물론 내 세대에는 서울과 지방에 대한 구분이 좀 있었고, 근대화된 도시에서 산다는 것과 시골에서 산다는 것은 다른데, 나는 오히려 서울 출신인 내가 그 이야기를 하는 게 맞다고 생각했어요. 경상도, 전라도 출신들이 정치적으로만 경쟁하는 게 아니라 워낙 각각이 문학적 역량이 엄청나. 서울이나 충청도 출신들이 별로 내색을 못했을 때부터요. 나보다 열 살 정도 위로 가면 경상도랑 전라도 문학이 정말 세지.

여기까지 들었을 때, 그로부터 콤플렉스를 유인해보겠다는 내 고졸한 의도가 애초부터 잘못된 것임을 받아들일 수밖에 없었다. 사실 우리 문학은 근대화 과정에서 향토로서의 농촌이 와해되고 그곳을 탈주한 자들의 상상력과 감수성을 수용하고 배려하면서 성장해온 측면이 있다. 김정환이 지적하듯 그의 바로 윗세대에서 내로라하는 전라도 경상도 출신 문인들이 배출됐는데, 그들이 상경해 각기 문학의 정부 역할을 자임하면서 한국문학 특유의 '에콜'이 만들어졌다. 이런 배경에서 서울 출신의 희귀한 시인이 위축됨 없이 자기 문학을 밀고 여기까지 온 것은, 그리고 자신의 이름으로 파르티잔 정부를 세운 것은 기실 문학사적으로도 매우 의미 있는 이색으로 기록되어야 한다. 김정환이 덤덤하게 말한 것처럼, "뻔뻔스러운 데가 있어서" 가능했던 것이 결코 아니라는 것이다. 그리고 나는 이것 역시, 그가 말했던 공적인 죽음과 연결된 것이라고 생각한다. 콤플렉스란, 사적인 죽음이나 삶의 세계를 배회하는 개인의 욕망이 더 힘센 욕망과 충돌할 때 발생하는 것이다. 그런데 그런 사적인 죽음의 유혹을 거부한 시인이라면, 도대체 어느 결에 콤플렉스를 느끼겠는가. 등단작 〈마포, 강변동네에서〉라는 작품에 대한 그의 언급에도 그의 지향이나 전망을 읽을 수 있는 유력한 힌트가 있다.

김도언 〈마포, 강변동네에서〉라는 등단작이 매우 인상적이었어요. 선생님이 태어난 지명이 나오니까요.

김정환 〈마포, 강변동네에서〉는 내가 쓴 유일하게 정신분열적인 시지. 마포에 살면서 마포를 좀 멀리 있는 동네처럼 다뤄봤달까. 그래서 정신분열적인 시라고 하는 거야. 내가 마포를 떠난 적이 없거든. 징역 살 때랑 군대 살 때 말고는. 내가 강을 떠난 적이 없어요.

김도언 정신분열이라고 하셨는데, 마포라는 동네를 강변에 앉아서 보다가 객체화를 했는데 그 거리가 너무 멀리 나간 거네요.

김정환 그렇지. 난 여기 사는데 그 거리가 어디서 튀어나왔을까. 그게 아마 아마추어적인 소산이 아닐까. 그런 생각이 나중에 들더라는 거지.

그 자신은 아마추어적인 소산이라고 말했지만 분열적인 시선을 통해 자신을 원초적으로 억압할 수도 있는 공간성의 지배로부터 자신을 탈주시켰다고 볼 수는 없는 것일까. 말하자면 동물적인 감수성이나 순발력 같은 걸로 말이다. 이 같은 생각은 그의 장시 〈거룩한 줄넘기〉(강, 2008)에 나오는 다음의 시행에 극적으로 연결되면서 유연한 설득력을 제공받는다.

꿈속에서도 눈물의 균열은 / 파경보다 더 명징하다. 냄새가 빛이 되는 / 파경보다 더 가슴을 찌른다. / 꿈속에서 간 사랑은 가는 / 사랑이고 가고 없는 사랑이다.

눈물의 균열이 파경보다 명징하다는 것. 이 신비라고밖에 말할 수 없는 분열적 각성의 경험이 그의 문학적 삶을 부단히 예열시켜왔던 것 아닐까. 시간을 역진하면서 말이다. 줄넘기가 시간을 정지시키거나 계속 되물리는 듯한 환시감을 선사하듯이. 물리적 조건으로서의 삶을 구속하는 공간성에 눈물의 균열이라는 명징한 시간성을 투과해 어느 순간 초극해버린 것.

근대성,
억압으로부터의 해방

여기에서 잠깐 그의 전기적 사실을 부기하고 가는 편이 좋겠다. 시인 김정환의 외가는 마포에 오랫동안 정착해온 집안이고 그의 친가는 황해도 신천의 목사 집안이란다. 그의 아버지는 열일곱에 월남해 일본 유학을 다녀온 후 군문에 투신해 특무 상사까지 복무했고 청와대 경호실에서도 일한 적이 있다. 마포 토박이인 외할아버지가 전쟁 통에는 집안에 군인이 하나 있으면 좋을 것 같아 사윗감으로 그의 아버지를 점찍은 것이라고. 아버지가 직업 군인이라면, 그렇다면 권위적이지는 않았을까. 압도적인 부권으로부터 어떤 상처를 받은 경험은 없을까. 또다시 콤플렉스를 유인해내고 싶은 이상한 습관.

김도언　　아버님이 권위적이거나 그러시진 않았나요?

김정환　　그런 거 없었어. 청와대 경호실 출신인데도, 내가 데모하고 그래도 한 번도 뭐라고 한 적이 없어요. 다 승낙해줬지. 왜냐하면 우리 아버지도 자기가 황해도에서 술깨나 드시던 목사 집안 출신인데, 여기저기 외상값 깔리고 하니까 라디오 같은 비싼 걸 싹 훔쳐가지고 월남을 한 거거든. 그때는 남과 북이 영영 갈릴 줄도 모르고.

김도언　　선생님은 가족들과도 응어리 같은 건 없네요. 좀 헐겁고. 억압도 없고요.

김정환　　사람들이 그런 말을 하더라고. 우리집에 억압이 없다고. 전에 영

화평론 하는 허문영이랑 술을 먹는데, 내 아들이 영화사를 다녀서 인사나 시키려고 불렀더니, 허문영이 그러더라고. 부자간에 억압이 다 있기 마련일 텐데 너희 아버지는 훌륭한 사람이니까 이해해드려라. 그러니까 우리 애가 억압이 뭐예요? 말하더라고.(웃음) 흔히 생각하는 글쟁이들이 다 집안 사연 많고, 어렸을 때 불우하고 그렇다고 생각하는데, 그게 우리나라만 그런 거예요. 그래서 농담으로 내가 소설가가 소설을 잘 쓰려면 많은 걸 먹어봐야지, 어렸을 때. 어렸을 때 먹은 게 별로 없는데 무슨 소설을 쓰냐. 심지어 가난해야 글 잘 쓴다고 하는데, 뭘 먹은 게 있어야 소설을 쓸 거 아니냐고 하죠. 외국 같은 경우에는 셰익스피어가 기점이야. 자본주의화나 근대화되면서 돈벌이도 좀 있고, 먹고살 걱정을 좀 덜하고 이래야 글 좀 쓴다고 하지. 나처럼 든든한 원군인 아내가 있거나. 맨날 부부싸움 하면서 그게 되나. 우리나라는 그런데 그게 아직도 강해요. 나는 그런 친구들한테 그건 너희가 근대화가 덜 되서 그렇다고 하지.

그의 입에서 '근대'라는 말이 나왔다. 근대성 역시 김정환의 시업과 글쓰기를 관통하는 핵심적 키워드 중 하나다. 왜 그렇지 않겠는가. 그처럼 의식의 자유로운 주유와 모험을 즐기는 이라면, 모든 전근대적 야만성이야말로 가장 먼저 척결해야 할 주적 아니겠는가. 사실 그는 여러 자리에서 시의 순수한 정치성의 회복을 이야기하면서, 낭만주의와 신화화를 배격하는 일관된 태도를 보여준 바 있다. 그러면서 김소월이나 서정주, 김수영 이야기도 여러 번 했다. 그것은 그에게 낭만주의와 신화화의 야만이 물러선

이야기 자체가 죽음을 받아들이는 하나의 제의다.

더 나아가서 문학이라는 것 자체가
살아 있을 때 할 수 있는,
죽음을 극복할 수 있는 어떤 가능성이다.

그래서 문학이 공적인 죽음하고
어떤 연관이 있지 않을까.

자리여야 근대성이 들어설 수 있다는 자명한 이치에 대한 확신이 있다는 걸 방증하는 것이리라. 야만과 우상을 파괴한다는 측면에서 그는 계몽적 혁명가이지만, 그걸 자처한 적은 없다. 자신을 한정하는 일이란 창조자에게 얼마나 어리석은 일인가. 그로부터 셰익스피어와 근대성에 대한 이야기를 좀더 듣고 싶었다.

김도언　방금 영문학에서 셰익스피어가 하나의 기점이라고 했는데, 저한테 상당히 인상적으로 들리네요. 셰익스피어를 기점으로 문학을 다루는 관점이라거나 태도가 전근대적인 것과 어떻게 구분될까요.

김정환　셰익스피어 이후로 평론가들이 문학이 고통의 산물이라는 이야기를 안 하기 시작했어. 반 고흐 이야기를 우리나라만 유별나게 해. 아, 반 고흐가 물론 고생하고 정신병 걸리고 그랬지만.

김도언　그런 낭만적인 태도가 의식을 지배하는 것 같고 식민화해버리는 것 같아요.

김정환　나는 기본적으로 문학은 별난 사람이 하는 것이라는 생각이 없어요. 내가 하게 된 것도 우연히 하게 된 거라서. 그러니까 내가 황지우나 이성복 같은 친구들이랑 잘 놀았지. 아까 말한 콤플렉스라는 게 어떻게 보면 좋은 것일 수도 있는데, 피차 콤플렉스가 없으니까.

김도언 문학도 다른 분야처럼 제도화가 되고 생태계가 만들어지고, 직업도 생기고 종사자도 생기고, 당연히 시스템도 생기고 권력도 생기잖아요. 그런데 선생님 같은 경우는 흔히 말하는 주류니 비주류니 권력이니 하는 게 상당히 사소하고 시시하게 들렸을 것 같고, 애초부터 그런 걸 의식하지 않고 작업을 한 것 같은데 그렇게 균형감각을, 자기 중심을 잡고 견고한 태도를 가질 수 있었던 비결이 궁금합니다. 사실은 이게 먹고사는 문제고 돈 문제라서 아무리 초연한 소설가나 시인들도 자유롭기가 쉽지 않잖아요. 그래서 주류로부터 밀려나면 괴롭고 고통스럽고 갈등과 다툼이 생기고. 그게 현재 우리 현대 문학의 왜소해진 현실과 어떤 관계가 있는지 진단을 좀 해 주세요. 선생님 같은 태도를 취하는 게 쉽지 않으니까요.

김정환 뭐, 난 어쩌다보니까 이렇게 된 거지. 먹고사는 문제가 사실 문학의 문제인데, 김수영 같은 경우는 계속 먹고사는 문제가 나오잖아. 그게 근대화라니까. 그래서 내가 서정주를 무시하는 게 아니라 그건 근대 이전의 시라고 하는 거예요. 거기에는 먹고사는 문제가 없어요. 그래서 서정주를 좋아하는 건 좋은데, 괜히 흉내 내려고 하다가 지금이 어느 시대인지도 모르는 이야기, 서정주만 못한 시를 쓰게 된다는 거지. 김소월도 마찬가지예요. 그 사람도 자살해버린 사람이잖아. 끝까지 살려고 노력한 사람 이야기가 아니라는 거야. 김소월 시에 사는 이야기가 어디 있어. 나 보기가 역겨워 가실 때에는, 이거 사는 이야기가 아니잖아. 이건 근대 이전에 시인이 음풍농월을 할 때, 그때 잘 쓴 시지. 그러니까 당시에 그 시를 쓴 건 대단한 거지.

그렇다고 그걸 계승한다면서 먹고사는 이야기는 하나도 안 쓰고. 그러니까 요즘 보면, 미래파 그거 딴 거 없어요. 근대화야. 근대화. 음풍농월이 없잖아. 사는 이야기고. 여자를 찢어 죽이고 싶다고 했다가 그다음 날 다시 사랑한다고 하고. 거기 음풍농월이 없는 거야. 김수영 때문에 근대화될 뻔했는데. 요새는 김수영 존경하는 사람은 많고 극복하려는 사람이 없어서 그게 문제지.

그의 말을 듣고 있자니 근대란, 문명사적인 관점에서 효율적이고 합리적인 시스템이 갖춰진 어떤 시간대를 말하는 것이 아닌, 단지 콤플렉스와 억압으로부터 자유로운 상태, 해방을 지향하는 개인의 의지가 어떤 것으로부터도 방해받지 않는 상태를 가리키는 게 아닌가라는 생각마저 든다. 요컨대 근대성이란, 자신을 해방시키는 모험에서 출발하는 것이라는. 내가 그의 시나 산문을 읽을 때 머릿속에서 떠오르는 어떤 풍경이 있다. 일찍이 해방된 자가 먼저 근대의 울타리를 만들어 질서와 합리를 들여놓고, 그 안에서 세계의 불합리와 모순이 휘발되는 그런 장면이다. 그의 말을 들으면서 그런 상상의 풍경이 우연의 산물이 아니었다는 것을 확인한다. 그의 일관되고 거대한 그리고 거룩한 작업이 구상적인 이미지로 내 앞에, 아니 사람들 앞에 떠오르는 것이다. 대륙의 증거였던 대륙붕처럼.

사람들은
그를 사용한다

김도언 아까 황지우, 이성복 이런 분들을 언급했는데, 예를 들어서 선생님이 막 등단해서 활동하던 1970년대 후반 80년대 초반에 상대적으로 걸출한 문사들이 많이 나왔잖아요. 이성복 선생님도 있고, 이인성 선생님도 있고, 황지우 선생님도 있고, 박남철 선생님도 있고. 저는 그런 시대가 1960년대 김현, 최하림, 김승옥 선생님이 등장한 산문시대를 연상시키더라고요. 그때가. 그런데 그런 분들은, 황지우, 이성복 선생님 같은 분들은, 물론 딱 집어 말할 수는 없지만, 어떻게 말하면 문학주의의 포즈를 취하면서 빠르게 문학 중심부로 육박해 들어갔잖아요. 그런데 선생님은 그와는 달리 상당히 복합적인 태도를 취했더라고요. '자실(자유실천문인협의회)'에서 민중적 관점에서 문학 운동도 하고. 그때 선생님이 상대적으로 문학인으로서, 문단의 한 멤버로서 불리할 수도 있는 선택을 한 거잖아요. 그때의 상황과 선생님의 생각을 설명해줄 수 있을까요. 또래들이 중심부로 육박해 들어갔는데.

김정환 나도 중심부로 육박해 들어갔는데.

김도언 다른 면에서 선생님은 좀 돌아간 것 같아서요. 창비와의 관계도 좀 말씀해주시고.

김정환　　그게 말하자면, 팔자라는 거지. 알겠지만 내가 등단하고 한 오 년간을 떨어져 있다가 들어간 셈이지. 나는 이걸 다행이라고 이야기하는데, 내겐 문청 시절이 없어요. 보통 다른 친구들이 문청 때 읽는 책들이 좀 많아? 도스토옙스키에다 각 나라별로 중학교 때 읽었다는 사람도 있고, 고등학교 때 읽었다는 사람도 있고. 그런데 늦게 읽으면 또 늦게 읽는 맛이 있어. 늦게 읽으면 더 많이 보이거든. 그래서 공부를 또 열심히 하면 그것도 손해 볼 것도 없고. 오히려 문청을 평생 못 벗어나는 사람도 있고. 내가 운동할 때 할복자살한 사람의 추도식을 하는데, 그때는 거기 가면 다 잡혀갔어. 추도식에서 글 한 번 읽었다고 징역 이 년 산 건 좋은데, 나오자마자 또 나이가 어려가지고 강제 징집까지 됐거든. 그래서 도합 오 년의 공백이 생긴 거야. 그런데 그 오 년 동안 심심하니까 편지도 주고받고. 사실 내 첫 시집이 마누라랑 주고받은 편지야. 한 편 빼놓고는. 그런데 '창비'가 센 곳이잖아. 그쪽으로 데뷔하고 보니까 운동권에 징역 살고 게다가 창비로 데뷔한 사람이 나밖에 없는 거야. 그래서 갑자기 내가 운동문학 안에서 서열이 높아진 거야. 그래서 김근태 형이 의장을 한 민청학련 창립 선언문을 내가 썼지. 그 살벌한 시기에. 베트남에 가보니 문인이 최고더라고. 베트남 예술가협회도 문인이 꽉 쥐고 있어요. 아직 전근대인 거지. 요즘은 영화나 게임으로 주도권이 넘어갔잖아. 옛날처럼 글이라는 걸로 세상을 지도하긴 좀 그렇고. 그런데 하여튼 운동권이라는 거, 사회주의라는 게 반쯤은 전근대적인 데가 있어서 그 안에서 독특하게 내 문학적인 역할이 주어졌던 것 같아요.

김도언 　선생님이 스스로 말씀하신 문학적 내력을 들어보면 선생님에겐 자의로든 타의로든 문학적 현실로 바로 직행할 수 없게 한 어떤 시대적인 카오스가 있었던 것 같아요.

김정환 　내가 추모시를 열두 편이나 썼어. 신경림 선생 같은 분들이 펑크를 낼 때도 있었고. 죽은 사람도 있는데 내가 그걸 어떻게 거절하느냐. 그런 생각이 들어서 추모시를 많이 썼지. 그러면서 느낀 게 공적인 죽음이라는 게 무엇일까 하는 거야. 문학이라는 게 어차피 허구인데 죽어봤느냐, 이렇게 물어볼 수는 없는 거잖아. 죽는 사람의 그때 그 심정이 뭘까. 이것 하고 문학의 정체성 하고, 김수영이 좋은 문학에서는 죽음의 리듬이 들린다고 한 것 하고. 이게 무슨 상관이 있을까. 한 십 년쯤 지나가지고 내가 여태 거기 매달려 있었구나. 공적인 죽음이란 무엇인가. 당시에는 바빠서 모르다가 약간 시간을 가지니까. 문학이라는 것이 사실 공적인 죽음하고 연관이 있는 게 아닐까. 이야기가 바로 죽음이다, 이런 이야기를 내가 한 적이 있었는데 그건 모르고 한 말이고. 쉽게 이야기하면 죽음이 있으니까 이야기가 생겨난다는 것일 수도 있고, 그게 아니면 이야기 자체가 죽음을 받아들이는 하나의 제의다, 더 나아가서 문학이라는 것 자체가 살아 있을 때 할 수 있는, 죽음을 극복할 수 있는 어떤 가능성이다, 그래서 문학이 공적인 죽음하고 어떤 연관이 있지 않을까, 돈도 안 되는데 죽어라 문학을 한다는 게 뭘까…… 이런 생각을 하게 된 거지.

김도언 죽음마저 객체화한다는 건데요. 선생님은 그렇다면 상처가 없나요? 이건 객관적으로 사람들이 인정하고 평가하는 부분인데, 선생님은 우리 시대에 중요한, 간과해서는 안 되는 시인이고 지식인으로서 여러 가지 인상적인 작업을 했잖아요. 아주 중요한 저작물도 쓰고 우리가 반드시 참고해야 하는 시 작업도 했고, 번역도 많이 했고. 그런데 그에 대한 우리 사회의 보상이 충분했다고 보는지. 그런 부분에 대한 아쉬움이나 상처 같은 게 없는지. 웬만한 다른 지식인들 보면 너무나 쉽게 지원금이나 연구비 타서 대충 숙제 내듯이 하는데, 그런 것과 비교하면.

김정환 그런 것들과 왜 비교를 해. 사실 대학 국문과 가보면 우리나라가 한글 쓴 지 얼마 안 돼서 공부할 게 별로 없어. 그러니까 계속 서정주고 김소월이야. 기껏해야 이상이고. 영국 같은 경우는 영어로 글 쓴 게 오백 년이잖아. 근대화라는 게 자기 나라 방언이 국어가 되는 거라고. 프랑스엔 몽테뉴가 있고, 영국엔 셰익스피어가 있고. 오백 년이란 말이야. 그런데 우리나라는 백 년밖에 안 됐거든. 그런데 국문과가 엄청 많아요. 이것들이 다 먹고 살아야 돼. 그래서 그런 사람들 이해가 다 돼. 나랑 비교할 필요도 없고.

이 원고의 앞머리에서 나는 "그는 그냥 있을 뿐인데 사람들이 그를 마음대로 사용했다. 신기한 것은 수많은 이들의 손을 탄 이후에도 그는 그대로, 처음처럼 닳지 않고 남아 있다는 것이다"라고 썼다. 그리고 그의 회고를 통해 '팔자'라는 참으로 세속적인 말 속에서도 운명과 긴장감 있는 조응을 추구하는 단독자의 빛나는 태도를 가지는 것이 가능하다는 것을, 자

기 전망을 통해 화석화되는 정신을 갱신하는 것이 가능하다는 것을 확인할 수 있었다. 그것은 카오스 상태로 자신을 끊임없이 회귀시키는 능력 같은 게 아닐까. 기념비적인 저작물 《음악의 세계사》(문학동네, 2011) 서문에서 그는 "까마득한 날에 세상은 어떻게 생겨났을까. 시간은 언제 태어났을까. 그리고 만물은 어떻게 생겨났을까"라고 묻는다. 그것은 문학평론가 황광수가 그의 장시들을 분석하면서 섬세하게 지적한 대로 "그 시대의 생의 범람이 감당하기 어려운 혼돈처럼 밀어닥칠 때 그것을 언어로 수습할 수밖에 없는 시적 주체의 내적 필연성"에 의한 자연스러운 물음이었을 것이다. 인문주의의 파르티잔으로서는 결코 거부할 수 없는.

자폐성과 카오스,
그리고 총체성

다소 무모한 가정이나 짐작일지 모르지만, 나는 그의 장시들을 읽으면서, 그리고 《음악의 세계사》나 《한국사 오디세이》(전 4권, 바다출판사, 2008) 같은 방대한 저작을 읽으면서, 그에게 자폐적 편집증 같은 것이 있을지도 모른다는 생각을 하게 됐다. 그 생각은 곧 어떤 유희의 차원으로 변해 오히려 나의 짐작이 맞으면 좋겠다는, 다시 말해 그에게 자폐적 편집증이 있으면 좋겠다는, 그러면 참 재미있겠다는 생각으로 발전한다. 이것이 맞다면 매우 희귀한 대각이 형성되는 것이니까. 민중문학 운동가로서 그리고 조직 관리자로서의 왕성한 운동성과 문단에서 마당발로 통하는 그의 개방성을 생각해보건대, 자폐성은 정말이지 난데없는 변이가 아닐 수 없기 때문이다. 하지만 그 모순의 요소들이 서로 부딪치고 그 사이에서 파열음이 발생할 때, 그러니까 융합과 폭발이 일어날 때 엄청난 생산 에너지가 발생할 수 있다는 가설까지 더해지니 김정환의 자폐성에 대한 나의 의심은 점점 확신으로 굳어졌다. 앞에서 말한 대로 우리 현대 시사에 유례가 없는 장시를 쓰고, 천 페이지를 훌쩍 넘는 저작물을 내고, 셰이머스 히니를 위시한 세계적 시인들의 전집을 번역한 행위만큼 명백한 자폐의 증거가 어디 있겠는가. 자신을 집요하게 가두고 몰아세우지 않고야 어떻게 이런 작업이 가능하겠는가 말이다. 그래서 묻지 않을 수 없었다.

김도언　선생님, 이 질문은 제가 핵심적으로 여쭤보려고 준비한 겁니다. 선생님에게는 두 가지 병치할 수 없는 형질이 있는 듯합니다. 하나는 운동성이라고 이름 붙인 것이고, 하나는 자폐성이죠. 선생님의 자폐성. 정말 틀어박혀서, 텍스트에 묻혀서, 사전 속에 묻혀서 작업하는 시간들. 그런데 선생님의 운동성을 생각하면 극과 극이거든요. 모든 사람에게는 이런 면이 있겠죠. 그런데 선생님처럼 이렇게 격렬하게 드러내는 경우를 저는 본 적이 없는 것 같습니다. 그것은 〈유년의 시놉시스〉에 나오는 카오스적인 충동, 그런 것과 개념이 연결되는 걸까요?

김정환　그렇지. 서양과 프랑스. 이런 데만 현대가 아니거든. 러시아 소비

에트의 참혹도 현대야. 이 두 개를 합쳐야 현대야. 그렇잖아? 소련이 망한 이야기를 들여다보면, 어떻게 사람들이 그렇게 살 수 있나. 북한에서 들리는 이야기를 봐도 그게 참 사람이 어떻게 저렇게 사나, 이런 생각이 들잖아. 이게 다 현대라고, 현대야. 인간이 가다보니까 거기까지 간 거야. 프랑스의 민주주의, 미국 애들 잘사는 것, 그런 것도 현대지만, 그 참혹도 현대야. 가다보니까 여기까지 온 거지. 카오스야.

자폐성을 의심받는 게 유쾌하진 않았던 걸까. 자폐성에 대한 질문은 곧바로 비틀어지고 내 의도는 또 엇나간다. 대신 또다시 카오스가 들어선다.

김도언 선생님, 카오스라는 게 선생님한테 상당히 의미가 있는 개념인 것 같습니다. 운동과 자폐 사이의 카오스. 여러 가지 카오스가 있을 것 같은데. 제가 카오스라는 말과 연결시켜 선생님의 문학세계를 표현할 수 있는 키워드로 '총체성'이라는 말을 뽑았는데요. 선생님 장시 삼부작도 그렇고, 셰익스피어 전집 번역도 그렇고, 세계 현대 시인 전집도 그렇고, 또 단행본으로 출간한《한국사 오디세이》《음악의 세계사》까지. 이런 것들은 누가 봐도 전체를 총체적으로 복원하려는 거대한 작업들로 보이는데, 선생님 입장에서 카오스로 가득한 세계를 나름대로 해석하고 질서를 부여하려는 노력인 것 같기도 해요. 사실 보통의 다른 시인들은 카오스적인 충동이나 아무것도 알 수 없는 그런 무질서 앞에서 황폐해지거나 방황하거나 자

학하거나 그러기 쉬운데, 선생님은 그 앞에서 총체성을 복원하려는 노력을 한단 말이죠. 상당히 이성적인 태도를 보여주시잖아요.

김정환 그런데 그게 총체성을 복원해야겠다, 그러고 했으면 이 정도도 안 됐을 거야. 지금 한 것도 형편없지만. 《음악의 세계사》, 그걸 왜 썼겠어. 애들 음악 교양 좀 함양해주려고 했더니 개판이야. 번역서가 나왔는데, 번역도 개판이야. 교수들이 대학원생들 숙제 내줘서 모은 거니까 번역이 제대로 될 리가 있나. 《음악의 세계사》가 원래는 장르별로 열두 권 내려고 했던 거였는데, 연극 이야기하면서 셰익스피어 이야기를 안 할 수 없고, 그러다보면 문학 이야기를 하면서 몰리에르 얘기를 안 할 수 있나…… 그렇게 중요한 부분들이 자꾸 겹치는 거야. 그래서 도저히 이건 안 되겠다 싶어 한 권으로 만들었지. 권수가 줄면 판매부수가 줄 수밖에 없지만 고민 끝에 그걸 낸 거지. 그게 그해에 나온 책 중에 가장 두꺼웠다고 하더라고.

자본주의, 그리고 다시 공적인 죽음, 파르티잔의 욕망

김도언 시인들이 자본이라는 것에 굉장히 취약하잖아요. 이게 되게 고약하고요. 어쩐지 시인이면 계산도 느려야 할 것 같고, 자본 앞에서도 서툴러야 할 것 같은 선입관이 있잖아요. 현실적인 계산이 빠르다는 것이 문학적 감수성이나 상상력을 지체시키는 것 같기도 하고. 그래서 시인들이 자본 앞에서 복잡한 태도를 가지게 되더라고요. 드러내놓고 탐욕을 부리지도 못하고, 그렇다고 포기도 못하고. 이런 이중적인 태도가 있는데, 이렇게 이중적인 태도를 보이는 시인이 있는가 하면, 또 진짜 자본 앞에 속수무책인 시인들은 삶이 황폐해지죠. 이혼도 하고 폐인처럼 살아요. 지금 21세기 첨단의 자본이 지배하는 시대에서 시인의 가장 이상적인 방어 전략은 무엇일까요? 이러지도 못하고 저러지도 못하고, 속수무책으로 당하는 이런 상황에서요.

김정환 　글을 열심히 쓰는 것밖에 더 뭐가 있겠어. 자본주의라는 게 그렇잖아. 자본주의를 우리가 극복할 수 있을진 몰라도 도망칠 수는 없어. 들뢰즈가 탈주 어쩌고 하더니 결국 자살하잖아. 탈주를 못해서. 결국 죽음까지 삶의 영역에 끌어들인 거 아니야. 그러니까 자살을 했지. 철학의 결론인거지. 탈주가 불가능하니까. 누구나 자본주의 속에서 살고. 그건 일제강점기도 마찬가지야. 친일파들 너무 야단치는 것도 내가 싫어하거든. 내가 보기에는 박정희 때 열심히 민주화 운동했던 사람이 전두환으로 바뀌니까 그중 3분의 2가 포섭이 되고, 전두환 때 열심히 민주화 운동했던 사람이 노태우로 바뀌니까 3분의 2가 또 포섭이 되고. 정치권까지 포섭된 걸로 치면 99퍼센트가 포섭이 된 거지. 그래서 내가 그런 생각이 들더라고. 일제는 삼십육 년인데 내가 민주화 운동 십 년 딱 해보니까 포섭이 안 되는 사람이 없는 거야. 그렇게 십 년 살아보니까 욕할 게 아니더라고, 아주 나쁜 놈 말고는.

그렇게 사는 거지. 그렇게 사는 게 모멸인 거지. 모멸이잖아? 그런데도 왜 사나, 그런 질문을 쓸데없이 던지는 게 문학이다…… 그것도 남이 아니라 자기한테.

김도언 열심히 쓰면서 그런 질문을 계속 던지라는 말씀.

김정환 그렇지. 그런 게 문학인 것 같다…… 내가《ㄱ자 수놓는 이야기》(문학동네, 2012)라는 소설을 쓴 게 있는데. 거기에 그렇게 썼어. 왜 살아남은 이야기만 할까. 왜 죽은 사람 이야기는 안 할까?

김도언 네, 처음에 말하신 죽음이 또 나오네요..

김정환 다시 그 이야기로 돌아온 거야. 공적인 죽음이라는 게 사실 그거거든. 자진해서 죽은 게 공적인 죽음 아니야? 왜 공적인 죽음에 대한 이야기는 안 할까? 그게 이제 '왜 사나' 하는 것과 '공적인 죽음이란 뭘까', 그래서 '삶과 죽음에 대한 연결은 어떻게 되는 걸까', 그것처럼 흥미진진한 주제가 없잖아. 죽은 사람한테는 미안하지만. 그런데 대부분의 사람들이 어렵게 살아남았다는 이야기만 하는 거야. 헤르타 뮐러가 노벨상 받았다고 출판사에서 책을 보냈길래 읽었는데, 그것도 살아남은 이야기야. 사형당하는 사람들의 심정이 어땠을까. 더군다나 우리나라에는 정말 놀라운 일이 있어. 분신으로 많은 사람이 죽었잖아. 그게 보통 일이야? 종교도 아닌

데. 그 쇼크랄까, 깊은 골이랄까. 우리가 친구나 친척이 죽어도 문상 가서 어느 정도 죽음을 생각하잖아. 그러다가 까먹지. 그런데 이건 공적인 죽음이야. 문학은 공적인 죽음의 의미를 계속 물어야 해.

시인 김정환은 공적인 죽음의 의미를 묻는 '인문주의적 파르티잔'이다. 인문과 예술과 문학의 모험을 감행하며 통합된 세계의 회복과 그 가능성을 인민에게 보급하는 유격대원이다. 인민은 파르티잔을 소비하지만, 이 파르티잔은 놀라운 회복 능력으로 언제나 인민 앞에 다시 나타난다. 그는 언제나 자기 자신에게 소속되어 있으며, 자신의 명령과 요구에만 복종한다. 어쩌면 가장 완벽한 파르티잔이란 가장 완벽하게 자신에게 소속되어 있는 사람을 가리키는 것일 테다. 완벽하게 자신에게 소속되어 있어야만 다른 곳에 편입되거나 편제되지 않기 때문이다. 편입되거나 편제될 가능성을 지워내는 것이야말로 파르티잔이 치러야 할 가장 격렬한 전투일 것이다. 정규적으로 편제되는 순간, 파르티잔의 전투력은, 위대한 존재의 가능성은 상실된다. 아울러 공적인 죽음의 가능성도 소멸된다.

나는 지금 시인 김정환을 파르티잔에 빗대 말하고 있지만, 파르티잔을 묘사하는 것은 언제나 실패할 수밖에 없음을 잘 알고 있다. 삶의 전선에서 목격된 그의 정신력과 외형을 파르티잔의 실체라고 할 수 있을까. 아닐 것이다. 시인 김정환은 언제나 목격된 곳에서 목격되지만, 또한 우리가 목격할 수 없는 곳에서 끊임없이 재현된다. 자가 증식한다. 그 자폐가 허용하는 우주의 크기를 누가 짐작할 수 있겠는가. 김정환은 자기 자신에 대해 많은 이야기를 하지만, 그 이야기들이 축적되면 축적될수록 오히려 더욱 모호해지는 이상한 존재다. 파르티잔은, 서류에, 데이터에, 파일 속에 자신의 행적을 남기지 않는다. 우주적 직관으로 카오스의 한복판을 가로지를 뿐. 공적인 죽음을 삶 속에서 미리 경험하는 것, 그것만이 파르티잔의 유일한 욕망일 것이다. 그 삶과 죽음의 우주가 내 앞에, 그리고 당신 앞에 있다.

김정환 | 1954년 서울에서 태어났다. 1980년 계간 《창작과비평》에 시 〈마포, 강변에서〉 외 5편을 발표하며 작품 활동을 시작했다. 《지울 수 없는 노래》《황색예수전》《거푸집 연주》 등의 시집을 냈다. 그 외에 산문집 《고유명사들의 공동체》《이 세상의 모든 시인과 화가》, 평론집 《삶의 시, 해방의 문학》, 음악교양서 《음악이 있는 풍경》《음악의 세계사》, 역사교양서 《20세기를 만든 사람들》《한국사 오디세이》, 희곡 《위대한 유산》 등을 쓰고 《셰이머스 히니 시전집》과 《필립 라킨 시전집》 등을 번역했다. 2007년 백석문학상, 2009년 아름다운작가상을 수상했다.

고통으로부터의 자유

당신이 얼마나 외로운지, 얼마나 괴로운지 / 미쳐버리고 싶은지 미쳐지지 않는지 / 나한테 토로하지 말라 / 심장의 벌레에 대해 옷장의 나방에 대해 / 찬장의 거미줄에 대해 터지는 복장에 대해 / 나한테 침도 피도 튀기지 말라 / 인생의 어깃장에 대해 저미는 애간장에 대해 / 빠개질 것 같은 머리에 대해 치사함에 대해 / 웃겼고 웃기고 웃길 몰골에 대해 / 차라리 강江에 가서 말하라 / 당신이 직접 / 강江에 가서 말하란 말이다 / 강가에서는 우리 / 눈도 마주치지 말자

-황인숙, 〈강〉, 《자명한 산책》(문학과지성사, 2003)

시인들의 시인

독자들이 좋아하는 시인이 있고, 평론가들이 인정하는 시인이 있고, 동료 시인들이 지지하는 시인이 있다고 가정하자. 그 세 부류의 시인은 모두 좋은 시인일 가능성이 있다. 하지만, 다른 두 부류와는 달리 동료 시인들이 지지하는 시인은 언제나 예외 없이 좋은 시인이다. 그가 나쁜 시인일 가능성은 없다. 다시 말해 좋은 시인의 가장 보편적 특질은, 하나같이 동료 시인들의 지지와 존경을 받는다는 것이다. 백석과 김수영, 김종삼과 최승자 등이 그랬던 것처럼 말이다. 지금 내가 말하려고 하는 황인숙 시인 역시 동료 시인들로부터 지지와 사랑을 흠뻑 받고 있는 시인이다. 그렇다면 이것은 그가 좋은 시인이 아닐 가능성이 전혀 없다는 가장 자명한 증거일 것이다. 사실 언젠가부터 시인 하면 내 머릿속에 가장 먼저 떠오르는 이름이 황인숙이다. 말하자면 시인의 아이콘과도 같달까. 그 이유는 과연 뭘까. 이 글은, 내가 짐작하고 있는 그 이유를 스스로 확인하려는 시도일 공산이 크다.

나는 황인숙 시인을 개인적으로 '선생님'이라고 부른다. 2000년대 초반 샘터사에서 단행본 기획을 할 때 시인 조은 선생을 만나는 자리에서 선생님을 처음 보았다. (평소 동경하던 시인의 실물을 보고 비현실적인 이물감에 사로잡혔던 것도 그때가 처음이었다. 정말 내 앞에 있는 사람이 황인숙 시인인가 몇 번이고 상기할 정도였다.) 그것이 계기가 되어 선생님의 산문집 두 권을 만들게 되었는데, 또한 그 인연으로 이제하, 고종석, 조용미 선생 등과도 교유하게 되었다. 그리고 화가 이현, 염성순 선생님도 지금은 고인이 된 김점선 선생도 황인숙 선생님 때문에 알게 되었다. 선생님과의 인연으로 알게 된 분들의 이름을 열거해본 이유는 성향이나 기질, 신분 같은 것들이 전혀 다름에도 불구하고 황인숙 선생님이 이들로부터 놀라운 정서적 유사성과 동질감을 이끌어내고 그것을 전염시키기 때문이다. 이 말이 뜻하는 것은 무엇일까. 그것은 기본적으로 황인숙 선생님에게 다른 것을 차별 없이 받아내는 능력이 있다는 것을 말하는 것일 테다. 받아낸다는 것, 그것은 자신을 열어 보인다는 것과 같은 말이다. 아마도 황인숙 선생님의 마음속엔 타자에 대한 연민과 사랑, 그리고 이해가 잘 혼융된 어떤 좋은 영적 태도 같은 게 있는 듯하다. 황인숙 선생님과 오누이처럼 지내는 고종석 선생님은《인숙만필》추천의 글에서 그것을 '기품'이라는 말로 간명하게 표현한 바 있다.

황인숙은 기품 있는 여자다. 기품이라는 말을 생각할 때, 내가 제일 먼저 떠올리는 사람이 황인숙이다. 그는 누구 앞에서도 움츠러드는 법이 없고, 누구 앞에서도 젠체하는 법이 없다. 움츠러들지 않는 것만이 아니라 젠체하지 않는 것도 내면의 견결한 자기긍정 없이는 힘들다. 그런 견결한 자기긍정을 내면화하고 있다는 점에서 황인숙은 귀족이고 아씨다.

시인에게 기품이란 무엇일까 생각해본다. 내게 그것은 우선 자신의 고통과 비참, 비애를 다른 사람에게 들키지 않으려는 자존심의 의지 같은 것으로 보인다. 그리고 그 의지는 이 세상에 대해 뒤틀려 있거나 닫혀 있지 않고 순정하게 열려 있을 때만 가능할 것이다. 분명 그 맑고 단아한 열정 같은 것이 바로 시인의 기품을 만드는 것일 테다.

시인으로서 선생님이 가지고 있는 이 맑고 귀한 열정을 증거할 만한 에피소드 하나를 소개하려고 한다. 나만 알고 있는 예쁜 동화 같은 이야기를. 2007년 2월 어느 날 있었던 일이다. 그 즈음 한국은행은 천 원권 지폐의 신권을 발행했는데, 구권보다 사이즈도 작아지고 컬러의 톤도 밝아져서 보기에 매우 산뜻하고 예뻤다. 사람들이 너도나도 구권을 신권으로 바꾸는 바람에 품귀 현상까지 벌어졌다. 그 무렵 어느 날 무슨 일인가로 선생님을 뵙고 헤어지려는 찰나, 선생님이 가만있어보라면서 당신의 지갑을 여는 것이었다. 그러곤 빳빳한 천 원 신권 대여섯 장을 꺼내더니 내게 건네주는 것이 아닌가. 그러면서 이렇게 말씀하셨다. "도언, 이것 좀 봐. 어찌나 예쁜지 도언에게도 몇 장 주고 싶어." 아, 그때의 선생님의 눈동자를 나는 지금도 어제 본 것처럼 기억하고 있다. 그 뿌듯하면서도 설렘 가득한 눈동자를. 선생님의 눈동자는 마치 예쁜 그림엽서나 카드 같은 것을 친한 이에게 나눠줄 때의 보람을 담은 듯, 한없이 투명하고 맑고 사랑스러웠다. 그러니까 그것은 아름다움을 나누는 사람의 눈동자였다. 사람의 목숨을 살리기도 하고 죽이기도 하는 돈을, 예쁜 단풍잎처럼, 그림처럼 바라볼 수도 있다니.

이 에피소드가 말해주듯 내가 아는 선생님은 아름다움 앞에서 결코 머뭇거리는 법이 없다. 맑고 높은 곳을 향해 열려 있는 순정한 의지 때문에 가능한 것인데, 그게 바로 선생님만이 간직하고 있는 기품의 정체일 것이다. 그리고 그는 이 기품으로 서른한 해째 시를 쓰고 있다.

'키가 큰 남자가 쓴 시 같다' 라는 말

인터뷰 약속을 정하고 선생님을 뵙기로 한 곳은, 선생님이 사는 동네에 있는 1980년대 분위기가 물씬 풍기는 소박한 카페였다. 소나기가 쏟아지는 날씨였다. 선생님은 약속 시간보다 정확히 오 분 일찍 도착했는데, 보기에도 무거워 보이는 짐을 바리바리 싸들고 왔다. 뒤에 따로 쓰겠지만 나는 그 수상한 짐의 정체를 사실은 금방 알아차렸다.

선생님이 숨을 좀 돌리자, 처음 시가 찾아왔던 순간이 언제였는지부터 물었다. 삼십 년 넘게 시인 부락의 어떤 상징으로 살고 있는 이에게 시가 어떻게 다가왔는지를. 선생님은 그게 마치 어제 일이기라도 한 것처럼, 스무 살 즈음이었던 것 같다고 말씀했다. 그때가 당신이 쓰고 있는 것이 시일지도 모르겠다는 자각이 들었던 최초의 순간이었다고. 그 즈음 우연히 시 열 편가량을 쓰게 되었고, 그것을 친한 친구에게 보여줬는데 그 친구의 말이 매우 인상적이었다고 한다.

김도언 친구 분한테 시를 보여주셨다고요. 친구 분이 뭐라고 했어요? 문학적인 소양이 있는 분이었나요?

황인숙 내가 봐도 뭔가 근사한 것 같아서 내가 썼다는 말은 하지 않고, 이 시 어떠냐고 보여줬거든. 그런데 친구의 말이 굉장히 키가 큰 어떤 남자가 쓴 것 같다는 거야. 그런데 이상하게, 내가 굉장히 기분이 좋았어. 그 친구가 문학적 소양이 있는지는 모르겠고 그냥 친한 친구였는데 그런 말을 했어.

김도언 그러면 그 이후부터는 틈날 때마다 쓴 거네요.

황인숙 아니, 한동안은 시를 안 쓰고 그냥 책을 읽기만 했어. 책 읽는 건 정말 좋아했으니까. 그러다가 서울예술대학을 스물네 살쯤인가 들어갔는데, 실기시험에 쓴 시를 선생님들이 좋게 보셨어. 그때 정현종 선생님이 2학년을 가르치고 계셨는데, 스무 살 무렵에 썼던 시들을 모아서 가져다드렸더니 굉장히 칭찬을 해주셨어. 그래서 완전히 고무됐지. 그때부터 등단하기 전부터 내가 진짜 천재 시인인 것 같은 느낌으로 살았지.(웃음)

김도언 그리고 몇 년 뒤에 등단한 거로군요. 습작 과정을 설명해줄 수 있으세요? 그게 정말 궁금하거든요. '천생 시인'인 것 같은 선생님과 '습작'이라는 말이 어딘지 좀 어울리지 않는데.

황인숙 등단 전후부터 시를 열심히 쓰려고 노력했어. 왜냐하면 정현종 선생님이 그렇게 넘치게 칭찬해주셔서 다른 선생님들도 재가 정현종 선생이 잘 쓴다고 한 친구야? 그러면서 관심을 갖고 지켜보셨으니까. 그런 분위기에서 열심히 하려고 했어. 그런데 쓰고 싶다는 생각은 했지만 어떻게 쓰는지도 모르고 배운 바도 없고, 그래서 좀 애매했지. 어떤 창작의 열정이나 욕망이 막 우러나서 쓴 적은 없어. 그런데 내가 몇 편 쓰지도 않았는데 칭찬을 들었던 걸 보면 한 가지 짚이는 게 있어. 내가 중학교 때부터 일기를 썼거든. 내가 문학 수업 같은 건 안 했다고 했지만 일기를 썼던 게 아마 글쓰기 연습이나 이런 게 되지 않았을까 생각해. 그러니까 아무것도 안 쓰다가 어느 날 갑자기 쓴 거라고 말할 순 없지. 그리고 아까도 말했지만 책을 참 좋아했어. 시보다는 소설을 많이 읽었던 게 기억나네.

자신을 지워나가는 시인

어딘가 단순하고 소박한 대답이다. 선생님에게서 당신 자신을 말하게 할 때, 그게 무엇에 대해서건 화려하고 극적인 서사를 기대해서는 안 된다는 걸 이즈음에서 나는 터득한다. 그리고 그것을 받아들인다. 선생님은 자기가 좋아하는 외부의 것에 대해서는, 그러니까 좋아하는 사람이라든지, 동물이라든지, 어떤 책이나 날씨라든지 그런 것들에 대해서는 참으로 풍미 있고 다채롭게 말을 잘 하지만, 당신 자신에 대해서 말할 때는 극도의 미니멀리스트가 되어버린다. 수사도 없고 과장은 더더욱 없다. 그것은 단순한 겸양의 태도라기보다 좀더 가파른 단계의, 자신을 지우라는 신의 명령을 수행하는 사제의 태도 같기도 하다. 자신을 지우는 것과 시를 쓰는 것 사이에는 과연 어떤 관계가 있을까.

김도언 1984년도에 등단해서 시를 써온 지 삼십 년이 훌쩍 넘었어요. 그동안 시집 여섯 권과 시선집 한 권을 내셨고요. 그런데 일찍부터 주목을 받은 시인도 개인적인 환멸이나 시인으로서의 회의와 절망, 이런 것 때문에 스스로 시인의 이름을 반납하기도 하는데, 선생님은 삼십 년이 넘는 시간 동안 일관되게 시인의 삶을 살아왔어요. 그런 것이 가능했던 힘은 무엇이었을까요.

황인숙 특별히 그런 건 없는 것 같은데. 시 쓰는 게 독립운동하거나 노동운동하는 것도 아니고, 각오가 필요한 것 같지는 않은데. 그냥 살면서 별 의식이 없이 썼던 것 같아. 내가 그냥 되어가는 대로 살고, 되어가는 대로 쓰고 그러다보니까 시집도 한 권 두 권 내게 되었어. 사실 글이라는 게 안 쓰고 사는 게 제일 편하잖아. 내가 세상에서 자그마한 이름이나마 얻은 게 시인인데, 요즘은 그조차 허명이라는 느낌이 들 정도로 내가 너무 시 의식 이런 게 없구나 싶다는 생각도 들어. 시인으로서 부지런하지 못했던 셈이지.

김도언 선생님, 내가 시인이어서 참 다행이구나, 하고 느낀 적은 없으세요? 시인에 대해 특별한 자부심이나 명예를 의식한 적은 없지만 그래도 시인이어서 다행이다, 하는 생각 말이에요.

불리한 시대적 상황에서
시가 홀로 고군분투하는 것.

그게 시 자체의 힘 같은 게 아닐까 생각이 들어요.

황인숙 글쎄, 정신적으로 정서적으로 내가 의식하지 못한 사이에 내게 어떤 미적인 태도를 갖게 해준 측면이 있달까. 내가 더 이상 젊다고 볼 수 없고, 사회적으로 대우를 받는 전문직을 가진 적도 없지만, 시인이라는 것이 내겐 젊지 않은 시간도 견디게 해주는 직업 같기도 해. 다른 나라는 어떤지 모르겠는데 우리나라에는 순수한 기쁨 같은 걸 느끼면서 사는 사람들이 적은 것 같아. 그러니까 정원을 가꾸는 기쁨이라거나 이런 거 말야. 아마도 내게 시는 그런 것 같아, 순수하게 기뻐할 수 있는 거.

김도언 선생님의 하루 일상이 어떤지 궁금해요. 선생님은 매일매일 돌보는 것들이 있잖아요.

황인숙 시인으로서의 일상이란 건 없는 것 같고, 내가 매일 길고양이 밥을 주잖아. 팔구 년 된 것 같아. 그런데 이삼 년 전부터 내가 결코 원치 않았는데 일이 두 배 이상 늘어났어. 적어도 마흔 군데 이상 밥을 주는데, 그건 정말 피할 수 없고 꼭 해야만 하는 일이기 때문에 지켜나가고 있어. 내가 몇 달 전부터는 밤에는 끌고 다니는 카트를 써. 그전에는 가뜩이나 행색이 노숙인 같은데 카트까지 끌면 정말 더 꼴불견이다 싶어서 안 했는데, 힘들어서 써봤더니 편리한 점이 많아. 특히 손이 자유로워지니까, 걷는 시간에 뭘 생각할 수 있고 메모를 할 수 있겠더라고. 앞으로도 기대가 돼. 최근 삼 년 동안에는 〈동아일보〉에 '행복한 시 읽기'연재를 했어. 그게 남들 보기에는 별거 아닌 거 같아도 나는 모기 잡는 데 도끼 휘두르는 격으로 머리를 꽁꽁

싸매고 며칠을 써야 하거든. 지금은 연재도 끝났지만.

김도언 선생님, 그럼 혹시 그런 생각이 있으세요? 직업이 없는 시인들의 무위. 아무 할 일이 없는 상태, 시간이 떠도는 상태, 그런 상태에 대한 시민으로서의 자책감이라거나 그런 거 있으세요? 내가 지금 아무런 할 일이 없는 것에 대한 미안한 마음 같은 거?

황인숙 아무런 할 일이 없는 적이 있을까. 내가 정말 쉰 살까지는 별다른 일을 안 하면서 살았네. 그런데 그걸 지금에야 다 갚는 거 같아. 나는 정신적으로 일하는 사람들한테는 아무 부채감 없어. 그런데 환경미화원이라거나 행상이라거나 아무튼 그런 분들한테는 굉장한 채무감이 있지. 죄책감이 있어.

황인숙 선생님이 인터뷰를 하기로 한 장소에 들어올 때 싸매고 온 것. 그것은 바로 길고양이들에게 줄 사료다. 커다란 배낭으로 한가득이다. 저 무거운 걸 구 년째, 겨울이건 여름이건 짊어지고 동네의 학대받고 배고픈 생명들을 찾아나서는 것이다. 어찌 보면 선생님이, 우리나라에서는 지나치게 미미해서 오히려 역설적인 존재감을 드러내는 녹색당원인 것은 너무나 자연스러워 보인다. 길고양이로 표상되는 생명에 대한 존중과 옹호를, 청소를 하거나 행상으로 생계를 이어나가는 분들에 대한 부채감을 만회하기 위해 자의식이 충만한 사람이 고안해낸 어떤 의식적인 고행으로 받아들이는 것은 아마도 지나친 상상일 것이다. 하지만, 내게는 선생님이 자발적으로 수행하는 이 고행이, 시인으로서 자신이 믿고 있는 어떤 숭고미를 지상에서 실행하기 위한, 양보할 수도 없고 양보해서도 안 되는 도저한 신념 같은 것으로 다가온다. 희생과 헌신이라는 의미까지 여기에 겹치게 되면, 이 신념은 그대로 한 시인의 숙명적 이콘icon이 되기도 하고.

의식의 백지 상태

김도언 이수명 시인이 요즘 '시집'이라는 키워드로 1990년대 시사를 둘러보는 작업을 하고 있는데, 90년대 시인들의 특징을 공동체적 윤리에서 개인을 끄집어낸 거라고 이야기하더라고요. 그러면서 그 선구적인 작업을 한 시인으로 황인숙, 장정일 등을 꼽았어요. 그러니까 선생님이랑 장정일 시인은 90년대가 아니라 그전에 등단을 했지만 90년대 시의 예비적 징후를 보여줬다는 거죠. 선생님이 등단한 80년대가 전두환 정권 치하였고 개인주의가 많이 억압받던 시절이었잖아요. 그래서 많은 시인들이 문학을 저항의 수단으로 삼기도 했고 큰 목소리들이 문학을 통해서 많이 나왔잖아요. 그런 상황에서 저는 선생님이 보여준 시가 참 이채롭고 경이롭게 보였어요. 그게 어떻게 가능했는지가 궁금해요. 시대적 상황이나 사회 현실과 괴리되어 있다는 비판은 받지 않았나요?

황인숙 비판, 어렴풋이 기억이 나는 거 같기도 한데.(웃음) 나중에 생각해 보면 내가 세상을 몰랐기 때문에 그런 시를 쓸 수 있었던 것 같아. 세상을 모르고 나 혼자 책이나 읽고 사람들과 어울리지도 않고 혼자 갇혀 살았으니까. 학교에 다닌 것도 아니고 직장에 다닌 것도 아니고 그냥 격리되어 있었다고 할까. 그런 영향이 있는 것 같아. 그렇다고 내가 내성적이거나 비사교적이거나 그런 성격은 아니야. 오다가다 사람들도 잘 사귀어. 그런데도 그 시절의 나는 아주 작은 차원의 사회라는 게 없이 살았던 거 같아. 잘 모르겠어. 아무튼 서울예대에 들어가면서 사회에 나온 셈이 되었고, 그때부터 어렴풋이 사회가 보이고 그랬으니까. 나는 그게 내 시에서 굉장히 중요한 문제라고 보는데, 내가 등단했을 때는 사회적 책무를 다하는 시가 득세하는 시대였거든. 그런데 내가 쓰는 시라는 게 초상집 같은 데 가서 노래를 흥얼거리는, 그러니까 음풍농월 같은 의식이 든 거야. 나는 그런 시밖에 쓸 도리가 없었어. 어떤 의식의 백지 상태에 있었다고 할까.

김도언 그래도 선생님은 등단과 함께 계속해서 주목을 받았고, 꾸준한 평가의 대상이 되었고, '문지'라는 매우 문학주의적인 출판사에서 계속 시집을 냈어요. 나름대로 시인으로서 순탄한 길을 걸은 거죠. 그런데 제 질문의 요지는 그런 안정적인 입지를 가지고 시를 쓸 때 시적 긴장이 해이해질 우려는 없나 하는 거예요.

황인숙 시적 긴장은 이런다고 해이해지고 저런다고 괜찮고 그런 게 아니라, 각자의 정신적인 태도의 문제인 것 같아. 어떤 시인이 좋은 평을 안 받았다고 해서 긴장해서 좋은 시를 쓸 수 있는 것도 아니고, 그 반대도 아니지. 나는 그 점에 대해서는 시인으로서 굉장히 행운이라고 생각하는데, 열광적인 주목이나 각광을 받은 적도 없지만 그래도 시를 쓰면 발표는 할 수 있을 정도의 평가는 받았거든. 일종의 균형을 잡을 수 있는 위치에 있었던 것 같아.

김도언 선생님은 독신이잖아요. 시인에게 혼자 산다는 건 어떤 의미가 있나요? 결혼해서 가족을 이루고 사는 삶, 그러니까 보편적이고 일반적인 체험에서 오는 시인의 시선이나 깊이 같은 것도 있을 수 있잖아요.

황인숙 결혼생활이나 가정생활을 통해 체감되는 보편적인 감정은 주위에 숱하게 널려 있는 것 같은데. 약간의 상상력이랑 정서, 감응 능력만 있으면 보편성을 얼마든지 유지할 수 있다고 생각해. 가족이라, 음…… 거기서 오는 고통이나 비애가 너무 절절히 스며들 것 같아.

김도언 결혼을 해서 가정을 꾸리고 아이를 낳고 엄마의 입장이 되어본 시인이 엄마의 관점에서 삶과 사회를 바라보고 거기서 뭔가를 추출해서 시를 쓰는 것이, 엄마 입장이 되어보지 않아도 가능하다는 말씀이시죠?

황인숙 그건 불가능하겠지. 그런데 그건 그거 하나잖아. 그런데 그거 하

나를 위해서, 그런 결정적이고 운명적인 경험을 해야 할까. 지금 도언이가 말한 그런 종류의 시는 세상에 그냥 단 한 편이면 돼. 내가 놓치는 게 아닌가 싶지만, 사실 알고 보면 세상에 놓치는 게 얼마나 많은데.

'전략 없음'이라는 시인의 전략

앞서 애기했지만 황인숙 선생님은 동료 시인들이나 지인들에게 인기가 많다. 물론 그것은 우연의 산물이 아니고 선생님에게 베풀고 어루만지는 특별한 능력이 있기 때문이다. (인터뷰하러 오면서도 선생님은 사과 세 알을 싸가지고 와서 선물로 줬다.) 아닌 게 아니라 선생님은 모든 것을 나눈다. 소유하고 독점하는 것은 자신의 일이 아니라고 믿는 듯하다. 아, 소유하고 독점하는 게 하나는 있는 것 같다. 그것은 "나는 시로 쓰지 않은 좋은 것을 가지고 있지 않다"라고 말할 때의 시다. 그러니까 그 절대적 숭고만을 선생님은 독점한다. 어쨌거나 선생님은 자타가 인정하는 좋은 사람인 동시에 좋은 시인이다. 시인의 사회적 인격과 문학성. 문학이 사회적으로 소비된 이후 이 문제는 매우 잦은 논쟁의 주제였다. 선생님의 말을 듣고 싶었다.

김도언 선생님을 뵈면, 저뿐 아니라 많은 사람들이 느끼는 거지만, 정도

많고 사람들에게도 관대한데 저는 그런 것들이 자신에 대해 엄격하지 않거나 자기 고통을 통제하지 않고는 불가능하다고 생각해요. 선생님이 쓰신 시 중에서 〈강〉이라는 시를 보면 그런 게 분명히 느껴져요. 선생님은 다른 사람 모르게, 자신과 치열하게 사투를 벌이고 있다는 걸요. 그런데 보통 문학적 인격과 사회적 인격이 다를 수 있잖아요. 좋은 사람이 좋은 시를 쓰는 것도 아니고, 시는 좋은데 사람은 나쁜 사람일 수도 있고. 이런 것에 대해 어떻게 생각하세요?

황인숙　　시인에게는 사람이 되는 거 보다 시인이 되는 게 더 행복하겠지. 시인이 되기 전에 사람이 되라는 이런 말은 바보 같은 말인 것 같아. 아무튼 좋은 사람이 되는 건 각자 개인적으로 선택할 일이고, 시인은 기본적으로 시를 잘 써야지. 그런데 좋은 시 나쁜 시를 떠나서 시에서 기운 같은 게 느껴지지 않나? 내가 아는 어떤 시인이 있는데, 이 사람은 좀 이기적이고 다른 사람한테 폐도 끼치고 그런 사람이야. 그런데, 언젠가 보니까 시가 예전보다 좋아졌던 거야. 그때 내가 곰곰이 생각해봤어. 어쩌면 악이거나 악과 유사한 그런 성향도 시에 도움이 될 수 있고, 그런 걸로 인한 사회의 반응이 있을 거 아니야. 자기 잘못에 대한 사회의 반응으로 따돌림을 당한다거나 그런 게 있거든. 물질적으로는 이익이 있을지 몰라도 정신적으로는 상처가 있을 거 아니야. 그런데 이런 게 이 사람한테는 좋은 시를 쓰는 자양분이 됐을 수도 있겠다 싶더라고. 그 사람이 그런 경우고. 선한 기운도 힘이 될 수 있지만, 그런 것도 이런저런 화학작용을 일으켜 좋은 시를 쓰는 데는 좋

은 조건일 수도 있겠다는 생각이 들더라고. 시 자체가 무슨 선악, 도덕 이런 건 아니잖아. 그냥 미적으로 훌륭하면 되는 거니까.

김도언 제가 선생님을 뵐 때마다 느끼는 것인데, 자유로운 게 느껴져요. 그리고 선생님은 언제나 사람들을 편견 없이 대하는 것 같아요. 그 사람의 직업, 사회적 계급 그런 거 신경 안 쓰고. 그런데 편견 없이 공평하게 사람을 대한다는 게 쉽지 않잖아요. 그러려면 콤플렉스 같은 게 없어야 된다고 생각하는데, 혹시 선생님은 다른 사람들한테 말하지 않은 콤플렉스가 있으세요?

황인숙 콤플렉스인데 진짜 말하지 않은 게 있다면 끝내 말하지 않을 것이고. 글쎄. 별다른 건 없는 거 같네. 경제적으로 풍요롭지 않은 건 콤플렉스가 아니라 그냥 불편함과 창피함 같은 거야. 콤플렉스라기보다 닥친 일이야, 닥친 일. 잠깐 잊고 있었는데, 출판사에 넘겨주기로 한 그 많은 원고는 어떻게 줄 것인가. 억장이 무너지네.(웃음)

김도 이번엔 좀 다른 질문을 드려볼게요. 문학의 위상이라는 게 계속 변하잖아요. 사회적인 변화에 영향을 받으면서 말이죠. 문학이 1970~80년대만 해도 시대적인 어젠다를 끌고 가고 제시했잖아요. 시인들도 시대적인 교사 역할을 했고요. 그런데 1990년대와 2000년대의 문학적 분위기가 다르다는 거죠. 그런 것과 관련해 선생님이 시를 쓰면서 의도한 어떤 전

략 같은 게 있는지.

황인숙 내 시에 전략 같은 건 없어. 특히 시를 쓰는 건 좀 고리타분한 걸로 느껴지잖아. 요즘은 시를 쓴다고 하면 어린이가 창을 배우는 그런 느낌을 주는 거 같아. 내가 별다른 시인 의식 같은 걸 가지지 않고 살았다고 했잖아. 그건 능력이 없는 것이기도 해. 여유가 없는 것이기도 하고, 정신이 없는 것이기도 해. 시의 위상은 굉장히 낮아지고 시집도 진짜 안 팔리는 시대지. 내 조금 앞 세대인 김정환 시인만 해도 시집이 십만 부가 나갔다고 해서 내가 그 말 듣고 엄청 놀랐거든. 요새는 시집이 그렇게 팔릴 수가 없지. 그런데 너무 이상한 게 있는데, 그렇게 독자도 없고 안 팔리는데 시는 굉장히 좋아졌거든. 젊은 시인들. 뭐, 진은영이나 김소연이나 이현승이나 김언이나. 나는 그것이 참 중요한 걸 말하고 있다고 생각해. 불리한 시대적 상황에서 시가 홀로 고군분투하는 것. 그게 시 자체의 힘 같은 게 아닐까 생각이 드는 거야.

자유로운 자의 꿈

황인숙 선생님의 상징적인 페르소나는 잘 알려진 대로 고양이다. 등단작 〈나는 고양이로 태어나리라〉에서부터 고양이가 등장하니까. 선생님과 동고동락하는 란아, 복고, 명랑이라는 이름을 가진 세 마리의 고양이

는 황인숙 선생님의 행복한 반려다. 고양이는 "숨탄 연약한 것"에 대한 선생님의 타고난 연민을 가장 극적으로 강력하게 자극하는 존재다. 그리하여, 시인으로 하여금 매일매일 동네 사람들의 눈총을 받아내며 길고양이 밥을 주러 다니게 한다. 선생님은 당신이 돈을 많이 벌면 가장 하고 싶은 일이, 사람들을 시켜 길고양이 밥을 주는 것이라고 했다. 선생님이 정말 돈을 많이 벌어 길고양이 밥을 주는 사람들의 '고용주'가 되는 일은 과연 가능할까. 가능했으면 좋겠다. 이 세계는 그런 좋은 고용주도 가져보아야 하니까.

김도언　고양이를 언제부터 좋아하셨어요?

황인숙　고양이를 싫어한 적은 없어. 그런데 옛날에는 강아지랑 더 친했었는데, 지금은 고양이랑 친하게 된 거지.

김도언　선생님은 길고양이들에게 매일 밥을 주는데, 고양이가 선생님한테 뭔가를 주기도 하나요?

황인숙　고양이는 그냥 바라보고 있으면 무언가를 항상 줘. 그래서 난 집에서 고양이 키우는 거 추천해. 그런데 길고양이 돌보는 일은 정말 힘든 일이야. 무거운 밥을 들고 다니는 게 너무 힘들고 많은 시간을 써야 하고. 길고양이를 돌보는 '캣맘'들은 정신 치료를 주기적으로 받아야 할 것 같아. 캣맘들을 연민에 중독된 존재로 보는 사람들도 있는 것 같은데, 중독이 안

돼. 볼 때마다 새로운 고통인 거지. 내성이 생기지도 않고. 그리고 고양이는 어떤 상징 같은 것도 아니야. 상징이라고 하기엔 엄청 예쁘거든!

개인적으로 내게 시인 황인숙은 '자유로운 자', 좀더 부연하면 '고통에서 자유로워진 사람'으로 다가온다. 이때의 자유는 분별력과 용서, 초월과 탈속 같은 이미지의 호위를 받으면서 시인의 이미지를 고유하고 매력적인 어떤 것으로 만든다. 황인숙 선생님은 걸어서 올라가기 힘든, 해방촌 고지대의 옥탑방에서 고양이 세 마리와 함께 살고 있다. 그리고 매일매일 어떤 사역처럼 무거운 짐을 짊어지고 길고양이의 소외와 고통을 마주하러 다닌다. 이것이 시인이 짜둔 생활의 전선이다. 결코 풍요로울 수 없는 삶의 조건이다. 하지만, 아무도 황인숙 시인으로부터 남루나 곤핍을 발견해내지 못한다. 그것은 시인이 그렇게 보이지 않도록 위장을 잘했기 때문이 아니라, 실제로 그것을 사뿐히 뛰어넘었기 때문이다. 그것은 새로 나온 천 원짜리 지폐를 예쁜 꽃잎처럼 나눠주던 것처럼, 천진하고 맑은 영혼의 명령대로 그가 오랫동안 자연스럽게 움직이는 데 익숙하기 때문에 가능한 일이다. 그래서 그는 나쁜 시인일 가능성이 절대로 없다.

황인숙 | 1958년 서울에서 태어났다. 1984년 〈경향신문〉 신춘문예에 시 〈나는 고양이로 태어나리라〉가 당선되면서 작품 활동을 시작했다. 《새는 하늘을 자유롭게 풀어놓고》《슬픔이 나를 깨운다》《우리는 철새처럼 만났다》《자명한 산책》《꽃사과 꽃이 피었다》 등의 시집을 냈다. 그 외에 산문집 《우다다 삼냥이》《해방촌 고양이》《인숙만필》, 소설 《도둑괭이 공주》 등을 썼다. 1999년 동서문학상과 2004년 김수영문학상을 수상했다.

이
문재,

불가능한 것과 대치하기, 분노와 체념의 태도

인디언들이 기우제를 지내면 반드시 비가 옵니다. / 그 이유는, 인디언들은 비가 올 때까지 / 기우제를 지내기 때문입니다. // 하늘은 얼마나 높고 / 넓고 깊고 맑고 멀고 푸르른가 // 땅 위에서 / 삶의 안팎에서 / 나의 기도는 얼마나 짧은가.

— 이문재, 〈아직 멀었다〉 중, 《지금 여기가 맨 앞》(문학동네, 2014)

눈부신 자부심과 연민의 시인

'지금 여기가 맨앞'은 2014년 5월에 출간된, 한 중견 시인의 최신작 시집 제목이다. 그런데, 그가 그동안 펴낸 시집 제목 중 이번 것이 가장 진취적이고 공격적이다. 시인은 역진화라도 하고 있는 것일까? 시인의 이름은 이문재. 그와 내가 추석 연휴 마지막 날 모종의 수상한 이야기를 나누기 위해 그의 모교인 경희대 도서관 앞 숲속 벤치에서 마주 앉았을 때, 나는 곧 우리에게 사소하면서도 흐뭇한 공통점 하나가 있음을 확인했다. 바로 전날 술을 진탕 퍼마셔 눅진한 숙취를 안고 있었다는 것. 시인 이문재에게 통음의 흔적을 발견하고 사실 나는 속으로 마음이 놓였다. 아직도 술을 마시고 있다는 것은, 그가 아직 살아 있다는, 새파란 시인으로 살아 있다는 명백한 증거가 아닌가라는 막연하면서도 비논리적인 확신이 들었기 때문이다. 일찍이 나는 그의 시에서 이 세계에 대해 그가 갖는 연민이 자신의 몸을 통해 고통을 매개하는 방식으로 드러날 때 가장 환해지는 어떤 풍경을 보았는데, 그와 대면한 자리에서 그것의 민낯을 본 느낌이었달까. 그렇다면 내 확신이 막연하고 비논리적인 것이라고만은 할 수 없을지도 모른다.

내 눈에 이문재는 우리 시단에서 퍽이나 특별한 좌표를 가진 것처럼 보인다. 그것은 그가 시의 현장과 불가근불가원한 거리를 아주 섬세하게 조율하고 지켜내는 능력을 가지고 있는 것과 관련이 있다. 그는 한 번도 뜨겁고 격렬한 주목의 대상이 되었던 적이 없지만, 또한 단 한 번도 잊히거나 생략된 적 또한 없다. 그러니까 그는 그가 원하건 원치 않건 언제나 생생한 시적 고유명사로 독자와 동료들 앞에 놓이는 시인이다. 1982년《시운동》4집에 시를 발표하면서 시업의 길을 걷기 시작한 그는 서른네 해째에 접어든 올해까지, 결코 다작이라고 볼 수 없는 다섯 권의 시집을 상재했다. 작년에 나온 가장 최근의 시집인《지금 여기가 맨 앞》은 그 직전 시집《제국 호텔》(문학동네, 2004)과의 공백이 무려 십 년에 이른다. 그럼에도 그가 언제나 생생한 시인의 좌표를 잃어버리지 않았던 것은, 고스란히 그의 작품이 갖는 생명성에 그 이유가 있을 것이다.(그의 옛 시집들은 출판권이 바뀌면서도 빠짐없이 재출간되고 있다.) 그는 많은 자리에서 시인은 '받아 적는 존재'라는 말을 했다. 들려오는 말이 있을 때 시인은 그것을 받아적을 뿐이라는 것이다. 예컨대 외부로부터 음악과 시어가 폭포처럼 쏟아져내릴 때 시인은 시를 토해낼 수 있지만, 그렇지 않을 때는 눈이 가려지고 손이 묶인 사람처럼 한 글자도 쓸 수가 없다는 것. 이런 비슷한 얘기를 나는 돌아가신 소설가 최인호 선생으로부터도 들은 적이 있다. 선생 역시 "문학은 받아적는 것이다"라는 말을 했다. 내가 알기로 파블로 네루다도 비슷한 말을 기록으로 남겼다. "어느 날 시가 내게로 왔다." 이문재와 최인호 선생, 그리고 네루다의 말은 어떤 공통점이 있다. 그것은 문학이란, 자기 의도나 의사와는 무관하게(창졸간에) 주어지는 것일 수 있다는 것이다. 그러니까 문학의 어떤 성취나 다다름은 내가 그걸 이루고 싶다고 해서 할 수 있는 게 아니라는 것, 오히려 내 의도에서 문학적 욕망을 배제할 때, 다시 말해 어깨에서 문학적 포즈나 힘을 뺄 때 다가올 수 있는 것이라는 것. 부를 때는 쳐다보지도 않다가 부르지 않을 때 살금살금 다가오는 고양이처럼 말이다.

그런 관점에서 보면, 우리가 일차적으로 쓰는 '문학적'이라는 조건절은 좀 경직되어 있고 어딘지 모르게 제도적인 억압성이 느껴진다. 내 경우만 해도 그러한데, 나는 나 자신이 문학적인 긴장으로 팽팽해져 있을 때보다 외려 지극히 비문학적인 상황에 놓여 있을 때 문학이 내게 들어오는 것을 자주 느끼곤 한다. 가령 내가 청중의 하나로 문학 강연장에 있을 때보다 술 몇 잔 걸치고 방심한 상태로 아무 생각 없이 지하철 승강장에 내려설 때 예기치 않게 소설의 한 문장이나 시가 들어오더라는 것이다. 그러니까 이것은 역설적이게도, '문학적'이라는 말의 진정한 의미가 일상에서 끊임없이 '비문학적인 상태'를 주문하는 어떤 태도일 수도 있다는 것을 알려준다. 이로써 '비문학적인 것'이 곧 '문학적인 것'이라는 초월적 논리가 성립된다.

문학이 예사롭지 않은 건 바로 이런 이유 때문인데, 인과나 순리 체계를 간단하게 무시하면서 어떤 진실에 육박하는 경우가 비일비재하기 때문이다. 물론 아무나 (문학적 진실에 가닿는) '비문학적 태도'를 가질 수 있는 건 아니다. 여기서 말하는 비문학적인 태도란, 좀 어렵게 들릴지 모르지만, 문학적 모험을 수없이 거쳐서 겨우 다다른, 또다른 차원의 고도화된 문학적 태도일 수 있기 때문이다. 그런데 반갑고 고맙게도 여기 내 눈의 "맨 앞에", 그러한 문학적 태도를 체화한 듯한 한 시인이 (방심한 자세로) 앉아 있다. 그는 자신의 "젖은 구두를 벗어 해에게 보여준" 눈부신 자부심과 연민으로 똘똘 뭉친 시인이다.

시인,
자본과 문명에 화를 내다

이문재는 현재 모교인 경희대의 교양학부에 해당하는 후마니타스 칼리지에서 교수로 재직 중이다. 경희대 후마니타스 칼리지는 대학 교육에 대한 첨예한 문제의식과 성찰 아래 도정일 선생 등이 주도적으로 설립한 교육기관으로, 성숙한 시민으로 성장해야 할 대학생들이 주체적이면서도 합리적인 사회적 태도를 가질 수 있도록 다양한 커리큘럼을 가르치는 곳이란다. 시인은 이곳에서 '글쓰기'를 가르치고 있다. 그에겐 생업의 일선인 셈이다. 인터뷰를 하기로 약속된 날, 그가 지정해준 경희대 교정의 어느 벤치에 앉아 있으니 곧 은빛과 잿빛이 섞인 머리칼과 깎지 않은 희끗희끗한 수염투성이인 그가 다소 초췌한 인상을 풍기며 나타났다. 오랫동안 시사주간지의 기자로, 또 계간《문학동네》편집위원으로 일하면서 수많은 이들과 인터뷰 및 대담을 나눈 경험이 있는 그 앞에서 인터뷰어 노릇을 할 생각을 하니 다소 끔찍한 느낌마저 들었는데, 그가 악수를 건네면서 "내게서 뭘 들을 게 있다고 여기까지 왔어요. 그냥 아는 만큼만 쓰면 되지."라고 말을 하는 게 아닌가. 그 겸연쩍고 헐렁한 인사말을 듣는 순간 나는 오늘 이 인터뷰이에게 푹 빠져버리게 될 거라는 강한 예감이 들었다. 그런데 말이다, 내가 미욱스럽게도 처음부터 그를 화나게 하는 질문을 하고 말았다. 그의 이유 있는 역정은 인간 삶의 조건에 대해 던진 첫 질문에 대답하는 순간부터 관측되었다.

김도언 요즘 온라인 환경에서 수많은 사람들이 소통을 시도하지만, 실제로는 고독한 사회라는 느낌이 들어요. 인간 삶의 조건으로서의 생태적 환경에 관심이 많은 선생님은 이 점에 대해 어떻게 생각하세요.

이문재 나는 트위터도 안 하고 페이스북도 안 하고 블로그도 안 해요. 이메일이야 없으면 사회생활이 안 되니까 그 정도만 하죠. 나는 소셜미디어에 대해 별로 긍정적인 생각을 가지고 있지 않습니다. 접촉 빈도나 접촉 횟수가 높아진다고 해서 소통이 된다거나 안 좋았던 관계가 좋아진다거나 없던 관계가 생긴다거나 그런 생각이 들지 않아요. 지금 우리가 고독한 건 어쩌면 필연적인 것인데, 나쁜 자본주의가 그 이유라는 생각이 들어요.

김도언 나쁜 자본주의라는 게 무슨 뜻인가요.

이문재 좋은 자본주의라는 게 있을 리 없겠지만 나쁜 자본주의란 말하자면 인간의 자율성을 구속하는 자본주의죠. 우리 모두가 전부 소비자가 되어버렸잖아요. 독립적이고 자율적인 인간이 되지 못하고. 모든 것 사이에 자본이 개입하고 있어요. 돈이 매개가 되지 않으면 움직일 수도 없고, 먹을 수도 없고, 생존 자체가 불가능해진 상황입니다.

김도언 나쁜 자본주의가 점점 더 소외를 부추기고 인간을 고독하게 한다는 말씀인가요?

이문재 자본주의 안에서는 소외고 뭐고 없어요. 소외보다 더 심각합니다. 쉽게 말해서 돈 없으면 살 수 없는 사회가 되어버렸습니다. 사회라고 말할 수조차 없게 돼버렸습니다. 요즘은 자본주의라는 말만 들어도 혈압이 오릅니다. 자본의 몹쓸 속성을 없애야 하는데 이걸 어떻게 없애겠어요. 대단한 포용력과 유연성, 세련성을 갖고 있습니다, 자본주의는. 내가 몇 년 전에세이를 쓰면서 돈에 포섭되지 않은 것의 목록 같은 걸 정리해본 적이 있는데요, 생각해보세요. 탄생부터 죽음에 이르기까지 돈에 포섭되지 않은 게 없어요. 신혼부부들이 돈이 없어서 애를 못 낳는 거잖아요. 돈이 없어서 제대로 죽지도 못하는 세상입니다.

김도언 제가 여기 오기 전에 선생님의 최근 발언이나 쓴 글들을 찾아봤는데, 상당히 현실적인 발언들을 하고 있어서 다소 놀랐어요. 지금도 자본과 돈에 대한 말부터 하시는데. 현실적인 감각이나 경제관념 같은 것이 희박하지 않았나요?

이문재 원래는 그랬지요. 숙맥이었습니다. 그런데 날이 갈수록 현실이 제 삶에 간섭을 해오니까 예민해진 거죠. 자본주의는 돈만 생각하게 만드는 사회입니다. 어떻게 하면 덜 쓰나, 어떻게 하면 안 쓰나, 어떻게 하면 더 쓰나. 그런 생각을 하는데 그러고 있으면 화가 나요. 모든 게 다 돈이잖아요. 정현종 선생이 사람과 사람 사이에 섬이 있다고 했는데, 지금은 모든 것 사이에 돈이 있습니다. (손가락 사이에 낀 담배를 들어보이며) 나하고 담배 사이에

병들고 타락한 세계,

멸망을 향해 질주하는 이 문명을

시인이 바꾼다는 것은 불가능합니다.

그러나 불가능하기 때문에 우리는 그것을 해야 합니다.

도 돈이 있습니다. 지금 나를 찍는 사진작가의 카메라하고 나 사이에도 돈이 있어요.

그는 시인 지망생들, 그리고 후배 시인들에게 서정의 전범으로 불리는, 필독과 애독의 절대적 대상이다. 그의 첫 번째 시집《내 젖은 구두 벗어 해에게 보여줄 때》(문학동네, 2001)부터 뚜렷하게 그 특질이 포착된 서정은, 이 세계에 대해 기피할 수 없는 연민을 격렬하게 자신의 내적 파토스에 이입시켜 고통스러운 삼투압을 거친 후에 표현하는 방식으로, 다시 말해 자신이 영매가 되어 이 세계를 매개하는 방식으로 표현되는데, 그 와중에 걸러지는 서정이란 마치 사금처럼 반짝이는 결정이 되어 시의 행간에 가서 박힌다. 예컨대 그의 초기시 〈우리 살던 옛집 지붕〉에서 묘사된, 내성적인 목소리로 서사적 비의를 불러내는 독특한 감수성은 1980년대 시의 현장에서 듣기 어려운 섬세한 자기 고백의 목소리를 들려주는데, 거기에 깃든 서정의 힘은 자신의 허약함과 불안까지 모조리 껴안는 펩진성에서 연원하는 것임은 의심할 여지가 없다. 그런데 중년의 마지막 고개를 넘고 있는 그가 지금, 뚜렷한 은빛 머리칼과 희끗한 수염과 중저음의 목소리로 자신의 후경後景을 다 지워버린 채 어떤 격정에 휩싸여 시대에 대하여, 세태에 대하여 무서운 냉소와 채찍의 말을 쏟아내고 있는 것이다. 그에게 과연 어떤 일이 있었던 걸까.

서정성 그리고 현실에 대한 발언

김도언 선생님의 시를 보면 초기부터 있었던 특유의 빛나는 서정성과 함께 후기로 올수록 우리 시대의 문제를 짚는 주제의식 같은 것들이 엿보여요. 주제의식이란 건 소설가들이 많이 쓰는 말이지만 요즘은 부정적으로 많이 쓰이기도 하는데, 독자들을 계몽하려는 태도라고 할 수 있어요. 오늘도 계속 현실적인 발언을 하고 계시는데.

이문재 내가 보기에 분명히 잘못되고 크게 어긋나 있으니 가만히 있을 수가 없는 거죠. 우리는 공멸의 길로 접어들었습니다.

공멸의 길로 접어들었다니, 이건 비관적이어도 너무 비관적이지 않은가. 그런데 그의 말이 엄한 과장이나 엄살처럼 들리지 않는 것이, 시대적 감수성을 가장 영민하고 날카롭게 포착하기로 정평이 난 그가 근년 들어 부쩍 시의 위의나 시인의 소용에 대해 독한 회의의 말을 일관되게 내비치고 있기 때문이다. 그래서 그의 말에는 연출된 포즈로는 담을 수 없는 설득력이 있다. 시인이 한 시대에 대해 견지하는 태도라는 것은 시집에 집약되어 담긴다. 그는 최근의 시집에서 시가 무엇을 할 수 있는가를 매우 진지하고 엄숙하게 물었다. 과연 시가 무엇을 할 수 있을 것인가.

김도언 선생님은 가장 최근의 시집을 내면서 시가 무엇을 할 수 있는가, 하고 물었잖아요. 낙관보다는 비관적 전망을 함축하고 있는 것 같은 질문인데요. 선생님이 믿는 오늘날 시의 역할은 무엇이어야 하는지 궁금합니다.

이문재 두말할 나위 없이 시는 세상을 바꾸는 데 기여해야 한다고 봅니다. 나는 지금 문학이 뭘 하고 있는지 잘 모르겠어요. 사실 요즘 문학에 대한 관심이 크지 않습니다. 아까 말씀드렸지만, 세상이 잘못되고 있는데, 요즘 아이들은 계몽이라는 말만 나와도 소름이 돋는다면서 거부감을 표현합니다. 그렇다고 젊은이들이 스스로 각성을 하는 것 같아 보이지도 않습니다. 주변에서 나더러 꼰대가 되면 큰일난다고도 하는데, 나는 학생들 앞에서 자칭 꼰대라고 합니다. 비유컨대 우리 모두가 타고 있는 거대한 타이태닉호가 가라앉고 있는데, 청년들이 잔소리 듣는 걸 싫어하니까 가만있어야 하나요? 그냥 같이 죽자고 해야 하나요? 모르겠습니다. 어떻게 생각하세요? 답답합니다.

김도언 그런데 문학적 언술로 뭔가를 던지고 가르치는 게 기술적으로 상당히 어려운 일이잖아요. 그리고 많은 사람들이 문학을 일종의 수사로 받아들이고요. 레토릭으로.

이문재 누가 그러는데요? 왜 문학이 수사고 간접화법이죠? 아니, 사람이 죽어가는데, 지구 전체가 위기인데 그 상황에 대해 말하지 않고 하늘에 먹

구름이 몰려온다고 에둘러 얘기해야 하나요? 나는 그렇게 생각하지 않습니다.

김도언　선생님이 처음부터 문학의 소용이나 역할에 대해 그런 생각을 가졌던 건 아니지 않나요?

이문재　사람은 변합니다. 내가 지금 다소 격앙돼서 이렇게 이야길 하고 있지만, 내일 또 어떻게 변할지 모릅니다. 내일 아침에 문학은 깊은 메타포라고 할 수도 있습니다. 변하지 않는 사람이 이상한 사람입니다. 조금 다른 이야기지만, 나는 지금 많은 이들이 작가나 시인이 되고 싶어 하는 걸 이해할 수 없어요. 그들이 작가로서 시인으로서 무얼 하려고 그토록 열심히 작가와 시인이 되려는 건지 잘 모르겠습니다. 예컨대 시인이 만 명, 이만 명 된다고 하던데 시인이 그렇게 많은데 왜 세상이 이 모양인지 잘 모르겠습니다. 시인이 세상을 바꾸는 사람은 아니지만 시인들이 왜 이토록 무기력한 걸까요. 1990년대 중반까지만 해도 사회적으로 무슨 이슈가 되는 일이 일어나면 신문에서 시인이나 소설가들한테 글을 받거나 코멘트를 받았어요. 시인과 소설가들의 직관이나 지혜가 솔루션으로 받아들여졌던 거지요. 그런데 지금은 안 그래요. 그러니까 90년대 중반까지만 해도 사회가 문학의 눈을 빌리고 문학의 역할에 의미를 부여했다는 거죠. 지금은 그게 없어졌어요. 내게는 이런 변화가 문학의 사회적 역할이나 위상이 작아졌다는 증거로 보이는 거예요. 문학의 사회적 위상이 약해졌다는 이야기를 하

는 게 이상한가요? 그런 이야기를 하는 게 이상하다고 말하는 게 이상한 거 아닌가요?

김도언　　문학적 현실에 대해 회의적인 말씀을 많이 하시네요.

이문재　　회의를 넘어 절망하고 있습니다. 나는 인류는 반드시 멸망한다고 생각합니다. 이 지구 전체로 보면 인류가 암 덩어리입니다. 지구 생태계에서 보면 인류라는 종이 지속되어야 할 이유가 없어요. 암 덩어리일 뿐인데. 산업 문명이라는 게 최악의 암종입니다. 지구라는 '살'을 파먹으면서 이런 풍요를 누리고 있습니다. 그런데 그게 '제 살'이라는 사실을 외면하고 있어요. 내가 걱정하는 것은 인류가 어떻게 하면 오래 존속하는가, 그런 게 아니에요. 앞에서 타이태닉 이야기를 했지만, 인류가 멸망할 때 어떻게 서로 예의를 갖추고 헤어지는가, 이겁니다. 배가 침몰할 때, 서로 먼저 구명정에 타려고 하지 않고 서로 양보하는 걸 상상합니다. 그리고 타이태닉이 침몰할 때 악사들이 자기 목숨을 생각하지 않고 승객들이 무사히 탈출할 때까지 연주를 하잖아요. 그 악사들이 우리 시대 예술가의 역할이 아닐까, 그런 생각까지 합니다.

시인의 절망이 아프게 다가온다. 시인이란 김수영 식으로 보자면 가장 정직한 소시민일 뿐인데, 지금 내 앞의 시인은 인류라는 종의 삶의 당위에 절망하고, 멸망의 형식까지도 고민하고 있는 것이다. 그렇다면 그는 오늘날의 문학이 다시금 사회운동, 문화운동의 중심이 되어야 한다고 말하는 걸까. 그가 이십대의 나이에 경희대 선배 시인들과 만든, 후대에 매우 인상적 영향을 미친 동인의 이름에 '운동'(시운동 동인)이라는 말이 들어가 있는 것은 참으로 공교로운 일이 아닐 수 없다. 아닌 게 아니라, 문학이 지금이라도 운동의 중심이 되어야 한다고 말을 잇는 그의 표정에는 망명 지식인에게서 느껴지는 피로와 함께 강력한 소신이 느껴진다.

이문재　　문학이 인간과 생명에 대한 근본적인 옹호라면 사회운동, 문화운동이 아니라 모든 운동의 중심이 되어야 한다고 봅니다. 그 중심 중 하나가 정치일 겁니다. 난 문학이 왜 이렇게 왜소해지고 초라해졌는지 모르겠습니다. 그리고 이렇게 왜소해진 걸 문학이라고 부르는 자들을 이해할 수 없습니다. 소위 문학의 죽음은 문학하는 사람들의 죽음, 자살이라고 생각될 때가 많습니다. 내면적인 투항이겠지요.

표현의 수위나 발언의 내용은 다소 과격하게 들릴지 모르지만, 그의 말에는 정연한 논리와 설득력이 있었고, 무엇보다 그 자신이 자신의 말을 수도 없이 되새김질한 자의, 다시 말해 수없는 의심과 회의를 거친 말의 엄정한 단속자만이 보여주는 진정성이 있었다. 그리고 그것은 인터뷰어를 비롯한 배석자 모두를 감화시키기에 충분했다. 사실 나를 포함해서 그의 시의 많은 독자들은 그를 나이브한 리버럴리스트나 낭만주의자로 규정하는 데서 멈춰 있기 쉽다. 그것은 앞서 얘기했듯 그의 초기시가 보여준 강렬하고 독특한 서정의 세계와 그 선명한 이미지에 여전히 게으른 독자들이 붙들린 결과일 것이다. 그런데 "지금 여기가 맨 앞"이라고 말하면서 자본주의와 문명을 비판하고 격렬한 언어로 문학의 왜소성을 서글퍼하는 목소리를 내는 시인은 분명 급진적으로 진화한 낭만주의자의 모습이다. 다시 생각해보건대 리버럴리스트나 낭만주의자는 기본적으로 급진적일 수밖에 없다. 급진성이란 불가능한 것을 극복의 대상으로 상정할 때 성립되는 성질이다. 그것은 "시의 영토는 하루가 다르게 줄어들고 있지만 그 좁고 가파른 벼랑이 시의 국경"이라는 것을 알고, "한없이 죽음에 가까운 시 쓰기여야만 국경에서의 삶은 지속된다는 역설" 또한 이해했던 젊은 시절의 시인 자신으로, 어떤 책임 앞에서 좀더 단호하고 분명한 태도를 가진 시인으로 진화한 모습으로 설명되고 있는 게 아닐까. 그는 지금 불가능한 것과 바투 대치 중인 것이다.

시를 받아적는 무당의 태도

김도언 제가 선생님을 뵌 것도 오랜만이고 그동안 과문했던 탓인지 오늘 선생님의 말씀이 무척이나 귀하고 신선하게 들립니다. 이런 선생님의 생각을 어디에 가서 들어본 적이 없거든요. 저 역시 초기 시의 인상에 여전히 묶여 있는 듯한 생각이 들기도 하고요.

이문재 첫 번째 시집은 내가 정말 아무 생각 없이 쓴 거예요.

김도언 편력의 산물이라는 생각도 드는데요.

이문재 편력이 아니라, 그냥 받아쓴 겁니다. 그러니까 무당, 샤먼처럼요. 들려오는 걸 받아적은 거죠. 그런데 그게 언젠가부터 너무 힘들게 느껴졌습니다. 받아적는 사람이 아니고 내가 쓴 거라는, 시에 대한 저작권을 갖고 싶었던 겁니다.

김도언 그런데 선생님의 첫 번째, 두 번째 시집은 시 공부하는 사람들의 필독서였어요. 자부심 같은 건 없으세요?

이문재 그런 얘기 많이 들었습니다. 그런데 나는 첫 시집이 아직도 별로 마음에 들지 않습니다. 자부심이라니, 무당에게 무슨 자부심이 있어요? 무당이 저작권을 주장할 수 있는지 모르겠습니다. 이십대 중반에는 하룻밤에 아홉 편을 받아쓴 적도 있어요. 이러다 죽겠구나 싶어서 뛰쳐나와서 술을 퍼마시곤 했습니다.

김도언 그래도 '시운동' 동인들이 시사에서 중요한 위치를 차지하고 있고, 여러 가지 측면에서 의미를 갖는 게 있잖아요. 어떤 세대론적 교감이나 전략을 수반하고 있다는 생각도 들고요. 등단할 무렵에 선생님 세대의 가

장 큰 고민이나 관심은 무엇이었는지 궁금해요. 그게 동인의 형태로 집단화되어 발화된 거라고 생각하거든요. 그때 동인들이 제가 보기엔 다 낭만주의자들 같았어요.

이문재 그 시대의 화두는 민주화였죠. 그런데 낭만주의가 가장 무서운 거예요. 혁명가들이 다 낭만주의자들이잖아요. 낭만주의는 세상에 없는 걸 동경하면서 거기에 목숨을 바칩니다. 그때는 다들 민중, 민주, 통일 이야기할 땐데 그런 이야기를 안 하는 사람들이 모인 거죠. 그렇다고 당시 시대정신을 외면한 것은 아닙니다. 그런데 나는 그야말로 아무 생각이 없었습니다. 막연한 부채감이나 두려움이 없지 않았지만, 무당 같은 존재였으니 내 개인의 상상력이 발휘된 목소리라고 할 수도 없습니다. 화염병을 들거나 선언문을 쓰는 친구들에 대한 미안함은 있었습니다. 지금도 그렇고요. 그래서 어디선가 그런 소리를 한 적이 있습니다. 1980년대에는 내 뒤에 아무도 없었다, 그러니까 맨 뒤를 따라다녔는데, 지금은 내 앞에 있는 사람보다 내 뒤에 있는 사람들이 더 많은 것 같다고요. 나는 이런 사태를 '역진화'라고 부릅니다. 내 시에 메시지가 분명한 것도 이 때문이겠지요.

이즈음에서 잠깐의 혼란이 개입한다. 시인은 일관되게 문학의 사회적 역할, 현실에 대한 응전의 태도 등을 이야기하고 있지만 그는 우리나라에서 가장 대표적인 문학주의를 표방하는 계간《문학동네》의 편집위원직을 이십 년 넘게 맡고 있다. (인터뷰가 이루어지기 며칠 전, 신경숙 표절 사태 이후의

쇄신 방안으로 그를 포함한 문학동네 1세대 편집위원들의 퇴진이 발표됐다.) 그러니까 내가 감지한 혼란은 개인으로서 그가 표방하는 문학의 현실 참여에 대한 당위와 그가 속해 있는 문학주의 진영의 지향이 서로 부딪치는 건 아닌가 하는 노파심에서 오는 것이다.

김도언 선생님은 그걸 부정할 수도 있지만 선생님이 발을 딛고 있는 진영은 일종의 문학주의 진영이란 말이에요. 선생님 개인이 소신과 부딪치는 건 없을까요?

이문재 아니에요. 나는《녹색평론》편집자문위원이기도 해요. 나는 여러 개의 얼굴을 가지고 있습니다. 나는 문학주의자가 아니에요. 현실적인 감각, 지구적 인식을 가지려고 노력합니다. 내가 기자 생활 오래 하고 지금은 대학에서 가르치고 있는데, 기자나 대학 선생이나 우리 삶의 조건과 미래에 대해 관심을 가지고 계속 발언을 해야 한다고 봅니다. 나는 기사로 쓴 걸 시로 쓰고, 시로 쓰려던 걸 기사로 쓰기도 했어요. 상호연관성이 있다고 볼 수 있죠. 시와 기사. 시인과 기자. 난 그게 행운이었다고 생각합니다. 많은 사람들은 기자 생활을 하는 것이 문학에 방해가 되지 않았는가 묻지만 난 안 그랬어요. 그리고 내가 있던 매체는 상대적으로 언론 자유가 보장된 곳이었습니다. 약간 과장해서 말하자면 나는 내가 쓰고 싶은 것만 썼어요. 지금은 대학에 와 있는데 나는 교육이나 연구보다는 대학 혁신 쪽에 큰 관심을 갖고 있습니다. 대학다운 대학이란 무엇인지, 미래의 대학은 무엇을 지

향해야 하는지, 이런 화두를 붙잡고 있습니다.

김도언 저는 선생님이 문학주의자라는 게 아니었고, 선생님이 같이 있는 분들과 그 조직이……

이문재 《문학동네》 편집위원을 말하는 것 같은데, 그분들은 내가 존경하는 친구들입니다. 나는 그분들이 갖고 있는 문학관을 존중합니다. 이십 년 넘게 그분들로부터 많이 배웠고, 또 즐거웠습니다. 그런데 이번 겨울에 다 그만둡니다.

김도언 보도를 통해 봤습니다. 선생님 그러면 말이 나왔으니 묻겠는데, 《문학동네》는 변하나요? 그리고 《문학동네》가 반성해야 할 게 있다면 뭐가 있을까요.

이문재 젊은 친구들이 맡을 거니까 바뀌지 않겠어요? 그리고 문학동네가 잘못한 게 뭐냐고 물었는데, 반성할 것이 있다면 더 좋은 책을 못 만들고 작가들을 더 후원해주지 못한 거라고 할 수 있습니다. 문예지가 해야 할 일은 좋은 작품을 싣는 거 그거밖에 없어요. 돌아가신 최인호 선생님이 그렇게 말씀하셨습니다. 좋은 문예지가 뭐냐? 좋은 작품 싣는 거다. 그거밖에 없다. 그 말씀에 전적으로 동의합니다.

시여
정치가 되자

인터뷰하는 내내 들려온 그의 목소리는 마치 전위성을 내장하고 있는 어떤 고전음악과도 같았다. 그의 목소리의 성조는 이를테면 냉소와 분노와 체념 사이를 불규칙하게, 불연속적으로 오갔다. 그런데 그게 내 귀에는 참으로 절묘한 화음처럼 들렸다. 그것은 이를테면 전위음악가 메시앙이 시도했던 불협화음까지를 의도한, 실험적인 화음처럼 들리기도 했다. 도무지 동시에 설 수 없는 낭만적 회의주의자의 모습과 엄정한 현실주의자의 모습이 겹쳐지면서 드러나는 분열과 모순의 어떤 대극적 음악적 앙상블이랄까. 나는 그의 단호한 모습도, 체념한 모습도, 화를 내는 모습도, 숙취와 피로에 쩌든 모습도, 논리적인 모습도 그가 시인으로서 능히 감당해온 어떤 늠름한 태도 속에 수렴되는 것을 느꼈다. 그는 빛나는 신생의 감수성과 서정으로 1980년대 시단의 경직성에 경종을 울린 청년 시인에서 이제 지천명의 후반으로 넘어가는, 삶의 또다른 절정에 서 있다. 그는 일주일에 일곱 날을 학교 연구실에 나온다고 한다. 그는 자신에게 무척이나 가혹한, 그래서 순정한 전위적 낭만주의자의 태도를 포기할 생각이 없어 보인다. 그 태도 속에서 이 세계에 대한 그의 연민은 깊고 넓어졌으리라. 그의 칼칼한, 그러니까 꼰대이기를 자처하면서 던진 어떤 목소리, 내 귓바퀴에 단단히 새겨진 목소리를 최대한 육성에 가깝게 옮기면서, 한 시인의 절실하고 핍진한 정신적 풍경을 묘사하기엔 한없이 모자란 인터뷰 글을 마친다.

난 정치 이야기를 하고 싶어요. 왜 정치를 안 하려고 하지. 적지 않은 수의 우리 국민이 우리나라의 민주주의를 오해하고 있어요. 선거제와 정당제, 삼권 분립이 민주주의인 줄 아는데, 그건 민주주의의 극히 일부일 뿐입니다. 민주주의는 한마디로 인민이 자기 스스로 통치하는 거예요. 우리가 우리 스스로를 통치하는 거요. 루소가 말한 '자유'의 개념과 흡사합니다. 루소는 자유를 자기가 법을 세우고 그 법에 순종하는 거라고 말합니다. 문학 행위도 마찬가지 아닐까요? 작품을 쓸 때마다 스스로 법을 세우고 그 법에 복종하는 게 문학일 겁니다. 문학하는 자의 삶도 그와 마찬가지여야 한다고 생각합니다. 자기가 세운 법이 불가능하더라도 그걸 추구하는 게 문학이라고 봅니다. 사실, 병들고 타락한 세계, 멸망을 향해 질주하는 이 문명을 시인이 바꾼다는 것은 불가능합니다. 그러나 불가능하기 때문에 우리는 그것을 해야 합니다. 가능하다면 누가 그걸 못하겠습니다. 그리고 가능한 것에는 미래가 없습니다. 이윤이나 성취감은 있을지 몰라도. 내가 믿는 올바르고 아름다운 세계, 인간과 우주가 조화와 균형을 이루는 세계, 그 불가능의 세계에 대해 발언해야 합니다. 불가능에 대한 추구를 말할 때마다 내가 소개하는 분이 있습니다. 지난 세기 중반 미국에서 활동한 기독교 아나키스트 애먼 헤나시입니다. 이 분은 일 인 시위의 창안자이기도 한데, 무슨 일이 생기면 뉴욕 거리에서 혼자 피켓을 들고 시위를 했습니다. 그럴 때마다 기자나 행인이 이렇게 물었습니다. "당신 혼자 그렇게 한다고 해서 세상이 바뀌겠느냐?" 그때마다 애먼 헤나시는 씨익 웃으며 이렇게 답했습니다. "나도 안다, 나 혼자 이런다고 세계가 바뀌지 않을 것이다. 하지만 이 세계 또한 나를 바꾸지 못할 것이다." 내가 세계를 바꾸겠다는 각오보다 세계에 의해 내가 바뀌지 않겠다는 의지. 이 얼마나 고귀하고 당당한 태도인가요.

이문재 | 1959년 경기도 김포에서 태어났다. 1982년 《시운동》 4집에 시를 발표하며 작품 활동을 시작했다. 《내 젖은 구두 벗어 해에게 보여줄 때》《제국호텔》《지금 여기가 맨 앞》 등의 시집을 냈다. 그 외에 산문집 《내가 만난 시와 시인》《바쁜 것이 게으른 것이다》 등을 썼다. 1995년 김달진문학상, 1999년 시와시학 젊은시인상, 2002년 소월시문학상 등을 수상했다.

시인 김요일,

보고 들은 자, 퇴폐에 거하다

아득히 그리운 그곳 / 아바나에선 모두가 시인이라네 / 시가든 대마초든 다디단 담배를 물고 아무 곡조나 흥얼거리지 / 아무도 무언가를 적지 않지만 / 인생을 조금 아는 사람들의 눈에선 / 당신 닮은 수련꽃이 몇 번이나 피고 졌다네

– 김요일, 〈아바나의 피아니스트〉 중, 《애초의 당신》(민음사, 2011)

독특한 두 개의 포지션

그의 전모를 설명하기엔 여전히 충분치 않은 말이긴 하나, 김요일 시인은 예나 지금이나 우리 문단에서 쉽게 목격할 수 없는 '퇴폐주의자'다. 그것은 범박한 수사가 아니라 실증적 근거를 수반하는 말이다. 젊은 시절 허무에 취해 자폐적 삶에 침잠했던 고은 시인은 사석에서 김요일을 가리켜 이렇게 말한 적이 있다.

이놈이 퇴폐를 알아. 네가 한번 정착시켜봐. 한국에는 퇴폐가 없었어. 공자 때문에. 일본에도 프랑스에도 중국에도 있는 퇴폐가 우리에게는 없어. 유교의 노예가 됐기 때문이야. 예술의 가능성은 퇴폐 없이는 안 돼. 유교는 시를 압살했어.

공교롭게도, 황음으로 치달으며 문학적 전위의 극한을 실험했던 시인 이상의 전기를 쓴 고은 선생이 한국의 퇴폐를 부정하는 것이 쉽게 이해되는 건 아니지만, 김요일을 가리켜 퇴폐를 아는 자라고 말한 것은 퍽이나 예리한 지적이 아닐 수 없다. 내가 이렇게 말할 수 있는 것은, 그의 퇴폐의 진면목을 이해하는 몇 안 되는 지인 중 나 자신이 포함된다고 믿기 때문이다. 아는 사람은 다 아는 얘기지만 김요일 시인과 나는 '육친'에 버금가는 각별한 정을 나누는 사이이다. 수년 전부터 최소한 일주일에 한 번은 홍대

나 연희동 일대에서 얼굴을 맞대고 소주잔을 기울인다. 어쩌다 그것이 생략되기라도 하면 허전한 마음이 들 정도다. 아마도 나는 그에게 술잔을 가장 많이 받은 후배일 것이며, 그는 내가 술을 가장 많이 따라준 문단 선배일 것이다.

객관적인 거리를 확보하기 어려워 보이는 막역하고 절친한 '정인'을 인터뷰 대상으로 삼아 공식적인 얘기를 나누는 것은, 의심할 여지없는 리스크를 동반한다. 우선은 인터뷰어가 중립적 보고자의 시선을 잃어버리고 인터뷰이에 대한 진술이 미화나 상찬 위주로 흘러가버리고 말 거라는 독자들의 당연한 '짐작'에 맞서야 한다는 과제가 따를 것이다. 당연한 '짐작'이라는 말이 다소 복잡한 사정을 암시하지만, 그런 편견이나 의심을 해소하고 불식시키는 것이 이번 인터뷰의 관건이라면 관건이겠다.

분명히 말하거니와 내가 김요일 시인을 만나 인터뷰라는 형식으로 공적 대화를 나누고 싶다는 생각을 하게 된 것은, 그가 우리 시단에서 상당히 드물고 귀한 포지션을 확보하고 있는 시인이라는 분명한 판단 때문이다. 그 포지션은 크게 두 가지 측면에서 설명이 가능하다. 첫째는 앞서 얘기했듯 그가 우리 문학 환경에서 예외적으로 퇴폐적 삶과 시학을 극단적으로 밀어붙이는 시인이라는 점이고, 둘째는 비상한 가족적 계보를 바탕으로 그가 우리 시단에서 독특한 관찰자 역할을 수행해왔다는 점이다. '퇴폐'와 관련된 그의 초상은 뒤에서 다시 얘기하기로 하고, 일단 그를 두고 독특한 관찰자라고 말한 근거에 대해 좀더 부연하도록 하겠다.

김요일 시인의 부친은 알려진 것처럼 시인 김종해 선생이다. 1963

년에 등단해 '현대시' 동인을 거쳐 2004년 34대 한국시인협회장을 역임한, 시력詩歷이 오십 년이 넘는 한국 시단의 존경받는 원로다. 김종해 선생의 장자인 김요일 시인은 말하자면 부친이 앞서 걸은 시인의 길을 따라서 걷고 있는 셈이다. 그뿐인가. 김요일 시인의 숙부는 고 김종철 시인으로, 그 역시 39대 한국시인협회장을 역임하는 등 시인으로 큰 족적을 남긴 분이다.(선생은 2014년 시인협회장 재임 중 지병으로 작고했고, 장례는 시인협회장으로 엄수됐다.)

이처럼 문향이 넘치는 흔치 않은 가풍의 세례를 받으며 자란 김요일 시인은 어린 시절부터 김종해 선생을 따라다니며 선생이 참여한 '현대시' 동인을 비롯 당대의 기라성 같은 시인들을 관찰할 기회를 갖게 된다. 그런 기회가 누구에게나 주어지는 건 아닐 테니, 그 경험이 드물고 귀하다고 말하는 것이 큰 무리는 아닐 것이다. 또한 그는 스물여섯의 나이로 시단에 나온 뒤에는 박남철, 하재봉, 함민복, 정병근, 성귀수, 이윤학, 장정일, 이진우, 박정대, 조현석, 김중식, 전윤호, 주종환 등 선배 및 동료들과 활발히 교류하면서 시단의 중심 풍경을 목도하게 된다. 아울러 그 자신이 중견의 자리로 접어든 뒤에는 후배들의 시 작업에도 깊은 관심을 가지면서 교유의 폭을 넓혔는데, 고영, 박후기, 황병승, 김이듬, 이준규, 박지웅, 박장호, 이해존 등이 주로 어울리는 후배 시인들이다. 사실이 이렇다면, 1970년대부터 2000년대까지 삼십 년이 넘는 한국 시사의 현장을 김요일 시인만큼 유효한 거리에서 섬세하게 관찰하고 목격한 사람이 또 있을 수 있을까. 그래서 나는 그에게 유력한 관찰자, 혹은 지배적인 목격자의 지위를 부여하는 것이 타당하다는 생각이 들었고, 퇴폐적 세계에 침잠하면서 만들어진 그의 고유한 이미지와 더불어 그가 보고 들은 이야기를 기록하기 위해 그가 공적인 인터뷰의 장으로 나오기를 끈질기게 회유한 것이다. 최근 우울증과 무력증으로 신경정신과 처방을 받기도 한 그는 인터뷰를 두 번이나 고사했으나 결국 회유를 이겨내지 못했다.

공식적인 약력에 의하면 김요일 시인은 1990년, 최근 폐간을 결정한《세계의 문학》에 신작시를 발표하면서 등단했다. 그 과정이 꽤 특별했다는데 그 이야기부터 들어봐야겠다.

등단,
박남철 시인과의 만남

김도언　형이 등단하던 무렵의 상황을 들어보는 것으로 이야기를 시작했으면 좋겠어요. 당시 문예지에 신인상 제도도 없었을 때고 등단 방식이 지금과는 사뭇 달랐다면서요.《세계의 문학》도 신인상 제도라는 게 없었죠?

김요일　맞아. 신인상이 따로 없었고, 시인 지망생들이 문예지에 투고를 하면 편집위원들이 검토를 거친 후에 우수한 작품을 뽑아서 지면에 발표할 기회를 제공하고, 그렇게 발표를 하면 등단한 것으로 인정했어. 편집위원은 당시 문단의 중진 시인들이 맡았고.

김도언 그러니까 좋은 시가 투고되면 발표 지면을 주면서 등단시키고 투고작 중에 이렇다 할 작품이 안 보이면 그냥 지나가는 식이었다는 거죠? 그럼 그때 형도 정식으로 투고를 한 거예요?

김요일 나의 경우 투고를 한 게 아니야. 당시 인사동에 '평화 만들기'라는 카페가 있었는데, 시인과 문인들이 모여서 술도 마시고 차도 마시는 곳으로 유명한 곳이었어. 어느 날 혹시 '평화 만들기'에 가면 내가 좋아하는 시인의 얼굴이나 술 마시는 모습을 볼 수 있지 않을까 싶어 혼자 찾아갔지. 한 아홉 시쯤 돼서 갔는데 굉장히 시끄러운 소리가 들리는 거야. 나중에 알았는데 김명리 선배하고 황학주 선배와 박남철 선배가 과격하게 언쟁을 벌이는 소리였지. 그때 내 눈에 확 들어왔던 게 박남철 시인이었어. 난 그분의 실험적인 해체시를 아주 좋아했으니까. 그런데 나하고 눈이 마주치길래 박남철 씨 아니냐고 했더니, 갑자기 나한테 눈을 부라리면서 어린 녀석이 감히 나한테 '씨'라고 그래, 너 누구야, 너 거기 앉아 있어, 그러더라고. 나는 뭐 그때 한창 혈기가 있을 때였으니까 알겠다고 하고 맥주를 마시면서 기다렸는데, 박남철 선배가 내 쪽으로 씩씩대면서 오더니 뭐 하는 놈이냐 묻더라고. 그래서 시 공부하는 사람이고 박남철의 시를 좋아하는 사람이다 그랬더니 좀 누그러지는 거야. 그래서 이런저런 얘기를 나누다가 혹시 시 쓴 거 있냐, 그래서 가방에 시 쓴 게 대여섯 편 있길래 보여줬더니, 갑자기 자기 가방에 넣으면서 내가 찬찬히 한번 읽어볼게, 그러는 거야. 그러고 그 다음 주에 '시인 학교'라고 시인들이 자주 가는 술집에서 만나자고 해서 그 자리에 나갔는데, 갑자기 나한테 하는 말이 너《세계의 문학》으로 등단하게 됐다고 해. 그래서 그게 무슨 소리냐, 나는 투고한 적도 없고 아직 준비도 안 돼 있다고 말했는데, 박남철 시인이 당시《세계의 문학》편집위원인 이남호 선생한테 내 시를 보여주면서 그냥 밀어붙인 거야. 그래서 진짜 떼밀리다시피《세계의 문학》이라는 잡지로 등단을 하게 된 거지.

김도언 제가 형 등단작을 읽어봤는데, 문법의 해체와 음악적 요소의 도입 등 신선한 요소가 많더라고요.《세계의 문학》말이 나왔으니 말인데, 형의 등단지고 모지인데 얼마 전에 폐간한다는 뉴스가 나왔잖아요. 어떠세요, 소회가. 전통을 가진 유서 깊은 문학 잡지였는데. 저는《세계의 문학》이랑 아무 관계가 없는 사람이지만 상당히 충격적인 뉴스였거든요. 그것이 우리 문학계가 상업주의에 굴복한 어떤 상징적 사건으로 보이기도 하고.

김요일 나 역시 우리 문학과 인문학의 밑거름 역할을 해온《세계의 문학》이 폐간됐다는 이야기를 듣고 굉장히 씁쓸했어. 특히 내가 관여한《시인 세계》라는 잡지를 문학세계사에서 펴내다가 중단하고 있는 상황도 떠오르면서 많이 우울했지. 이제 문학 출판사의 맏형 격인 민음사조차 문화 예술, 문학 예술 잡지를 이끌어가지 못할 지경에 이르다니 출판 시장이 붕괴됐구나, 그런 생각이 든 거야. 결국 자본의 논리에 의해 문학이 백기를 든 셈인데. 특히 민음사는 다른 문예지를 펴내는 곳과는 달리 상징적인 권위와 자본력이 탄탄한 출판사 중 하나인데 거기에서조차 놓아버리면 앞으로 한

국 문학계가 더 황폐해지겠구나, 이런 착잡한 생각도 들었고.

대를 잇는 시업,
음악에서 시로

김도언　　형 입장에선 좀 겸연쩍은 질문일 수도 있는데, 일반 독자들은 2대에 걸쳐 시를 쓰는 김종해 선생님과 형의 관계를 흥미롭게 생각할 듯해요. 어려서부터 아버님 가까이에서 시인의 삶을 지켜봤을 텐데, 기억나는 인상적인 장면은 없나요?

김요일　　아버지는 회사에서나 집에서나 성실하시고 매사 책임감이 강하신 분이셔.(김종해 선생은 1979년 문학 전문 출판사 문학세계사를 창립해 36년째 운영해오고 있다.) 가끔 술을 드시고 집에 오실 때 땅콩이나 오징어 같은 걸 가지고 오셨는데, 잠을 자다 일어나서 맛있게 먹곤 했던 기억이 있어. 하지만 매우 엄격하고 무서운 분이기도 하셨지. 아침에 우리를 깨우기 위해 오시면, 발소리만 듣고도 벌떡 일어날 정도였거든. 아버님이 참여하신 현대시 동인 친구분들이 가끔 우리 집에 놀러오셔서 술을 드시기도 했는데, 오실 때마다 내게 노래를 시켰던 게 기억나. 나는 조영남의 〈딜라일라〉를 자주 불렀던 것 같아. 노래가 끝나면 선생님들이 10원짜리 한 개씩을 손에 쥐여주곤 했지. 이건청 선생님, 홍기삼 선생님 가족과도 자주 어울렸고. 1980년대의 문

나는 내가 좋아할 수 있는,
나 자신을 만족시키는 시를 쓰는 게
언제나 최우선이었어.
말하자면 그게 내 전위라고 할 수 있지.

학세계사는 문인, 기자들의 사랑방 같았는데, 모여서 화투 치고 바둑 두며 웃기도 하고 싸우기도 했어. 어깨너머로 그분들이 노는 모습을 보는 것도 재밌었고. 이형기, 김광림, 오규원, 이근배, 이탄, 김원일, 김주영 등 당시 중진 문인부터 젊은 시인에 속한 장석주 시인, 정규웅 전 중앙일보 논설위원을 비롯해 말단 기자였던 기형도, 이경철, 박해현 기자들까지 거의 매일 북적거렸지.

김도언 형은 정말 아무나 볼 수 없는 진풍경을 구경한 셈이네요. 등단했을 때, 작품 발표되고 김종해 선생님의 반응은 어떠셨어요? 형이 시인이 되고 싶어 하는 걸 아버님이 알고 있었어요?

김요일 알고 계셨지. 내가 고등학교 두 번 잘리고, 검정고시 공부를 하고 있을 때였는데, 인천 대학교에서 주최하는 전국 고교 백일장 공고를 봤거든. 근데 당시만 해도 검정고시생들은 지원을 할 수 없었어. 그래서 당시 고등학교 재학 중이던 두 살 터울인 동생 김요안의 이름으로 재미 삼아 응모를 했는데 거기서 차상을 받게 된 거야. 그래 가지고 동생은 얼떨결에 인천대학교에 가서 처음 보는 사람들한테 정신 못 차리도록 막걸리를 얻어먹고 집에 들어온 거지. (김종해 선생은 이날의 기억을 2011년《미네르바》겨울글에 실린 한 인터뷰에서 이렇게 술회하고 있다. "장남 김요일은 고등학교 때부터 시를 쓰려고 했습니다. 그래서 제가 시를 절대 쓰지 못하게 엄하게 꾸짖었어요. 요일이는 시 외에 음악적 재질과 소양이 있었습니다. 그쪽의 권위자의 오디션도 받고 했습니다. 그래서 김요일은 시를 쓰지 않기로 했었

습니다. 그런데 어느 날 둘째 김요안이 술에 취해 집에 들어왔습니다. 대문을 여는데 술 냄새가 확 났습니다. 고등학생이 어디서 술을 마셨느냐고 꾸짖으니, 형이 전국 남녀 대학 문예콩쿠르에 시가 당선되었는데, 형이 시상식에 못 가고 자기를 대신 보냈다고 하였습니다. 인천 대학 시상식에서 사람들이 술을 권해서 취했다고 했습니다. 그래서 요일이에게 시를 한번 보자고 해서 읽어보니 제법 잘 썼어요. 미당 서정주 선생님이 선을 하고 심사평을 쓰셨습니다. 그래서 결국은 자기가 그렇게 하고 싶어 해서 내버려두었습니다.") 근데 그걸 아버지가 보시고 내가 시를 쓰고 있다는 걸 알게 된 거야. 그 이후에 가끔씩 내 딴에는 괜찮아 보이는 시를 썼을 때 보여드리면 알았다, 그 정도의 말씀밖에 안 하셨어. 사실 나는 시인이 되겠다는 꿈을 꾼 적은 전혀 없었어. 내가 하고 싶었던 것은 음악이었지. 특히 성악을 하고 싶었어.

성악을 하고 싶었던, 감수성 충만한 사춘기 소년은 왜 성악가가 되지 않고 시인이 되어 있는 것일까. 어떤 극적인 전환점이 있었던 걸까, 실제로 김요일 시인의 노래 실력은 프로급이다. 아마 시인들 대상으로 '노래 자랑' 경연을 한다면 그는 빠지지 않고 1위를 다툴 것이다. 그것은 그의 노래를 한 번이라도 들어본 이라면 인정하지 않을 수 없다. 기분 좋게 취한 그는 곧잘 성악의 정통 발성법으로 테너 신영조나 엄정행의 목청을 흉내 내기도 하고 그 자신이 제일 좋아하는 송창식의 곡들을 부르기도 한다.

김요일 극적인 전환은 아니고 자연스러운 전환이었다고 할 수 있지. 아버지가 시인이니 집에 우편으로 수많은 책들이 왔거든. 당시만 해도 지금

처럼 어린이책이 많지 않아서 집에 있던 전집류를 다 읽고 나면 읽을거리가 없었어. 그래서 자연스레 아버지 서재에 있는 책들을 펼쳐보게 되었지. 그러다보니까 초등학교, 중학교 때 백일장 같은 걸 하면 학교 대표로 나가게 됐어. 제일 신나는 시간이었지. 왜냐하면 공부를 안 하고 밖에 나갈 수 있었으니까. 실컷 놀다가 한 시간 전이나 삼십 분 전쯤 후다닥 써서 내면 상을 주었으니까. 하지만 내가 하고 싶은 건 음악이었어. 그래서 레슨을 받으면서 성악가가 되고 싶다는 생각을 하게 됐는데, 노래를 하면 할수록 나하고는 맞지 않는 거야. 성악이라는 게 다른 사람이 만들어놓은 곡에, 다른 사람이 붙여놓은 가사에, 다른 사람이 반주를 하는 데 맞춰서 내가 노래를 하는 거잖아. 그냥 악기 역할밖에 못 한다는 게 불만족스럽더라고. 그래서 내가 그냥 나 혼자 내 스스로 만들어 할 수 있는 일을 찾다보니까 다시 시에 관심을 갖게 된 것 같아. 집에 배달되는 잡지나 시집들을 보면서 이 정도는 나도 쓰겠다는 생각이 들더라고. 그러다가 우연치 않게 등단을 하게 됐고, 그래서 지금까지 계속 시인이라는 이름으로 불리고 있는 거지.

퇴폐와 전위를 감행한 실험

김요일 시인은 자신의 등단을 우연의 산물처럼 얘기하고 있지만, 그는 1993년 EBS에서 방영된 〈1990년대를 여는 시인들〉 특집에 장석남, 함민복, 함성호, 김중식 시인과 함께 선정되는 등 90년대 초반 젊은 세대를 대표하는 시인으로 기대를 모았다. 그의 등단작 중 한 편인 〈자유무덤〉에서 그는 이렇게 노래한다.

자유무덤……중얼거려보았다……밤알만한신문활자들이후두두후두두쏟아지는데나는우산을뒤집어그것들을주워담았다따스한것뾰족해서손을찌르는것물컹한것신냄새가나는것닥치는대로주워담았다

그가 들려준, 혼돈과 광기에 취한 채 무덤을 탈출한 자유로운 유목민의 목소리는, 한 세기를 포효한 거대한 이념이 쇠하던 1990년, 군사정권의 말기 증세와 모더니즘의 창궐 사이에서 새로운 시대의 여명의 징후를 알리기에 충분한 것이었다. 아마 그가 시단의 호의를 받아들여, 차근차근 시를 발표하고 시집을 내고 시업을 축적하는, 많은 시인들이 대체적으로 선택하는 길을 걸었다면 시인으로서 그의 길은 더 안정적이고 시적 위상은 탄탄해졌을지도 모른다. 그런데 그는 1994년 돌연 좀 해괴한 실험을 감행한다.《붉은 기호등》(문학세계사, 1994)이라는, 한 편의 시가 시집 한 권을 이루는 형식과 내용이 난해하기 이를 데 없는 실험 장시를 출간한 것이다. 사실상《붉은 기호등》은 디스토피아적 전망 속에 해방과 자유의 욕구를 배치한 독특한 퇴폐적 세계의 창조를 통해 탐미의 궁극에 다다르고자 했던 시인 자신의 시학이 기괴하게 망라되어 있는 작품이었다.

김도언 등단한 지 사 년 만인 1994년 우리가 쉽게 성격을 규정하기 힘든 시집을 출간하잖아요,《붉은 기호등》. 서사시도 아니고 장시라고 얘기하긴 하지만 상당히 실험적이고 파격적이고 또 난해한 어떤 전위성을 내포한 시집으로 저도 읽었어요. 그 시집을 읽은 다른 분들도 불온한 상상력으로 세계의 위선과 허위를 폭로하고 있다고 말하는 걸 들었어요. 장시를 쓰던 무렵의 형의 상황을 설명해주면 좋겠어요. 어떤 세계에 골몰했는지.

김요일 나는 시가 됐든 다른 예술 장르가 됐든, 예술 창작이라는 건 뭔가 새로운 세계를 보여줘야 한다고 생각했어. 시인이라면 자신의 시를 보는 사람들에게 낯설고 이상한 느낌을 안겨줘야 한다고 생각한 거지. 낯설고 이상한 느낌들이 새로운 가능성으로 열린 새로운 세계를 창출한다고 믿었던 거야. 그래서《붉은 기호등》을 그런 마음으로 썼어. 아직 세상에 한 번도 나오지 않은 언어로, 아직 한 번도 쓰인 적 없는 시를 쓰겠다는 생각으로. 사실《붉은 기호등》이 나오면 세상이 전복될 줄 알았어. 내 작품을 보고 세상이 깜짝 놀랄 줄 알았던 거지. 어쨌거나 결국《붉은 기호등》은 내 뜻대로 받아들여지진 않았지만, 예술이라는 건 세상과 불화하고 불협화음을 내야 한다고 믿고 있어. 여러 화음이 교차하는 말 그대로 교향곡 같은 그런 시를 써보고 싶었지. 그 시집을 쓰게 된 직접적 계기는《현대문학》에 〈혈의 누〉라는 작품을 발표하면서부터인데, 그 시를 실험적인 장시 형태로 늘인 거야. 그런데 당시 항의 전화가 많이 왔다고 하더라고. 어떻게《현대문학》에서 이렇게 쓰레기 같은 작품을 실을 수가 있느냐, 어떻게 시에 남자와 여자의 생식기가 나올 수 있느냐는 둥…… 그러면서 나한테 연락할 수 있는 전화번호를 알려달라는 둥 좀 작은 소란이 일었었지.(웃음)

김도언 《붉은 기호등》의 옹호자는 없었나요?

김요일 반면에 박정대 같은 시인이 그 시를 읽고 너무 좋다고, 진짜 너무 좋다고 자신의 소감을 전했고, 그래서 지금까지도 단짝 친구로 지내고 있어. 그런 실험적이고 모던한 계통의 시를 쓰는 시인들이 나를 옹호해줬지. 《붉은 기호등》이 그들과 계속 친분을 쌓게 된 계기가 된 거야. 시집을 낸 이후, 시인들이 모이는 술자리에 가보면 사람들 의견이 많이 엇갈렸어. 이건 시가 아니다, 시에 서정의 물기가 하나도 없는 건 시가 아니다, 이런 말씀을 오세영 선생님 같은 분이 하셨고, 다행스럽게도 내가 전부터 좋아했던 동료들, 장정일이나 함민복, 박상순 같은 시인들은 내 시를 좋아해줬던 것 같아.

김도언 방금 원래부터 좋아했던 동료들이라고 말했는데, 저는 형이 탁월한 감식안을 가진 관찰자자라는 생각을 해왔거든요. 형이 생각하는 좋은 시인은 어떤 시인인가요?

김요일 시를 보면, 정말 타고난 시가 있고 다듬어진 시가 있고 그다음에 공들여서 쓴 시가 있는데, 나는 모든 장르의 예술가는 타고나야 된다고 생각해. 물론 열심히 공부하고 읽고 쓰고 하다보면 시 비슷한 것을, 예술 비슷

한 것을 만들어낼 수는 있겠지. 하지만 그런 시들을 보다보면 어느 순간 자기가 자기를 복제하게 되고 시대를 복제하게 되고 선배를 모사하게 되고 그렇게 되더라고. 다시 말해 자기만의 색이 희박해진단 말이야. 그래서 내가 좋아하는 시인들은 자기 색을 갖고 있고 자기 냄새가 있는 시인들이야. 그게 악취가 됐든 향기가 됐든, 타고나는 거지.

김도언 시인으로서 형의 연혁을 다시 끄집어내볼게요. 《붉은 기호등》을 발표하고 거의 십 년 동안 시를 안 쓰는 시간을 보냈어요. 그러다가 2003년에 다시 시를 발표했죠. 〈아바나의 피아니스트〉라는 시가 그것인데요. 십 년의 공백을 설명해주면 좋겠어요.

김요일 그 공백을 설명하는 일은 어렵지 않아. 《붉은 기호등》을 낼 때 나는 세상을 전복시키려고 했고, 실제로 세상이 뒤집어질 줄 알았어. 하지만 '그런 것도 시냐' 같은 비아냥만 있었을 뿐 세상에는 아무런 일도 일어나지 않았지. 그래서 나는 그러면 《붉은 기호등》보다 더 놀라운 작품을 쓰겠다고 마음을 먹었지. 더 새롭고 더 낯설고 더 다른, 정말 극한의 실험을 해보겠다고 작정을 하고 시를 쓰기로 한 거야. 그런데 쓰고 나서 보면 형편없는 거야. 낯설지도 않고. 아무리 해도 더 다르고 더 낯선 세상을 만들지 못 하겠다는 생각이 들더라고. 그러다보니까 아예 펜을 놓게 되었던 거지. 청탁은 꾸준히 왔지만 시를 보내지 않았어.

탐미와 퇴폐, 시인의 화두

서두에서 소개한 것처럼 고은 시인은 김요일을 가리켜 퇴폐를 아는 자라고 했다. 사실 일상적인 문맥에서 퇴폐는 매우 부정적인 의미에서 협의적으로 쓰이는 경우가 대부분이다. 그럴 때 퇴폐는 일본 소설가 미시마 유키오가 다자이 오사무를 비판하면서 보인 반응처럼 종종 반이성적이고 파괴적인 것으로 치부되기도 한다. 하지만 문학의 어떤 경향이나 태도를 설명할 때, 퇴폐는 분명 풍요롭고 다채로운 함의를 가지는 중요한 키워드로 간주된다. 일본은 다자이 오사무나 사카구치 안고 같은 '무뢰파'에 이르러 퇴폐를 표방한 데카당스 문학이 하나의 선명한 문학적 유파로 문학사에 등재되는데, 고은 선생의 지적대로 우리나라에선 좀처럼 '퇴폐의 문학' '문학의 퇴폐'를 찾아볼 수 없다. 탐미와 쾌락이라는 절대적 이데아 앞에서 소모를 촉진하고 마침내 삶을 탕진하는 퇴폐를 실행하는 일은 물론 쉬운 일이 아니다. 많은 시인들에게 퇴폐는 치러야 할 대가가 너무 큰 아나크로니즘적 환상으로 받아들여지는지도 모른다. 그런데 내가 지근거리에서 목격한 김요일은 자신의 삶과 희망까지 남김없이 탕진하면서, 결국은 실패가 예정된 탐미와 쾌락의 세계의 완성을 향해 망설임 없이 나아가는 자다. 그것은 죽음의 두려움까지 내팽개치는 것이다. 나는 그가 자신의 탐미적 욕망 앞에서 머뭇거리는 경우를 본 적이 없다. 그는 일 년 삼백육십오 일 중 이틀 내지 사흘을 제외하곤 매일 술을 마시며, 말버러 담배를 하루 두 갑씩

피며, 상시적으로 여행과 음악에 심취한다. 그 극단적 도취가 퇴폐의 세계를 심화시키면서 그에게 독특한 서정의 정조를 선사하는데, 그의 두 번째 시집《애초의 당신》에서 발견되는 허무와 초월, 비애감과 동경 가득한 시정詩情이 바로 그것의 실례라고 할 수 있다.

김도언 형의 두 번째 시집《애초의 당신》은 2011년도에 나왔죠?《애초의 당신》을 보면《붉은 기호등》에서 보여준 과격하고 파격적이고 실험적인 어떤 전위성 같은 것은 상당히 엷어지고 어떤 세련된 서정, 비애와 우수 속에 퇴폐적인 걸 섞어놓은 듯한 서정이 엿보여요. 제가 오독을 한 건지 모르겠는데.

김요일 말하자면《애초의 당신》에 들어 있는 시들은 정말 말 그대로 술 한잔 마시고 집에 들어가는 골목길에서 그냥 자연스럽게 나온 휘파람 같은 그런 시편들이야. 그런데 나는 자주 시로 무엇을 할 수 있을까를 생각하는데, 대부분은 시란 인간이 만들어낸 모든 것 중에서 가장 쓸모없는 게 아닌가 하는 생각에 이르게 돼. 말하자면 맹장 같은 거지. 어디 쓸 데도 없고 그렇다고 없앨 수도 없고. 그럼에도 불구하고 시인들이 시를 쓰는 게 난 병 같은 거라고 생각해. 병이지. 쓸모없다는 걸 알지만, 쓰지 않으면 견딜 수가 없는, 아주 고약한 병이야.

그의 입에서 발음된 '병'이라는 말이 참 의미심장하게 다가온다. 김요일은 실제로 큰 병과 싸운 적이 있다. 칠팔 년 전 위암과 식도암 선고를 동시에 받고 수술하고 투병했다. 그러곤 보란 듯이 다시 생활의 '퇴폐계'에 복귀했다. 그것은 그가 호기로워서가 아니고 병에 대한 투항마저 병적인 방식을 택한 까닭이다.

김요일 내 삶의 모토는 언젠가 너에게도 얘기한 묘비명처럼 '뭐 좀 재미있는 일 없을까' 같은 거야. 평생 호기심 속에서 재미있는 걸 찾았던 것 같아. 그런데 암 수술 하고 나서 몇 달 동안 술도 못 마시고 담배도 못 피우고 사람들하고 교류하는 일이 줄어들다보니까 진짜 말 그대로 죽어가는 느낌이 들더라고. 영양가 있는 음식만 먹고 술 담배도 안 하고 운동까지 하는데, 몸은 점점 안 좋아지는 거야. 그래서 이렇게 살 바에야 단 일 년을 더 살더라도 내가 살아왔던 대로 재미있게 살아야겠다는 생각을 하고 술 담배를 하고 친구들과 어울리고 그랬어. 그러다보니까 놀랍게도 몸이 돌아오는 거야. 그 와중에 암 수술 후유증으로 다시 폐결핵과 급성 담석증 같은 게 찾아왔는데, 난 내가 하고 싶은 걸 멈추고 싶은 생각이 없었어. 최근에 괜히 우울하고 불안감을 많이 느껴서 진단을 받아보고 싶어 병원에 갔더니 알코올중독 때문에 일어나는 증상이래. 의사가 심각하게 얘길 하더라고. 그렇다고 술을 아주 안 마실 수는 없으니까, 적당히 마셔야겠다는 생각은 하고 있어.

김도언 원래부터 그렇게 살고 싶은 대로, 마음대로 살았어요? 이런저런

사고를 치는 바람에 고등학교를 두 번 잘린 걸로 알고 있는데, 그래서 검정 고시를 통해 대학(서울교대)에 입학한 걸로 알고 있어요. 그때의 방황 속에 형의 문학이 추구하는 탐미, 퇴폐, 자유 같은 것이 배태되어 있었다고 봐도 될까요?

김요일 원래부터 살고 싶은 대로 살았냐고 물었는데, 탐미적인 세계 앞에서는 어떻게 살고 어떻게 죽느냐 하는 고민 같은 것이 별 의미가 없어. 사실 개인을 떠나서 생각하면 무책임했지. 부모님께 걱정 끼친 것, 가족에게 걱정하게 한 것 죄송하고 미안하지. 고등학교 시절의 방황은 그때가 누구에게나 신체적으로든 감정적으로든 정서적으로든 격랑의 시기이니 그리 특별한 것은 아니었어. 나는 단지 울타리 밖으로 나가고 싶었거든. 빨리 어른이 되고 싶었던 것뿐이야. 내가 좋아하는 것을 내 책임 하에서 마음껏 맛보고 싶었지. 문학도 마찬가지야. 누가 내 시를 좋아하든 좋아하지 않든 그건 매우 사소한 문제였지. 나는 내가 좋아할 수 있는, 나 자신을 만족시키는 시를 쓰는 게 언제나 최우선이었어. 말하자면 그게 내 전위라고 할 수 있지. 나조차 만족시키지 못하는 시가 어떤 울림을 가지며 다른 사람에게 다가갈 수 있겠어? 내게 창조라는 것은 내가 먼저 느끼고 내가 먼저 즐거울 때 의미가 있었어. 말하자면 그게 내가 사는 방식이었던 것 같아.

그의 진술대로라면, 미와 쾌락의 재단에 삶을 바친 '에피큐리언'으로 김요일을 정의하는 것도 틀렸다고 말하긴 어려울 것이다. 미의 탐닉과 쾌락은 가장 정직하고 단순한 관념이어서 좌고우면을 허락하지 않는다. 어떤 경우의 김요일은 그 원리를 따랐을 뿐이다. 하지만 수년 동안 가까이에서 지켜본 그는 사실 알려진 것과는 달리 매우 고독하고 검박한 사람이다. 그를 둘러싼 다채로운 풍문은 그 사실을 종종 지워버린다. 내 생각에 그의 고독은 타고난 성정이 지나치게 솔직한 데서 기인하는 것 같고, 검박함은 그의 DNA 속에 깊이 내장된 유서 깊은 어떤 시흥詩興 때문일 것이다. 나는 시비와 분란이 흔한 시인들의 술자리에서 그가 한 번도 언성을 높이거나 누구와 다투는 걸 본 적이 없고, 다른 사람을 지배하려 들거나 자기 의도를 강요하는 걸 본 적이 없다. 그는 사리분별이 분명하고, 상상력이 풍부하며, 인간에 대한 이해와 예의의 폭도 깊고 넓다. 그럼에도 그는 동료 문인들로부터 평가가 극단적으로 엇갈리는 호오의 대상이다. 그를 옹호하는 쪽이나 비판하는 쪽 모두 그 논리와 입장이 여일한데, 비판하는 쪽의 경우 김요일 시인이 견지해온 퇴폐적 삶을 해석하는 과정에서 다소 복잡한 이견이나 오해가 개입됐으리라는 추정이 가능하다. 거기엔 '불편한 선망'으로 불릴 만한 어떤 굴절된 시선이 있는 듯하다. 하지만 퇴폐와 탐미를 정직하게 추구하는 자는 타인을 억압하지 않는다. 김요일 자신의 진술대로 자신이 먼저 즐거울 때만 작동하는 퇴폐적 세계 인식은 궁극적으로 자기 자신을 탕진함으로써 완성되는, 그러면서 재구성되는 절멸과 초월의 세계를 지향하기 때문에 오히려 타인을 존중한다. 김요일은 충분히 보고 들은 자다. 보고 들은 자가 할 수 있는 일은 생각보다 많지 않다. 맹독을 가진 영민한 뱀이 혀를 내밀어 세상의 냄새를 일별하고 절망하듯, 보고 들은 자는 안

간힘을 다해 자신을 소모하면서 궁극적으로 거할 수 있는 탈속의 세계를 찾을 뿐이다. 김요일은, 일찍이 퇴폐에 거한 드물고 귀한 시인이다.

김요일 | 1965년 서울에서 태어났다. 1990년 《세계의 문학》에 〈자유무덤〉 외 4편의 시를 발표하며 작품 활동을 시작했다. 《붉은 기호등》《애초의 당신》 등의 시집을 냈다. 2012년 질마재문학상 을 수상했다.

성 윤석,

반골의 실험과 아웃사이더의 태도

비밀과 음모의 밤이 지나가고 / 치욕을 겨우 씻어낸 채 장막을 걷고 / 나서면 똑같은 치욕으로 / 병사들이 햇빛에 기대어 있는 것이다. / 그러던 어느 날 이 세기의 王이랄 수 있는 / 자신의 눈앞에서 불가피한 전쟁이 벌어지고 / 그는 오로지 애첩만을 데리고 / 협곡 깊은 곳으로 몸을 숨기게 되는 것이다. / 그때 곧이어 그의 심복인 한 장수가 / 뒤따라와 말 위의 그를 처단하고 / 죽어가는 그의 눈앞에는 애첩이 깔깔거리며 / 가장 아름답게 웃고 있는 것이다.

– 성윤석, 〈극장이 너무 많은 우리 동네 Ⅱ〉 중, 《극장이 너무 많은 우리 동네》(문학과지성사, 1996)

실험실의 시인

1996년, 시집 한 권이 세상에 나온다. 시집의 제목은《극장이 너무 많은 우리 동네》. 정색을 하고 말하면, 그 시집은 나의 이십대를 지배한 몇 권의 시집 중 한 권이었다. 시집에 실린 시편 〈극장에서〉에서 시인은 이렇게 노래하고 있다.

사람들은 사랑과 정열만으로도 / 떠날 수 있고 누군가 복수를 / 꿈꾸는, 바람 불고 비 내리는 / 거리에 가면 / 나타났다 없어지는 죽음에 / 가면 우리 삶도 영화가 / 될까 새로운 필름을 예고하는 / 나날의 극장에 가면

그 곡진하고 견결한 희망과 절망의 변주곡이라니. 예정된 실패에 맞서는 저 서슬 퍼런 결기라니. 시인의 이름은 성윤석이었고, 나는 단숨에 그리고 기꺼이 그의 독자가 되었다. 하지만 시인으로서의 그의 자취를 내가 원하는 만큼 자주 볼 수가 없었다. 그는 풍문으로도 내게 좀처럼 촉지되지 않는 시인이었다. 시간이 흘러 나는 문단 말석에 이름을 올리면서 그의 후배가 되었지만, 여전히 그를 만날 수 없었다. 우연에 기댄 조우나 친교의 가능성을 기대했지만 그런 기회는 주어지지 않았다. 그 흔한 문단 술자리에서조차 마주친 적이 없고 문단의 선후배들로부터도 그에 대한 이야기를 딱히 전해들은 기억이 없다. 나중에야 그럴 수밖에 없었던 이유를 알게 됐

다. 그는 애시당초 (그와 내가 속해 있다고 짐작되는) '문단'이라는 공적 무대에 아무런 관심이 없는 시인이었으니까. 그는 우르르 몰려다니는 패거리의 일족 속에 있기를 거부하는 시인이었던 것. 좀처럼 나타나지 않는 사람을 내가 무슨 수로 만날 수 있었겠는가.

위에서 묘사한 아웃사이더의 이미지와 함께, 그의 시편과 산문들을 꾸준히 따라 읽으면서 나는 그가 '외롭고 높고 쓸쓸한', 우리가 일찍이 합의한 시인의 어떤 경지를 확보한 사람이 아닐까라는 생각이 들었다. 그리고 이것은 점점 확신이 되어갔다. 어떤 시인에게 확신을 갖는다는 것, 그것은 얼마나 위험하고 어리석은 일인가. 그런데 예감이나 짐작에 불과했던 내 생각이 점점 확신으로 단단해진 것은, 그가 '실패하는 데 성공한 시인'인 것을 확인하게 되면서부터다. 실패하는 데 성공했다는 것. 지극히 주관적인 편견일지 모르지만, 아니 확실히 그렇겠지만, 나는 그것이 오늘날 시인에게 요구되는 매우 핵심적 요건이라고 믿는다. 모든 시인이 시를 써서 성공하고 그것을 지향한다면, 시는 빛나는 목소리를 잃고 하수구에 처박힐 것이다. 왜냐하면 타락한 시대의 성공만큼 비루한 것은 없기 때문이다. 따라서 오늘날 우리의 시는, 가장 실패한 방식으로 타락한 시대를 증거하면서 자기 회복과 갱신의 가능성을 실험해야 하는 것.

나는 성윤석이 바로 그런 실험을 꾸준하게 해오고 있는 시인이라 생각했다. 내가 그를 만나고 싶은 이유 역시 여기에 있었다. 알려진 것처럼 시인 성윤석은 좀 특이하고 예외적인 이력을 가지고 있다. 그는 '화학'에 미쳐, 실험실을 차려놓고 수많은 화학물질들을 조합해 신물질을 만드는 일에 매달렸다. 그러나 화학이나 실험이 그의 전공은 아니다. 그는 문과대 국문학과 출신이다. 더군다나 이십대 중반에 이미 등단을 하고 인상적인 첫 시집을 상재한 장래가 촉망되는 시인이었다. 그런 그가 시에 거리를 두고 삼십대 중반 이후의 삶을 실험에 바쳤다는 전기적 사실은 그가 지향하는 삶이 어떤 것인지를 살필 때 매우 중요한 시사점을 던진다.

'실험'이란 무엇인가. 그것은 짐작하는 것을, 꿈꿔온 것을 실제로 실행해보는 것이다. 당연히 결과는 아무도 알 수 없다. 성공을 예정한 실험이란 존재하지 않는다. 실험이라는 의미 속에 이미 수백 수천 번의 실패가 내장된 것이다. 그 실패가 실험의 의미를 훨씬 공고히 하는 건 물론일 터. 더욱이 분자식이 다른 수많은 화학물질을 조합하는 일이란, 연금술을 통해 정금을 얻어낼 기적적 확률만큼이나 수많은 시행착오를 예비하고 있는 것이다. 그런데 그는 신물질을 얻어내는 데 성공했고, 특허 출원을 했으며 대기업 연구원, 사업가들과 업무 협의를 위한 미팅까지 하기에 이른다. 세속적 의미에서의 성공이 바로 눈앞에 있었던 것. 그러나 암전.

작년에 출간된 성윤석 시인의 세 번째 시집《멍게》(문학과지성사, 2014)는 여러 면에서 화제가 되었다. 시집에 수록된 시편들이 인상적인 가작의 수준을 보여주기도 했거니와 텍스트 속에 개입된 물리적 조건이나 개인적 사연이 어떤 드라마틱한 구조를 보여주기에 충분했기 때문이다. 예의 독자들은《멍게》의 시인 성윤석이 화학 기술을 기반으로 하는 벤처 회사를 창업해 성공 신화를 써내려가다가 투자자들과의 이견으로 급전직한 이력에 관심을 가졌다.

사업 실패 후 말 그대로 가산을 탕진한 그는 2013년 5월 자신이 이십대를 보낸 곳이면서 처가인 마산으로 내려온다. 마산어시장에서 수산물 도소매업을 하고 있는 장인 장모를 도와 잡부로 일을 하기 위해서였다. 새벽 세 시에 일어나 열네 시간 이상을 일해야 하는 고된 노동의 시작이었다. 사실 그의 전기적 이력을 보면, 이것이 한 사람의 생애에 기록된 사실이 맞나 싶을 정도로 다양한 체험으로 채워져 있다. 그는 신문기자로, 시청 공보과 소속 공무원으로, 그리고 화학 기술자와 창업자로, 서울시립묘지 관리인으로, 그리고 어시장 잡부로 끊임없이 자신의 삶을 어떤 가공할 현장 속으로 몰아넣었다.

시인,
어시장의 잡부가 되다

그를 만난 건, 본격적인 무더위가 조금씩 본색을 드러내던 7월 초 마산어시장에서였다. 우리는 벌건 대낮에 소줏잔과 장어구이를 앞에 두고 마주 앉았다. 환한 바다를 등지고 앉은 그의 얼굴이 더욱 구릿빛으로 붉게 물들어 보였는데, 그 붉은 목소리의 얼굴이 내게는 매우 주술적인 설득력을 갖고 있는 것처럼 보였다. 먼저 나는, 그의 시업의 동력이 무엇인지가 궁금했다. 공백을 거뜬히 뛰어넘는 그 가공할 점프력 말이다.

김도언　　선생님은 1990년도에 등단했는데, 이제 햇수로 스물다섯 해가 된 거잖아요. 이십오 년 동안 공백기도 있었지만 선생님은 시인이라는 자의식을 놓지 않고 작년에 세 번째 시집《멍게》를 내셨어요. 시인으로서 꾸준히 시적 자의식을 버리지 않고 살 수 있었던 추동력이랄까요, 긴 세월 동안 시인으로 살아오게 한 힘이 뭐라고 생각하시는지요.

성윤석　　나는 사실 시인으로서의 삶보다 생활인으로서의 삶에 더 몰입했어요. 말씀하신 것처럼 시인으로서는 공백이 있었죠. 원래 나는 혼자서 무언가를 하는 걸 좋아했어요. 지금도 그렇지만. 그게 사업이든, 일이든, 문학이든 무언가 혼자서 몰입하고 의미를 찾아내는 걸 좋아했던 것 같아요. 나는 아버지의 삶과 비슷한 삶을 살았는데, 사업을 크게 하셨던 아버지 덕분에 아주 어릴 때는 식모가 세 명 있을 정도로 부유한 집에서 살았어요. 그러다가 초등학교 2학년 때부터는 쭉 가난하게 살았지만. 어쨌거나 나는 가난에 대한 자의식이나 개념이 없어요. 없는 집 장남이었지만, 없는 집 장남이 갖는 울분, 이런 게 없었어요. 사업도 재벌 3세나 꿈꿀 수 있는 그런 사업을 했죠. 돈을 벌려고 그랬던 게 아니라, 세상을 구성하는 소재 자체를, 그러니까 세상을 완전히 바꿔보겠다, 그런 생각을 했어요. 그게 무엇이든 그런 일에 관심이 많았어요. 시로는 그런 일을 하기가 힘들겠다는 생각이 들어 한동안 시를 버렸어요. 그런데, 삶이 전개되는 과정에서 자연스럽게 시적인 것과 대면하게 되는 순간이 오더군요. 그러니까 내가 시에서 멀어지고 달아나려 해도 시가 어느 순간만 되면 나를 끌어당겼던 것 같아요. 사실 내가 쓴 시들은 모두 체험과 인식이 부딪치는 순간에 걸려진 것들이거든요.

김도언 그러니까 선생님 말씀은, 이십오 년 동안 시인의 자의식을 유지할 수 있었던 동인이 따로 있다기보다는 어떤 우연에 기댄 외부적 상황이나 조건이 시를 잊고 살 만하면 또 건드리고 그랬다는 거로군요.

성윤석 네, 그렇죠. 이곳에 와서도 그랬고요. 마산에 내려와서 한 선배가 고등어 이야기를 하면서, 월명기月明期(달이 밝아 집어등 효과가 떨어져 고등어 잡이를 쉬는 시기) 얘기를 해주더라고요. 그게 어떤 시적 환기를 가지면서 다가왔어요. 그래서 시를 썼고, 그걸 《세계의 문학》에 발표했고, 그게 다시 시로 돌아오는 계기가 됐죠.

그의 말이 오롯이 이해가 된다. 여타의 지나치게 모범적인 시인들처럼 그가 시종여일하게 시에 매여 지냈다는 증거는 없다. 오히려 그가 벌여놓은 수많은 삶의 전선들이, 그 전선이 거느린 풍경의 낙차가 그가 시의 현장에 부재했다는 명백한 알리바이가 된다. 그는 향리에서 지방 신문 기자와 시청 공보과 소속 6급 공무원으로 지내다가 1999년 서울에 올라와 교육출판 회사에 취업했지만, 그것이 문학적 삶을 위한 것은 아니었다. 그의 마음속엔 본격적으로 자신의 사업을 해보겠다는 구체적인 셈속이 있었다. 화학 기술을 기반으로 하는 바이오 벤처사업이 그것이었다. 그가 말한 것처럼 세상의 구조를 바꾸겠다는 열정 하나로 말이다. 하지만 사업은 부

자본주의에 저항할 수 있는 방법은

어떤 상황에서도 유머를 잃지 않는 거라고 생각해요.

침이 심했고 그 와중에 그는 생계를 위해 서울시립묘지 관리인으로 취업해 일한다. 그 체험이 녹아든 시집이 바로 두 번째 시집《공중 묘지》(민음사, 2007)다. 그로서는 다시 시로 유턴한 셈이다. 그런 그가 십이 년 동안 몰입했던 화학사업을 완전 정리하고 시흥 화학단지를 떠나 마산으로 내려간 것이 2013년 5월의 일이다. 그리고 자칭 어시장의 잡부로서 삶을 시작했는데, 미친 듯이 시가 써지더라는 것이다. 다시 시로의 환향. 그는 그해 5월부터 8월까지 시를 쏟아냈는데, 그 시편들은 고스란히《멍게》에 수록됐다. 그러니까 그의 계속된 시의 현장으로부터의 부재가 시에 대한 냉정이나 경원에서 기인한 것이 아니라 '뜨거움'으로 치환되는 것임이 사후에 드러난 것이다.

김도언 《멍게》에 실린 시편들은 석 달 정도 되는 기간에 쓰인 거라고 들었어요. 시집《멍게》에 얽힌 이야기 좀 해주세요. 상당한 주목을 받았잖아요.

성윤석 네, 이곳에 내려와 새벽 세 시에 일어나 열네 시간씩 일하는 동안 이 공간 자체가 새롭게 보이더라고요. 그리고 여기에 연세가 드신 분들이 많은데, 그분들과 어울려 술도 마시고 이야기도 듣다보니까 안 보이던 것이 보이는 거예요. 사실 마산이라는 도시나 어시장은 예전에도 자주 왔던 곳이거든요. 신문사 기자할 때 취재하러도 많이 왔죠. 그런데 그때 시장을 바라보았을 때랑은 달리 보이는 게 있었어요. 그때는 수족관 밖에서 봤다면, 이제는 수족관 안에서 그 안에 있는 것들을 바라보는 거예요. 하나의 돌

무덤, 하나의 풀, 금붕어, 그런 입장이 되어서 보게 되더라고요. 개인적으로 정말 힘든 때였어요. 이런 일을 한 번도 안 해보기도 했고. 그런데 그런 낯선 물리적 조건과 체험에서 전혀 생각지도 못한 눈으로 사물들을 보게 되니 자연스레 시가 나오더라고요.

반골의 상상력과 태도

한 사람의 생이 갖는 물리적 체적을 생각할 때, 확실히 그가 경험한 삶의 양과 질은 모두 평균치를 뛰어넘는 것으로 보인다. 그의 표정과 말 속에서는 도저히 숨길 수 없는, 단단하고 야무진 주체적 의지와 열정 같은 것이 어렵지 않게 발견되는데, 나는 도대체 한 사람의 기질이란 것이 어떻게 만들어진 것인지 궁금해졌다. 그에게 타고난 반골 기질 같은 게 있다는 건 그의 산문들을 읽으면서 어렴풋하게나마 짐작했는데, 직접 나누는 대화를 통해 그것의 실체를 확인하고 싶었다. 그는 자신의 기질이 어떤지 알 수 있는 재미있는 에피소드를 들려줬다.

성윤석 스물다섯 살에 등단했을 때, 남들은 일찍이라고 하지만 저는 굉장히 늦은 거라고 생각했어요. 스물한 살에 〈부산일보〉 신춘문예 최종심에 올랐는데 집으로 전화가 왔대요. 야간 노동자로 아르바이트를 할 때였는

데 어머니로부터, 한 단어만 고치면 당선작으로 올리겠다는 전화가 신문사로부터 왔다는 얘길 들은 거예요. 그래서 "어머니, 다시 전화 오면 냅두라 카이소", 그렇게 말했죠. 그런 자존심이 있었어요. 난 후배나 지망생들한테도 그런 건 혹독하게 말해요. 절대로 타협하지 말고 네 자존심을 지키라고.

김도언 선생님 말씀은 자신만의 길을 곧장 갈 때, 자신만의 시를 쓸 수 있다는 거로군죠. 기웃거리지 않고 곧장 갈 때. 아무튼 선생님은 독립심이나 반항심 같은 게 있었네요.

성윤석 이런 일도 있었어요. 고3 때 집안이 너무 기울어 대학을 포기했어요. 근데 당시 담임선생님이 너무 돈만 밝히는 분이어서 내가 그걸 한번 엎어가지고 교무실에 끌려갔어요. 그 일이 있고 내가 야구방망이로 학교 유리창을 다 깼고, 우리 반 애들이 날 위해서 운동장에 나가 담임선생님 물러나라고 데모를 하고 그랬어요. 그때 내가 굉장히 간이 컸던 것 같아요. 별명이 '온몸이 간'이었거든요.(웃음)

김도언 도대체 그런 반골 기질은 어디서 나온 건가요?

성윤석 그건 아버지한테서 나온 것 같아요. 아버지가 일제시대에 소학교를 다녔는데, 학교에 불을 질렀다고 하시더군요.

권위적인 교사로 표상되는 제도 차원의 억압이나 착취에 본능적으로 맞섰다는 점에서 성윤석 시인은 타고난 반골이다. 그의 아버지도 일제 소학교에 불을 질렀다고 하니, 그의 반골은 범상치 않은 가족력까지 거느리고 있다. 그렇다면 성윤석 시인은 부계 혈통인가. 이토록 자존심이 오롯한 시인이 과연 어떤 태도로 문학을 해왔는지 좀더 구체적으로 들어봐야겠다. 한때는 벤처 사업가로, 공동묘지의 관리인으로, 그리고 지금은 어시장 잡부로 신분과 목소리를 위장해가며 틈만 나면 문학으로부터 도망치려고 했지만, 그때마다 오히려 더 선명한 문학적 위의를 증명하고 마는 그의 문학적 태도가 우리 시대에 얼마나 필요한 것인지를, 그러니까 그 흔치 않은 태도가 우리에게 어떤 메시지를 던지고 있는가를 기필코 확인해야겠다는 생각이 든다. 그것이 인터뷰어로서, 아니 일찍이 그의 시에 설득당한 독자로서 내가 의도하는 최소한의 목적이니까. 이 최소한의 가능성 안에서 한 시인의 마땅한 소여가 증명된다면 어찌 아니 기쁠 것인가.

김도언　선생님이 등단한 년도가 1990년인데, 저는 등단 년도가 매우 상징적이라고 생각합니다. 그때까지만 해도 80년대적인 풍속이나 정서가 강하게 영향을 미치고 있었고, 문학적 감수성에도 80년대적 분위기가 여전히 강한 구속력을 가지고 있었잖아요. 선생님의 첫 시집을 보면서 그런 80년대적 정서나 풍속을 나름대로는 극복을 하고자 한다고 느꼈거든요. 매우 일상적이고 미니멀한 세계를 다루고 있었기 때문에 개인적으로는 굉장히 신선하게 읽었습니다. 그런데 선생님이 시인으로서의 삶을 시작한

1990년대를 선생님은 어떻게 바라보는지 궁금합니다. 자연인으로서의 삶이 아닌 시인으로서의 삶이 1990년대에 시작되었잖아요.

성윤석 맞아요. 당시에는 80년대적인 게 많이 남아 있었죠. 나도 1학년 때는 데모를 많이 했어요. 처음에는 노동시를 썼고요. 노동해방문학, 이런 걸 많이 했죠. 대학 1학년 때 투고를 했는데 그게 최종심에 올라가더라고요. 시에 대한 어떤 자각 같은 게 일어났죠. 당시《실천문학》으로 등단한 김종우 형이랑 다른 형들이랑 해서 우리끼리 사화집을 내려고 준비도 했어요. 이십대 초반의 나이에요.

김도언 그러니까 민중적 세계관이 있으셨던 건데, 그걸 어떻게 극복했나요? 극복했다는 말이 적절한지는 모르겠지만요.

성윤석 어느 순간 노동문학이라는 게 너무 뻔하게 느껴지더군요. 똑같은 목소리였어요. 그 한목소리에 다 갇혀버린 거죠. 거기에서 나만의 고유한 무언가를 보여줄 수가 없겠더라고요. 당시에 다른 차원에서 요즘 유행하는 젊은 시인들의 패턴하고 비슷한 것이 반복이 되었던 거예요. 그런 게 싫었어요. 나는 전형적인 걸 정말 싫어하거든요. 나는 똑같은 목소리를 낼 수 없다, 이런 생각에서 나만이 쓸 수 있는 시를 깊이 고민하고 습작을 했죠. 그리고 등단을 했는데, 아이러니하게도 가장 문학주의적인 출판사였던 문지에 계시던 이인성 선생님이 내 시를 보고 불러주신 거예요. 그때는 변방

에서 좋은 글을 쓰는 시인이나 작가들을 찾아보고 발굴하는 눈 밝은 선생님들이 계셨어요.

김도언 아, 그래서 첫 시집이 문지에서 나오게 되었군요.《극장이 너무 많은 우리 동네》. 1990년대에 중요한 시집이 많지만, 저는《극장이 너무 많은 우리 동네》는 꼭 들어가야 한다고 봅니다. 선생님의 의식 속에 1980년대의 정서와 절연하려는 게 있었는지요?

성윤석 그렇게 심각한 건 아니었고. 나는 내 독자가 단 열 명일지라도 다른 시인과 구별되는 모습, 스스로 변화하는 모습을 보여주고 싶었어요. 그런데 그러려면 시집을 계속 내야 하는데, 삼 년 터울, 오 년 터울로 내야 하는데 그러지 못했고, 문학을 떠나 있었죠. 그러 면에서《극장이 너무 많은 우리 동네》이후 나는 시인으로서 실패한 거였어요. 왜냐하면, 극장과 소도시를 떠나 서울이라는 대도시에 갔잖아요. 그런 상황이 나 자신에게도 당황스러웠고 그렇게 된 바엔 사업만 열심히 해야겠다고 생각한 거죠.

김도언 그렇다면 1990년대적 특질이나 새로움을 보여주고 싶다고 부러 의식했다기보다는, 80년대적 상투성에서 벗어나고 싶은 욕망이 작품에 자연스레 깃든 거라고 보이는데요. 선생님 시는 공간, 장소로부터 많은 영향과 지배를 받은 것처럼 보입니다.

성윤석　맞아요. 내가 해보지 않은 것에 대해선 못 쓰겠더라고요. 거기 가서 실패도 하고, 모멸감을 겪고, 다양하게 경험을 해야 무언가가 걸러지더군요. 가보고 싶은 공간이 아직도 많이 있어요.

실패의 연금술사

실패라는 단어가 그의 입에서 툭툭 튀어나오기 시작했다. 그는 실험실의 실패한 연금술사였다. 그런 그가 지금은 어시장 한복판에서 작업복을 갖춰 입고 자신이 체험한 세계의 목소리를 들려주고 있다. 그에 의하면, 자신이 가보았던 곳, 자신이 경험하고 감각해본 것, 다시 말해 자신이 몸을 던져보았던 것들이 들려준 목소리의 무늬들이 시가 되더라는 것이다. 사실, 노동 공간의 체험이 문학적 진실을 획득하는 데 도움이 된다는 얘기는 새로운 것이 못 된다. 우리는 지난 시대 그런 권위적 교술을 어지간히 들어왔다. 하지만 체험을 얘기하는 성윤석의 목소리엔 그런 권위가 없다. 타자를 교화하고 가르치기 위해 혹은 보다 많은 경험적 감각을 지배적인 우월감으로 치환하기 위해 자신의 경험에 의미를 부여하는 일만큼 자신의 경험을 비루하게 왜곡하는 것은 없다. 노동의 경험이 순일한 것이라면, 그것은 우선 그 노동의 주체를 가르쳐야 하지 않을까. 실패하는 데 성공해본 성윤석은 이것을 너무도 잘 알고 있는 시인이다. 그는 자신의 생활과 노동과 시업이 하나같이 부단한 자기 갱신이라는 수행을 향하고 있음을 안다. 세속적 성공이 낭만적으로 신화화되는 동안 점점 타락하고 공허해지고 허술해지는 세계의 초라함이 그의 눈에는 어떻게 보일 것인가.

김도언 선생님이 쓴 칼럼 중에 '소외의 즐거움'에 대해 말한 글이 있더군요. 문단의 줄서기 행태에 대해서도 많이 비판하셨고. 그런데 지금 이 21세기적인 자본이 거의 완벽하게 우리 일상을 구속하고 지배하는 환경에서 이런 소외라는 게 이상적으로 관념화되어 있을지도 모르잖아요. 그러니까 이런 소외를 실천하기도 어렵고. 소외가 관념뿐인 가치일 수도 있잖아요. 시인도 인간이니까 외롭고, 고독한 걸 오래 못 견디니까요. 그럴 때, 자기 소외를 계속 유지할 방법이나 태도가 있을까요? 소외는 분명 중요하다고 생각하거든요. 자기를 소외시키는 능력.

성윤석 나는 자기가 세상을 보는 눈을 가졌다면 긍지가 생겨야 한다고 생각해요. 드러내놓고는 그럴 수 없지만 자부심이 필요할 것 같아요. 동료 작가들을 보면, 문학상을 받는 친구들을 보면, 저는 속으로 그게 그런 친구들한테 독이 되지 않을까 염려가 된다는 말이에요. 문학상 좋죠. 돈도 생기고. 그렇지만 우리가 길게 보면, 요즘 오래들 사는데 오래오래 자기 목소리를 내면서 써야 하잖아요. 그런데 일찌감치 제도권 안에 들어가 길들여지면 자기 목소리를 내기가 쉽지 않겠죠. 저도 솔직히 상 받으려고 마음을 먹었다면 한두 번은 받을 수 있었을 거예요. 그런데 어디서 상을 주겠다는 말

이 나오는 게 사실은 '이 상 받고 내 꼬붕 해라' 이거거든요. 그럼 저는 욕을 해버렸어요.

김도언 자기 자신에 대한 존엄 같은 거로군요.

성윤석 그런 거죠. 위엄 같은 거요. 그런 것 없이 어떻게 자기만의 한 세계를 가방이든 자루든 담아서 던져놓을 수 있겠는가. 나는 그게 의문이었어요. 나는 지방 문단에서 권력을 가진 사람들의 폐해를 많이 봤어요. 여기 와서 문자도 몇 번 보냈어요, 모 교수한테. 인생 그렇게 살지 말라고. 난리가 났죠. 자기가 여기선 왕인데. 그런데 이제는 나도 나이 들었고 예전처럼은 못하겠어요. 젊었을 때는 원고료 안 줄 거면 청탁하지 마라부터 해서 싫은 소리 많이 했거든요. 그런 자존심은 있어야 된다고 봐요. 그게 당대에 평가를 못 받는다고 해도. 그러면서 계속 자기 갱신의 연습을 하는 거죠. 죽을 때까지 연습만 하다가 죽는 한이 있더라도. 나는 시를 쓰겠다고 하면 연습을 많이 하라고 해요. 사실은 시집을 많이 내는 것도 뭐라고 할 수는 없지만…… 나는 자본주의에 저항할 수 있는 방법은 어떤 상황에서도 유머를 잃지 않는 거라고 생각하거든요. 김도언식 유머가 있잖아요, 그리고 성윤석식 유머도 있다고 봐요. 그런 유머와 기품을 잃지 않고 살면 되지 않을까요. 후배 시인들이 너무 패턴화된 삶을 지양하고 다양한 길을 갔으면 좋겠어요. 꼭 그렇게 권력을 움직여 돈을 벌고, 밥벌이를 하고, 시를 쓰고 그러는 게 아니라 좀 다른 쪽 직업도 가져볼 수 있겠죠, 마지막 꺼져가는 588 집

창촌의 사무국장을 맡는다거나. 그런 체험들을 한 번쯤 해볼 수 있지 않은가……

김도언　재밌는 말씀이네요. 선생님은 첫 시집도 많은 주목을 받았고, 공백은 있지만 민음사, 문지에서 시집도 나오고 있고. 문단에서, 문학판 안에서는 성윤석 하면 좋은 시를 쓰는 시인으로 충분히 인정받고 있어요. 눈 밝은 독자들도 그걸 알고 있고. 그렇지만 일반적인 대중 독자들한테는 덜 알려져 있잖아요, 인지도도 높다고 볼 수 없고. 그러면 사람이니까 보다 많은 사람에게 알려지고 인정받고 싶은 욕망이 있을 텐데, 그렇지 않을 땐 현실적인 절망이나 고통이 있을 텐데 그런 건 어떻게 극복하세요.

성윤석　장점과 단점이 있다고 봐요. 대중적으로 알려지면 눈치를 보기 시작하겠죠. 그 단점이 장점보다 큰 것 같아요.

다시 시인의 바다,
그리고 실험실

그의 등 뒤에서 마산 바다가 게으르지만 당당하게 출렁인다. 이곳은 지금 시인의 바다다. 한 시인이 생애를 짊어지고 하루하루를 살고 있는, 날것의 바다다. 이 바다가 지금 그에겐 이를테면 최적의 실험실이다. 가장 첨단의, 가장 독한 약품 냄새를 풍기는 구름이 떠 있고 바람이 부는 실험실이다. 그리고 이 바다는 동시에 최전선이기도 하다. 물러설 곳 없는, 악전고투가 반복되는, 한 시인이 온몸을 견뎌서 지켜야 하는 생활과 시정이 가로놓인 최전선이다. 그에게 바다의 의미를 다시 묻지 않아야겠다.

김도언 선생님, 《멍게》를 보면 당연히 바다 이야기가 많이 나오죠. 그중 〈책의 장례식〉에 "아무것도 숨길 게 없는 바다에 오기 위해 책을 다 버렸다"는 말이 나오잖아요. 그런데 바다라는 건 선생님 시에도 표현이 되어 있지만, 삶과 죽음, 희열과 고통을 모두 안겨주는 삶의 터전인데…… 그런데 이런 바다의 이미지는 사실 새롭다고 볼 수는 없어요. 선생님만의 바다는 과연 무엇일까요.

성윤석 그렇죠. 중요한 지적이네요. 나름대로 구분을 하려고 노력했어요. 나는 누구한테도 그런 이야기를 했지만, 통영은 관광의 바다고, 제주도도 마찬가지고 부산도 마찬가지인데, 마산은 정말 생활의 바다예요. 먹고사는 바다. 풍경도 그렇게 아름답지 않고, 외지인들도 안 오고. 여기는 쌈마이들의 바다죠. 먹고사는 바다. 그래서 난 이곳이 참 각별해요.

먹고사는 바다를 지키는 시인과 벌써 인터뷰를 마쳐야 할 시간이다. 새벽 세 시부터 일을 해야 하는 그는 보통 밤 열 시 반쯤 잠자리에 든다고 한다. 그를 오래 붙잡고, 녹음기와 카메라를 치우고 술을 마시고 싶지만,

그래서 그의 내면을 풀어헤쳐놓고 싶지만, 바다의 엄정한 호위를 받으며 지켜내는 그의 질서를 내가 하루아침에 감히 깰 수는 없다. 아쉬운 대로 그에게 자신의 시 세계를 대표할 수 있는 시어와 대표작을 꼽아달라고 부탁했다.

성윤석 아주 어려운 질문이지만 아무래도 '극장' 같아요. 대표작 역시 〈극장에서〉를 꼽고 싶어요. 그런데 사실을 말하자면 아직 대표작을 못 쓴 것 같아요. 내 대표작은 한 오 년 뒤에나 쓸 것 같아요. 지금까지 아주 급하게, 다급하게 살아왔거든요. 시 역시 다급하게 썼죠. 그런데 대표작은 그렇게는 쓰고 싶지 않아요. 충분히 퇴고하고 싶어요. 고쳐가면서 한 오 년 뒤쯤에 한 일 년간 사계절을 보내면서 시를 써보고 싶어요.

오 년 뒤에, 그는 어떤 실험실을 가지고 있을까. 그 실험실이 어떤 것이든, 지금까지 그가 거쳐간 실험실만큼이나 그곳 역시 그의 시를 돌올하게 성숙시킬 것이다. 새벽부터 시작된 하루 일과와 인터뷰까지 마친 그가 어시장 부두의 오토바이에 올라탄다. 그가 움직인다. 하루치의 실험을 끝내고 퇴근을 하기 위해서다. 그의 실험은 실패하는 데 성공하기 위해 지금도 맹렬히 진행 중이다. 빛나는 시행착오를 예비하면서.

성윤석 | 1966년 경남 창녕에서 태어났다. 1990년 한국문학 신인상에 〈아프리카, 아프리카〉 외 2편이 당선되면서 작품 활동을 시작했다. 《극장이 너무 많은 우리 동네》《공중 묘지》《멍게》 등의 시집을 냈다.

이
수명,

텍스트는 유토피아라는 신념

선과 손이 뒤섞인다

선이 손을 넘고

손이 선을 넘는다

– 이수명, 《언제나 너무 많은 비들》(문학과지성사, 2011) 자서

시인의 인상과 기억

소설가 김훈은 그의 어떤 책에서 이런 말을 한 적이 있다. 정확하진 않지만 대략 기억나는 대로 적어보면, 어떤 사람의 차림이나 행색에서 그의 직업이 보인다면 그는 불행한 사람일 가능성이 있다는 것이다. 아마도 노동의 일상적 억압에 짓눌린 나머지 그 고통이 외형에 투사된 것이라는 의미로 한 말이었을 것이다.

결례인지는 모르지만 시인 이수명의 외형에서는 시인이 읽히지 않는다. 아마도 이 글을 읽고 있는 당신이 버스나 지하철에서, 혹은 공원이나 시장 같은 곳에서 이수명과 마주쳤고 그의 직업을 상상해보았다면, 당신은 십중팔구 그를 반듯한 공무원이나 물리학이나 화학 실험실의 연구원 정도로 짐작할 것이다. 그도 그럴 것이 이수명의 인상은 매우 단정하고 곧은 매무새의 호위를 받고 있는 것처럼 보이기 때문이다. 시인은 의도하지 않았을 이 트릭은 그의 시적 진실을 밝히는 데 매우 유용한 힌트를 준다. 분명히 말하거니와, 이수명을 두고 외형에서 시인이 읽히지 않는다는 말은, 김훈이 말한 맥락과는 또다른 차원에서 매우 귀한 치사로 사용한 것이다.

이수명의 첫 시집은 등단 이듬해인 1995년 출간된《새로운 오독이 거리를 메웠다》(세계사)이다. 내가 이 시집을 읽은 것은 아마 그해이거나 그 다음 해쯤일 것이다. 시인이 어떤 의도로 이런 제목을 첫 시집에 붙였는지는 알 수 없지만 그 문장은 내게 하나의 선언처럼 들렸다. 1980년대의 자욱

한 포연과 붉은 화염을 걷어내고 '정독'의 언술로부터 시작된 도그마의 사슬을 끊어내는 선포의 문장. 그러니까 이수명식 표현대로라면 '프런티어'의 발언처럼 들렸던 것. 그 기념비적인 선언을 듣는 순간, 나는 그 최초의 발언을 한 시인을 짝사랑하기 시작했다. 그것이 정확히 어떤 언명인지도 모른 채.

그리고 물경 스무 해라는 시간이 흘러 나는 인터뷰어가 되어 시인 이수명을 만나게 된다. 그의 실물을 처음 본 것은 사 년 전쯤, 그러니까 문학평론가 황현산 선생이 프랑스 상징주의 시 강의를 하던 연희문학창작촌의 한 교실에서였다. 현역 시인들을 대상으로 진행한 10강짜리 강의였는데, 소설가로서 나는 이례적으로 그 강의를 들었다. 왜냐하면, 나는 시인들을 사랑하는 소설가였으므로. 그런데, 그 자리에 내가 사랑하는 시인 중에서도 특별히 사랑하는 시인 이수명이 있었다. 강의가 진행되던 두어 달 동안 그 마음을 들키지 않으려고, 티를 내지 않으려고 얼마나 노력했던지. 실제로 나는 그에게 다가가지도 않았고(못했고) 아무 말도 건네지 않았다(못했다). 우리 시대의 가장 유니크한 시적 자의식으로 무장한, 하지만 연구원 같은 모습으로 위장한 시인이 바로 눈앞에 있었음에도.

시인들에게는 보통 스타일이라는 게 있다. 그것은 태도와 연결된다. 그 태도란 이 세계와 맞서는 어떤 스탠스 같은 것일 수도 있고, 정신적인 무장 같은 것일 수도 있다. 당연한 말이지만 시인의 스타일은 각자 고유한 시 세계를 특정하게 반영한다. 다시 말해 시인들이 쓰는 시가 시인의 스타일을 간섭하는 것이다. 혹여 '시인'과 '스타일'이라는 말에서 곧장 이재

異才나 광기, 기행 같은 단어를 떠올린다면 당신은 어지간히 낭만주의 시대 문학관에 길들여진 셈이다. 시인의 스타일은 그렇게 밖으로 넘쳐 흘러내리는 것만으로 설명되지 않는다. 그것은 가시적 세계와 비가시적 세계에 두루 반응하거나 혹은 그 두 세계의 경계에 걸쳐져 있는 형태로 드러나는 경우가 많다. 어떤 심원한 인식이나 감각의 지평에 닿아 있지 않고는 매혹적인 스타일이 창조되지 않는 것이다. 인터뷰를 마친 시점에서 미리 작성을 하고 얘기하면, 시인 이수명에게서 나는 무척이나 고유하고 매혹적인 스타일을 보았고, 그것이 그가 쓰는 시와 일치한다는 것 또한 확인했다. 그것은 현대성을 쟁취한 첨단의 전위에 서 있는 시인이 공무원이나 연구원의 단정한 가장을 쓰고 있을 때의 그 아찔한 괴리만큼이나 빛나는 것이다. 그러니 짝사랑을 감행한 나의 안목이 영 엉망은 아니었던 셈.

그를 만나러 가면서 어떤 말부터 꺼내야 할지, 그리고 어떤 질문들을 던져야 할지 참으로 많은 고민을 했다. 인터뷰어는 인터뷰이를 독자에게 안내하는 일종의 매개자인데, 일찍이 매료된 자로서의 주관적 관심, 그러니까 사심이라고 부르는 것을 얼마나 제어할 수 있을지 스스로 염려되었기 때문이다. 매개자로서 끝끝내 균형을 유지해야 한다는 의무감과 사적으로 추궁하고 싶은 욕망이 서로 다투는 바람에 내 내면은 사실 좀 참혹해졌다. 하지만 이 참혹은 또 얼마나 달콤한 참혹인가. 사실 그를 만나지 않고도 나는 그에 대한 글을 써낼 수 있을 것 같았다. 그가 쓴 시와 시론들이 예의 그의 스타일을 매우 견고하게, 그리고 뚜렷하게 보여주었기 때문이다. 그는 이미 내게 매우 구체적인 대상이었지만, 만나야 할, 피할 수 없는 사람이었다.

만남과 대화, 이십 년 동안의 재미

마침내 시인과 마주 앉았다. 장소는 그를 처음 보았던 곳, 연희문학창작촌이었다. 그가 가장 최근에 낸 시집은 작년에 출간된《마치》(문학과지성사, 2014)로, 본인에겐 여섯 번째 시집에 해당한다. 공교롭게도 작년은 그가 등단한 지 정확히 이십 년 된 해였다. 이십 년 된 해에 여섯 번째 시집을 냈다면, 그의 시업은 과히 빠르다고도 느리다고도 할 수 없는 보통의 보법을 연상시킨다. 그의 시집은 1995년 첫 시집이 나온 이후 네 번째 시집까지 일정하게 삼 년 주기로 출간되다가 칠 년이라는 공백을 거쳐 2011년 다섯 번째 시집, 그리고 또 삼 년의 공백 후 예의《마치》가 출간됐다. 나는 먼저 이십 년 동안 중단 없이 진행된 그 시업의 추동력이 어디에 있는지 알고 싶었다. 그 수상한 칠 년이라는 공백도 궁금했고, 어떤 결핍 같은 게 있는지도 궁금했다. 그런데 의외로 매우 '미니멀한' 대답이 돌아왔다.

이수명 2004년에 네 번째 시집이 나오고 다섯 번째 시집은 2011년에 나왔어요. 칠 년 정도의 공백이 있는 셈인데 네 번째 시집을 낸 직후부터 박사논문 준비를 했어요. 그래서 2007년에 논문을 썼죠. 논문은 하나의 긴 터

널 같은 것이었어요. 들어가는 데 이삼 년, 쓰고 나서 터널을 빠져나오는 데 또 이삼 년 걸리더라고요. 공백은 설명이 됐고, 이십 년 동안 중단 없이 시를 쓴 추동력이 뭐냐는 물음에 제가 약간 뜸을 들이는 이유는 언뜻 저도 잘 모르겠어서예요. 글을 계속 쓰게 하는 추동력 같은 것, 그러니까 남들과 비교할 수 없는 어떤 욕구라든지 강한 의지라든지 그런 게 있는 것 같지는 않아요. 결핍 얘길 하셨는데, 어렸을 때 겪은 결핍이 그 사람에게 내적 파워를 일으키고 그게 계속 작동해서 글을 쓴다고 얘기하는 것도 적절하지가 않은 것 같고. 그냥 지금 제가 말할 수 있는 건, 적절한 답인지는 모르겠는데, 시 쓰는 게 재미가 있어서예요.

유희 같은 게 있었다는 말을 하는 걸까. 그의 시집 중에는 '놀이'라는 단어가 들어간 제목을 가진 시집이 있다. 《왜가리는 왜가리놀이를 한다》(세계사, 1998). 놀이란 응당 재미를 추구하는 법인데. 과연 그가 시 쓰기에서 발견하는 재미는 무엇일까. 이수명은 그것을 '갱신'과 '혁신'이라는 단어로 설명한다. 예컨대, 어제 만들었던 물건을 오늘 또 만드는 식으로 반복을 하는 것은 도통 재미가 없다는 것이다. 계속 새로운 것을 하는 것, 한 번 했던 것은 다시 하지 않으려고 노력하는 것, 그렇게 갱신하고 혁신하는 것이 시 쓰기가 가질 수 있는 유희라는 것이다. 그런데 그런 매번 새로운 것을 만나는 유희가 쉬운 일일까?

김도언 　선생님은 시를 쓸 때마다 새로 접신이 이뤄지는 편인가요? 시가

내게로 왔다, 라고 말한 네루다처럼.

이수명 누가 나를 재미로 끌고 가주면 좋겠지만 그걸 너무 기대하는 건 욕심인 것 같고. 영감이라는 게, 사람의 일생 동안 지속되는 게 아니거든요. 영감에만 인도되기보다는 이것저것 조작하고 만드는 과정에서 느끼는 재미를 찾아서 지금까지 온 게 아닐까, 단단한 뭔가를 구축하고 건축하기보다는 모르는 길로, 자꾸 옆길로 새면서 왔기 때문에 지금까지 온 게 아닐까 생각해요.

'재미'라는 말, 참 신기하게도 그토록 평속한 말이 시인 이수명의 입을 통해 발음되는 순간 놀라운 변개를 보여준다. 늘 듣던 말이 낯설게 들리는 것이다. 이것은 어떤 섭리일까. 재미란 쾌감을 수반하는 것일 텐데, 늘 새로운 걸 만들고 익숙한 걸 갱신하는 과정에서 느끼는 쾌감을 아는 이라면, 그의 말대로 그만두기도 쉽지 않은 일일 것이다. 그렇다면, 그는 언제 처음 이 쾌감의 징후를 포착했을까. 자연스레 그가 최초의 시를 만나게 된 순간이 궁금해졌고, 직설적으로 물었다.

김도언 최초로 시를 만나게 된 순간을 말씀해주시겠어요.

이수명 중고등학교 땐 앞뒤로 다 문학소녀였어요. 백일장 나가고 교지 만들고 문학의 밤 주최하고, 이런 거에 거의 육 년을 보냈죠. 그래서 자연스

럽게 국문학과로 진학했고. 문학에 오랫동안 들어가 있어서 그랬는지 문학에서 벗어난 적이 있어요. 대학 졸업하면서 몇 년간은 직장 생활도 했고요. 그러다가 육 년 만에 돌아와 등단을 하게 됐죠. 시를 만난 최초의 순간을 물어보셨는데, 그 순간이란 게 한 편의 완성된 시를 내놓은 순간이라고 생각하진 않아요. 최초는 아마 시의 수상한 냄새를 감지한 순간일 거예요. 내가 기억하는 것은 초등학교 3, 4학년 때였던 것 같아요. 집에 왔는데 아무도 없었어요. 그래서 식구들을 찾았는데 그날 무슨 일이 있긴 있어서 집이 비었던 것 같지만, 그건 다 잊어버렸고요. 당시 집에 약간 후미진 복도가 있었는데 그곳의 벽에 그냥 기대 앉아 멍하니 있었어요. 그리고 그때 갑자기 강하게 죽음을 느꼈어요. 그게 구체적으로 어떤 죽음이었냐고 물어보면 아이의 감각으로 정확하게 이해하기엔 어려운 것이었는데, 다만 모든 게 정지된 것 같은 그런 것. 두어 시간 복도에 기대고 앉아 그때 노트를 꺼내서 거기다가 뭐 죽음이라든지 이런 단어를 처음 발설하고 썼어요. 그때가 이 세상일들이 별로 중요하지 않다는 걸 경험한 최초의 순간이 아닐까 해요. 근데 그게 좀 빨리 찾아왔던 것 같아요.

김도언　선생님 시 중에 〈소년의 형태〉라는 시가 있잖아요. 거기에 '소년을 펼치자' '소년을 감행하자', 이런 표현이 나오는데, 말씀하신 일화가 왠지 이 시구랑 연결되는 느낌이 듭니다. 그런데 선생님, 그게 벌써 한 삼사십 년 전 일일 텐데 그날의 그 순간을 지금도 선명하게 기억하고 있는 걸 보니 선생님의 문학적 연혁에서 정말 의미 있는 순간이었던 게 분명한 듯합니다.

문학에서의 권력은 사실은
작품을 쓰는 순간 이미 실현이 되어 있어요.
빈 텍스트 앞에서, 텍스트를 완성하면서
문학인은 누구도 가질 수 없는 권력을 체험하지요.

이수명　그 느낌이 선명한 거지요. 평범했던 어떤 삶이 갑자기 뒤바뀌게 된 그날의 느낌. 어린아이가 시간이라는 것이 죽음이나 심연으로 이루어져 있다는 걸 문득 알게 된 거예요. 그것은 이후 나를 초월적이게도 냉정하게도 만들었지만, 역설적으로 살아 있게도 만든 것 같아요. 그 느낌이 계속 몸에 묻어 있어 시를 쓰는 게 아닐까 싶어요.

시인, 자신의 좌표를 말하다

이수명은 지금 우리 시단을 대표하는, 이의를 달기 어려운 모더니스트이며 아나키스트다. 그는 서울에서 태어났고, 부모나 네 명의 형제들은 모두 평범한 삶을 살고 있다고 한다. 한 집안에 예술 관련 종사자는 그 자신밖에 없다고. 가족으로부터 억압이나 상처를 받은 기억도 별로 없다. 그렇다면, 궁금하지 않을 수 없다. 무국적성, 무의미성 같은 말로 표현할 수 있는 그의 독특한 시적 개성은 어디에서 연유하는 것인지, 그가 지향하는 태도의 입각점 같은 것은 어떻게 촉발된 것인지 말이다.

이수명　나는 내 안에 뭔가 말할 것을 쌓아놓고 그 안에서 하나씩 하나씩 꺼내는 스타일이 아니에요. 그래서 나 자신도 스스로에게 고향이라 생각하지 않아요. 내 관심은 밖으로 향해 있는데, 이 밖이라는 게 리얼리즘에서 말하는 현실적 관심, 이런 게 아니라 그냥 외부 세계예요. 현상 세계 말예요. 세계가 그렇게 무심코 무한해서, 거기서 재밌는 얘기를 하고 싶고…… 뭐 이런 쪽인 것 같아요.

외부 세계를 향해 있다는 발언, 그것은 지극히 이수명다운 발언이다. 그것은 '현대성'이라는 개념과 이어지는 것처럼 보인다. 이수명은 수많은 글에서 현대성에 대해 언급한다. 이를테면 이런 발언이다. "현대성은 주류와 필연적인 관계를 갖지 않는다. 주류를 이룰 수도 있지만 반드시 그렇지는 않다는 것이다. 시의 현대성은 현재 진행되고 있는 기류, 당대성과는 무관하게 존재할 수 있으며 이것은 차라리 부차적이다. 현대성의 중요한 관건은 다른 데 있다. 그것은 무엇보다도 개척성을 가리킨다. 프런티어를 가지지 못한다면 현대성이 아니다. 현대성은 어떠한 경우에도 혁신이며, 혁신을 멈추는 순간 현대성에서 멀어지는 것이다. 그러므로 시의 현대성, 그것은 시를 미개간지에 서게 만드는 것에 다름 아니다."(계간《POSITION》, 2014년 겨울) 나 역시 이수명 시의 가장 큰 특질을 '현대성'과 '전위성' 같은 말들로 표현하고 싶다. 그는 1990년대 중반에 시인으로 데뷔해 2015년에 도달하는 동안 독특한 언어적 실험을 통해 끊임없이 현대적 감수성의 광맥을 찾고 자기 갱신을 꾀해왔다. 나는 그것에 대한 그의 대답을 듣기 위해 이런 질문을 던졌다.

김도언　2000년대에 시에 대한 관심이 크게 환기된 적이 있었잖아요. 미

래파니 해서 김경주, 황병승 등 강한 개성을 지닌 젊은 시인들이 등장했고요. 현대적이고 전위적인 상상력이 펼쳐지고 활달한 시적 담론이 이어졌어요. 그런데 선생님은 그런 어떤 대세나 시류와 적당한 거리를 유지하고 있는 것 같았습니다. 그게 본인의 의지였는지 어떤지는 모르지겠만요. 후배라고 할 수 있는 시인들이 한참 주목을 받던 2000년대의 현상을 어떻게 보시는지. 혹시 소외 같은 걸 느끼진 않으셨나요?

이수명 부득이 시사詩史적인 얘길 할 수밖에 없네요. 1990년대에 들어 80년대적인 자아, 거대한 싸움과 투쟁을 했던 그런 자아가 아니라 좀 다른 자아가 나오기 시작했어요. 하지만 거대한 자아의 물결이 너무 셌기 때문에 빠져나가는 데도 시간이 좀 걸렸죠. 갑자기 하루아침에 빠져간 게 아니에요. 그래서 90년대에 등장한 시인들이 80년대 정서를 계속 가지고 있는 경우가 많았어요. 겉으로는 투쟁 같은 단어를 쓰지는 않았지만 상처받고 소외된 세계를 품어야 한다는, 그러한 거대 자아를 계속 펼쳤던 거지요. 90년대에 유명했던 대부분의 시인들의 경우 정서상으로는 사실 80년대 정서를 유지하고 있지 않았나 생각해요. 90년대에 독특하게 90년대적 정서로 나타난 시인들은 거대한 자아를 갖지도 않았고, 밀접하게 세계와 붙어서 싸움을 한다든지 저항한다든지 하는 것에 유보적인 태도를 가졌죠. 투쟁도 정서도 강렬했던 그런 자아가 아니라 세계와 거리를 갖고 관찰하고 개인의 이야기를 하기 시작했다는 거예요. 90년대라고 하는 시기가 80년대랑 2000년대 사이에 끼인 시대인데, 90년대에 씨앗을 뿌린 이러한 시인들에

힘입어 2000년대 시인들의 등장이 가능했다고 생각해요. 말씀하신 미래파라든지 젊은 시인들이 등장하게 된 바탕에는 90년대 시인들의 작은 목소리, 새로운 목소리가 역할을 한 것이지요. 집단이나 공동체가 아니라 개인이라는 영역이 가능하다는 것을 보여준 이런 시인들에 의해 2000년대가 뜨겁게 올라올 수 있었단 생각이 들고요.

김도언 그러면 선생님이 말씀하신 80년대와 절연하고 90년대에 나타난 새로운 시적 상상력의 씨앗을 뿌리신 분들, 선생님을 포함해서. 한두 분만 언급해주시죠.

이수명 두 분이요? 음. 일단 약간 시기적으로 안 맞을 수 있는데. 우선 1987년에 시집을 낸 장정일이 있어요. 장정일이라는 작가는 나중에 소설을 썼지만 87년에 《햄버거에 대한 명상》(민음사)이라는 인상적인 시집을 냈죠. 문학사라는 게 좀 이상해서 90년대에 등장했어도 80년대 정서를 여전히 갖고 있을 수 있고, 80년대에 등장했지만 90년대를 미리 보여줄 수 있어요. 이러한 시인 중에 대표적인 사람이 저는 장정일이라고 생각해요. 장정일에게는 싸우는 자아가 없어요. 그냥 무위와 세속의 자아거든요. 무위와 세속, 향유와 쾌락의 자아예요. 이 자아는 80년대적인 자아는 아니에요. 장정일의 시는 자본주의 시대, 소비 사회, 상품 문화를 향락하는 개인을 보여줘요. 지고한 이상을 추구하고 투쟁하는 자아가 아니라 그냥 방에서 뒹굴면서 광고나 모델에 빠지고 햄버거 만드는 방법이나 궁금해하는 자아에

요. 이런 것이 90년대를 가능하게 했다고 생각해요. 90년대는 광장이 사라지고 각자 골방으로 들어가는 시기거든요. 진실과 윤리에서 자유로운, 누추하고 개인적인 공간으로요.

김도언 저도 시인으로서 장정일을 좋아합니다.

이수명 네, 또 90년대적 특질을 보여주는 대표적 시인들로 박상순과 황인숙 시인이 있어요. 두 시인 모두 90년대의 고유성을 가능하게 하고 90년대를 만든 시인이라고 할 수 있습니다. 박상순이 90년대의 인식 층위를 대별한다면 황인숙은 감각의 층위로 이야기할 수 있을 것 같네요. 박상순은 80년대적 집단의식, 공동체, 이데올로기적 속박을 벗어던지고 날카롭고 과감한 개인을 보여주고 역사의 맞은편에 개인의 자리를 마련했다고 할 수 있습니다. 황인숙은 무겁던 80년대 공기를 경쾌하고 발랄한 호흡으로 환기시켰어요. 다른 호흡을 문학사에 들여온 겁니다. 황인숙은 장정일처럼 80년대에 등장했지만 90년대 시인이라고 할 수 있는 경우예요.

개척자의 발화법

명민한 비평적 작업을 함께 수행하고 있는 이수명은 현재 월간《현

대시학》에 '시집으로 읽는 시문학사 1990년대 편'을 연재하고 있다. 자신의 시대를, 다시 말해 현대성을 개척한 자의 시대를 살펴보고 있는 것이다. 시인이 자신이 살고 있는 당대적 조건에서 자기 좌표를 분명하게 인지하고 있다는 것은 얼마나 큰 미덕인가. 자기 좌표에 자신이 어떤 동선을 그리며 도달했으며 또 어디로 내달릴지 상상해보는 것, 아무런 지점도 모르고 음풍농월(김정환식 표현)하거나 퇴행하지 않고 앞으로 내달리는 것, 선언하고 나아가는 것, 그게 바로 현대성을 획득하는 좌표의 풍속이 아니겠는가. 이수명이 이처럼 시인 또는 시의 소여에 비상한 관심을 갖고 첨예한 자각을 하고 있다는 것, 그것이 이수명을 가장 이수명답게 하는 어떤 배후가 아닐까. 그렇다면 이제 이수명이 이수명의 시에 대해서 말하는 걸 들어봐야겠다. 이것은 매우 드문 기회일 것이다.

김도언　신형철 같은 평론가는 선생님 시를 해설하면서 일반적인 발화의 노선에서 탈선하는 문법이라고 말했는데, 제게도 선생님의 시는 논리적으로 해석하고 이해할 수 있는 개연성이 차단돼 있는 어떤 발화법을 보여주고 있는 것 같습니다. 어떤 시적 진실을 의도해서 그렇게 하는 건지 궁금해요. 혹은, 그게 의도하지 않은 것은 아닌지도요. 의도한다면 어떤 시적 진실을 위한 것인가요? 선생님은 시란 시대를 불문하고 비결정적인 것이고 시를 쓴다는 것은 무엇을 원하지 않는 상태가 되는 것이다, 이런 글을 쓰신 적도 있잖아요. 대략은 짐작이 가는데 독자들에게 선생님이 조금 더 쉽게 설명을 해주신다면요. 너무 친절하겐 말고요.

이수명 차단이라는 말씀을 하셨는데, 나는 물론 일부러 차단하고 그러지 않아요. 그보다 내 관심은 좀 새로운 걸 해보는 데 있어요. 그게 재미가 있으니까요. 이해라는 것은 한 번 갔던 길을 갈 때 생기거든요. 먹었던 음식을 먹고 갔던 길을 가고 익숙한 일을 할 때 이해에 가장 근접하지요. 문학에서의 이해라고 하는 것은, 알고 있는 것들을 알고 있는 렌즈로 보는 것이지요. 근데 알고 있는 일을 다시 해보는 건 아무래도 좀 재미가 없는 거예요. 그래서 옛날에는 사각형으로 뭘 만들었다면 이번에는 역삼각형으로 만들어보고 하지요. 차단이 목적이 아니기 때문에 선입견과 달리 저는 오히려 정확한 문법 구조로 말을 하기도 해요. 그런 문장이 더 많아요. 그러다가, 못으로 말하자면 여기에 박아야 할 못을 하나 빼본다든지 하지요. 못을 하나 빼도 제대로 작동을 하면 못을 여러 개 박을 필요가 없는 거니까. 또, 여기 박았던 못을 저기에 박아보기도 하고요. 그냥 이렇게 저렇게 하다보니까 박혔던 못이 빠지기도 하고 전혀 못을 사용하지 않고 뭘 만들 수 있다는 것을 발견하는 순간에 이르기도 해요. 못은 그동안 물건을 방해했던 거지요. 못에서 자유로워지는 과정이 말들이 탈골되거나 문장이 휘기도 하는 방식으로 나타나곤 해요. 그러면 아무래도 예전 방식에만 익숙한 눈에는 어, 여기 박혀 있던 못 어디 갔어, 그런 반응이 나올 수도 있죠. 청바지를 처음 찢었던 사람들을 생각해보세요. 옷은 낡으면 버리는 게 보통의 생각인데, 옷을 찢어서 입는다는 생각을 했다는 것은 혁명적인 발상이지요. 이제는 모든 사람들이 찢어진 청바지를 입잖아요. 그래야 아름답다고 생각하고요. 최초로 옷을 훼손할 수 있었던 사람들은 평범한 가치지만 자유를 발견한 거예요. 그 자유가 지구상에 존재하는 모든 사람들에게 전파된 것이고요. 내가 하고 싶은 말은, 보통은 이렇게 하는 걸 저렇게 해보는 거, 새로운 것을 시도해보는 거, 그거예요. 그래서 예전에는 보이지 않고 가능하지 않았던 것들이 보이기도 하고 가능한 것이 되기도 하잖아요. 시라는 건 바로 어떤 것이 가능하다는 걸 보여주는 것, 아니 '가능을 바로 지금 행위하는 것'이라 생각해요. 가능이 가능에 머무는 것이 아니라 현재화되는 것이지요. 이런 식으로 새로운 감각, 발화, 목소리가 만들어지는 게 아닐까요.

김도언　그럼 이 질문은 선생님에게 조금 괴로운 질문일 수 있겠군요. 선생님은 시단이나 문학장 안에서는 매우 유니크하고 독자적인 감수성과 개성을 지닌 시인으로 인정받고 있는데요. 그런 만큼 일반 대중 독자들한테는 비교적 덜 알려져 있잖아요? 그런데 보통 예술가들은 어쨌든 타인의 평가에 완벽하게 무심할 순 없죠. 민감할 수도 있고. 선생님은 대중 독자들의 충분하지 않은 듯한 관심이라든가 평가에 대해 어떻게 생각하는지요.

이수명　괴로운데요. 하하. 음. 내가 소통을 염두에 두고 글을 쓰진 않아요.

김도언　네. 어떤 글에서 교란을 위해 쓰신다고 하셨죠.

이수명　왜 염두에 두지 않냐면요, 단순해요. 아무리 소통되지 않는 텍스트라도 결국엔 여러 길이 생기고 많은 문이 달리게 되기 때문이에요. 길과

문은 접촉의 흔적으로 생기는 거지, 처음부터 일부러 만들면 재미없잖아요? 소통의 문제라면 내 경우가 아니라 이상이나 김구용 같은 시인들을 예로 들어볼게요. 내가 어디서 그런 말을 쓴 것 같은데 시대가 시인을 만드는 게 아니고 시인이 시대를 만든다, 뭐 그랬어요. 그러니까 무슨 시대가 됐다고 해서 그 시대에 걸맞은 시인이 등장하는 게 아니라 감각적으로 앞선 시인이 나타나 새로운 시대를 만들어내고 분위기를 형성하는 거지요. 그런데 그런 시를 쓴다는 건 사실 독자와 동떨어져서 할 수 있는 작업이에요. 아니 심지어 엘리엇은 동떨어져야 한다고까지 했어요. 문화의 발전이란 한 세대 이상 뒤떨어지지 않은 주요 독자층을 거느린 정예부대를 유지하는 것, 좀 거창하지만 그렇게 말했거든요. 이 말은 충분히 고독한 작업을 알아보는 소수의 독자가 있고, 이 소수의 독자에 의해 매개된 시인의 시도나 감각들이 저변으로 전파된다는 것을 뜻해요. 그럼으로써 시대 전체가 결국은 이 감각을 흡수하는 것일 테고요. 문화나 예술이라고 하는 건 이러한 도약이 있어야 계속 발전하는 거라는 얘기예요. 모두 알고 있다시피 이상 시인이 처음에 〈오감도〉를 발표했을 때 독자들 항의 때문에 중단을 했잖아요. 지금은 이상의 수수께끼를 알든 모르든 상관없이 모두 좋아하지 않나요. 〈오감도〉나 또 〈건축무한육면각체〉 같은 난해한 시의 제목을 가져다 만든 영화도 있지요.

마지막 목소리

개척자에 대한 추수와 매혹이 잇따르고 그것을 중간에서 매개자가 옮기면서 대중에게 전달하는 것, 그 개척의 작업이 바로 현대성과 전위성을 확보해야 하는 시인의 소명일 것이다. 이러한 소명들이 제대로 이루어질 때 그 사회는 다양한 의미들의 상호 침투와 간섭 속에서 건강한 생태계를 만들어갈 수 있을 터. 현대의 시인은 개인을 온전하게 개인으로 호명하는 작업의 수행자이어야 하지 않을까. 타락한 세속적인 세계에서 구원의 꿈은 모든 개인이 모두 온전한 문제적 개인일 때 가능할 것이다. 나는 지금 온전한 문제적 개인이라고 말했다. 그게 무슨 말일까. 억압이나 착취의 구조에 묶이지 않은 해방된 자유로운 개인을 말하는 것이다. 1990년대적 현대성의 개척자 중 한 사람으로 예를 든 박상순의 시를 분석하는 글에서 이수명은 이렇게 썼다. "개인이 전적으로 개인이기 위해서는 공동체에 대한 뚜렷한 관계를 수립해야 한다. 가장 그럴 듯한 것은 공동체에 대한 미련을 버리는 것이다. 이것이 개인이 선명해지는 방식이다."(《현대시학》, 2015년 2월) 이수명은 온전한 문제적 개인을 뚜렷하게 호명하는 우리 시대의 프런티어다. 그가 앞으로 보여주는 작업은 또다른 곳에 계속 못을 박거나 빼고, 옷장 속에 처박힌 어떤 옷들을 찢는 일일 것임을 나는 조금도 의심치 않는다. 문학의 위상이 어떤 추문 속에서 추락하고 있는 요즘, 문학의 힘에 대한 이수명의 목소리를 들려주는 것으로 글을 맺는다.

문학은 사실은 힘을 가지려고 하는 거예요. 언어로 힘을 가지려는 거지요. 어떤 시인이나 소설가가 작품을 발표했는데 그 작품이 의미가 있고 영향력이 있는 것, 그것이 문학의 힘이거든요. 힘 있는 문학은 사회에 어떤 충격과 영향을 주게 되지요. 그런 의미에서 권력이라고도 할 수 있겠네요. 하지만 문학의 권력은 정치나 행정 상의 권력과는 다릅니다. 문학의 순수한 권력이나 권능, 파워는 무엇을 도모한다, 작용해서 뭘 얻는다는 그런 것과는 달라요. 그런 일이 일어날 수도 있겠지만, 문학의 권력은 다른 데 있어요. 문학에서의 권력은 사실 작품을 쓰는 순간 이미 실현 되어 있어요. 빈 텍스트 앞에서, 텍스트를 완성하면서 문학인은 누구도 가질 수 없는 권력을 체험하지요. 그것은 바로 텍스트 안에서 모든 것이 가능하다는 것, 그래서 텍스트가 권력이라는 뜻이에요. 텍스트의 권력은 현실에서처럼 그 권력을 소유한 사람을 파괴시키지 않습니다. 그런 점에서 모든 시인과 작가는 텍스트가 유토피아라는 것을 알고 있다고 생각해요. 바로 우리가 문학을 계속하고 문학이 계속되리라 믿는 이유입니다.

이수명 | 1965년 서울에서 태어났다. 1994년 《작가세계》를 통해 등단했다. 《새로운 오독이 거리를 메웠다》《왜가리는 왜가리놀이를 한다》《언제나 너무 많은 비들》《마치》 등의 시집을 냈다. 그 외에 연구서 《김구용과 한국현대시》, 시론집 《횡단》 등을 쓰고 《낭만주의》《라캉》《데리다》《조이스》 등을 번역했다. 2011년 현대시작품상, 2012년 노작문학상, 2014년 이상시문학상 등을 수상했다.

시인 허연,

세속 도시의 신표현주의자

믿지 않는 사람도 있겠지만 시는 인간과는 별도로 떨어져 존재하는 것 같다. 누군가의 몸을 빌려서 나오는 게 아닌가 싶다. 시는 최적화된 어떤 사람의 몸을 통해 세상에 나온다. 시인은 숙주일지도 모른다. (…) 더 과감하게 이야기하면 시는 우주 어딘가에 원래 있었던 주술 같은 것일지도 모른다. 내 몸과 정신이 시가 찾아들기 쉬운 최적의 상태를 만드는 것이 나의 시 쓰기다.

–허연, 〈빗나간 것들에게 바치는 찬사〉 중, 《시인으로 산다는 것》(문학사상, 2014)

시인의 인상,
이미지의 파편들

주관적으로 간직하고 있는 그의 인상을 묘사하는 것으로 글을 시작하는 게 좋겠다. 아무래도 이 글은, 내가 그로부터 받은 인상과 축적된 이미지를 스스로 확인하고 증명하는 선에서 매듭되어질 공산이 크기 때문이다. 이 말은, 그만큼 그의 이미지가 하나의 개념으로 환원하는 것이 불가능할 만큼 다자적이고 난해하다는 고백에 다름 아니다. 그는 이를테면 수많은 '소립자'로 이루어진 다면체다.

보헤미안, 카뮈, 댄디, 카프카, 모순, 자기소외, 사뮈엘 베케트, 부조리, 데카당, 코스모폴리탄, 아웃사이더, 아나키즘, 니힐리스트, 보르헤스, 제임스 조이스.

시인 허연을 생각할 때 자연스럽게 따라오는 단어들을 무작위로 배열해봤다. 그는 정말 카뮈 같다. 나른하고 텅 빈 눈으로 먼 곳을 바라볼 때, 그는 밀납 같은 엄정함으로 현실 너머를 응시하는 실존주의자의 표정을 가진다. 나는 이 세상의 모든 이방인들의 가장 고통스럽고 아름다운 표정이 그러하다고 믿는다. 그는 또한 카프카 같다. 창백한 얼굴로 넥타이를 매고 이십 년이 넘는 세월 동안 그는 똑같은 직장으로 출근과 퇴근을 반복하고 있다. 그의 말에 의하면 여덟 시 이십 분쯤 출근해 저녁 일곱 시쯤 퇴근

하는데(그의 직장은 신문사여서 심지어 일요일에도 출근을 해야 한다), 정해진 시간에 밥을 먹고 퇴근 후에 술을 마시면서 세속의 명령을 집행한다는 측면에서 그는 보험국 심사원으로 '위장 근무'하며 예술적 자의식을 궁지로 몰아넣었던 카프카의 비애를 완벽하게 이해하고 재현하는 자다. 그는 콧날이 오똑한 체코인 선배가 그랬듯 다른 이들이 방심한 채 육체에 쌓인 피로를 푸는 심야에, 책상 앞에 등불을 켜고 앉아 고유한 언어의 칼날을 조탁하는 것이다.

그는 또한 저자의 소문과 사실을 다루는 부박한 세속적 조직과 성스러운 시의 제단을 끊임없이 오간다는 면에서 모순적 상황과 매순간 부딪쳐야 하는 부조리한 니힐리스트일 수밖에 없다. 그리고 모국어와 순혈이라는 생래적 조건을 여일하게 부정한다는 측면에서 래디컬한 코스모폴리탄이다. 부단히 전위를 탐하며 실험과 부정을 멈추지 않을 때 그는 사뮈엘 베케트의 표정을 가지며, 집요하게 고전과 이상의 활자에 몰입하며 눈에 보이지도 잡히지도 않는 언어의 무의식을 해독해내고자 할 때 그는 보르헤스나 제임스 조이스의 표정을 가진다. 그리고 그가 아무것도 아닌 것으로 위장한 채 익명적 상황을 가공하고 연출하면서 자신이 나고 자란 회색의 거대 도시를 활보할 때, 그러니까 쇼핑을 하고, 연애를 하고, 여행을 다니고, 욕망을 소비할 때 그는 눈에 띠는 보헤미안이자 댄디이며 기꺼이 아웃사이더다.

쉽게 설명할 수도 없고, 설령 쉽게 설명하는 것이 가능하다 해도 만만찮은 민망함을 감수할 수밖에 없는 고백이지만, 나는 그의 시와 글들을 따라 읽으면서 일찌감치 육친적인 동질감을 읽은 적이 있다. 같은 유전자형을 가진 피가 강제하는 기질과 지향의 유사성 같은 것 말이다. 그것은 정말 소름이 끼칠 정도로 놀랄 만한 것들인데, 그가 수줍지만 명료한 시적 화자의 목소리로 집단에 속하는 것을 거부한다고 말할 때, 편집증적 에고에 자폐적으로 침잠하며 자멸을 꾀할 때, 단독자의 태도로 힘이 모이는 곳을 못 견뎌할 때, 자아를 분열시킨 망명자의 욕망으로 먼 곳을 동경할 때, 나는 여지없이 그에게서 피의 동질성을 읽어냈다. 아, 여기 같은 꿈을 꾸고 같은 상처를 안고 가는 사람이, 내가 걷고 싶은 길을 몇 걸음 앞서서 걷고 있는 사람이 있구나, 라고 자백하게 하는 사람. 그가 내게는 시인 허연이다.

텍스트로만 접하던 그를 처음 본 것은 십여 년 전쯤이었던 듯하다. 한 출판사에서 편집자로 일하고 있던 나는 일간지 문화부 기자였던(그는 현재 같은 신문사, 즉 〈매일경제〉의 문화부장으로서 재직 중이다) 그의 취재원이 되어 공적 용무를 가지고 만났다. 이런 일은 이후 두세 차례 반복됐는데, 그때마다 그와 나는 정확히 주어진 용무만을 마치고는 서둘러 돌아서기만 했다. 내가 글을 쓴다는 것을 알아차린 그가 몇 번 '곁'을 내주려는 기미를 보였을 때조차 나는 받아들이지 못했다. 같은 내상을 지닌 이들끼리의 연대가 얼마나 자욱하고 매캐한 연기를 피워낼지, 어지간히 숫기가 없던 나는 그 수상한 쾌감을 견디기 어려울 거라고 지레짐작했던 것 같다. 그래서인지 문단 술자리 같은 데서 마주쳤을 때도 어떤 신호를 교환하듯 눈인사만 주고받았을 뿐이다. 그러나 몇 번이고 돌아선 나는 그에게서 읽어낸 그 비밀스러운 육친적 동질감을 고백하고 싶었다. 하지만 그것은 끝내 시도되지 않았다. 사실을 말하자면 그에게는 그때나 지금이나 타자가 안전거리 안으로 다가오는 것을 허락지 않는, 엄정한 방어적 태도가 있는데, 그것은 처절하게 내습당해본 자의 체험에서 온 것처럼 보인다. 삶으로부터 피습당한 자의 표정을 가진 시인이라니.

이런 소이연을 상기해보면 인터뷰어로서 내가 그를 점지하고 만나기로 한 것은 어쩌면 매우 내밀하면서도 필연적인 일이라는 생각이 든다. 인터뷰 장소인 강남의 북카페에 나타난 그는 사제복처럼 칼라 없는 블랙 라운드 셔츠를 입고 있었다. 그와 아주 잘 어울리는 입성이라는 생각이 들었는데, 그도 그럴 것이 그의 친가 쪽이 일찍이 개화한 천주교 집안이라는 이야기를 들은 적이 있다. 그의 집에서는 자식 중 한 명은 꼭 사제나 수녀가 되는 전통이 있고 아버지는 그를 적임자로 꼽았다고 한다. 중학교에 다닐 때까지 그는 혈족이 부여한 자신의 운명에 절대적으로 순응했다고 한다. 착실하고 모범적이고 믿음직한 아들의 역할을 잘 수행했다고. 그런데, 고등학교에 들어가면서 그는 극적으로 자신의 운명을 부정하고 저항했다고 한다. 그 이야기부터 들어봐야겠다.

성스러운 것의 대체재로서의 시

김도언 선배님 집안에 사제나 수녀가 나오는 전통이 있다고 들었어요.

허연 나는 소위 말하는 서울의 엘리트 집안에서 태어났어요. 할아버지가 건축기사였고, 할아버지가 지은 일본식 건물이 내가 다니던 초등학교 교사였고, 아버지는 모던 보이였죠. 어렸을 때, 아버지가 삼남매를 앉혀놓고 누나한테는 너는 대학 교수가 되고, 나한테는 사제가 되고, 동생한테는 의사가 되라고 했어요. 영광스럽게도 내가 전통을 이을 대상이 된 거죠. 중학교 다닐 때까지만 해도 난 신부가 될 거라고 자신 있게 대답했어요. 그래서 특별 대접을 받기도 했고. 〈시네마 천국〉의 토토처럼 신부님이 미사를 집전할 때 옆에서 시중을 드는 복사라고 있는데, 그걸 하는 순간이 되게 행복했어요. 그러다가 고등학교 때 그게 싫어졌어요. 싫어진 가장 큰 이유는 그때 세상에 여자라는 게 있다는 걸 알게 됐다는 거죠.(웃음) 그런데 성직의 길은 여자랑 유리되어 있잖아. 그리고 내가 생각보다 참을성이 없고 게으르다는 걸 알게 되었어요. 또 하나 치명적인 건, 내가 사람을 안 좋아하더라고, 사제가 되기에는. 그런 이유로 가톨릭 대학교 신학부를 포기하게 된 거예요. 그걸 집에 말하니까 난리가 났지. 그전까지는 예민하고 공부 잘하고 눈물도 많고 그런 학생이었는데 고등학교 때 돌변했으니까. 꼴찌도 해보고 경찰서도 들락거리고 집안에서도 버려지고. 그 무렵에 내가 왜 이럴까 생각을 해봤는데, 평범하게 살고 싶지 않았던 것 같아요. 난 사실 '너는 천상 기자다' '천상 은행원이다' '천상 교사야', 이렇게 규정하는 것들이 싫었어요. 그러면 어떤 식으로 나만의 고유한 존재 방식을 찾을 수 있을까 생각해봤는데, 막연히 그게 창작이라고 생각했던 거 같아요. 미술반이어서 미대를 생각해보기는 했는데, 미대 갈 정도의 실력은 아니었고. 공부도 안 됐

나는 내 문학이론을 어떤 권력의 지형이나 계보에서
펼쳐 보이고 싶지 않거든요. 그냥 나는 누군가의
주머니 속에서 소비되고 싶어요.
우리가 아웃사이더를,
언더그라운드를 좋아하는 이유가 있듯이.
그런 언더그라운드로 남고 싶은 마음이 있어요.

고. 그런데 그때 사회학을 공부했던 외삼촌이랑 방을 잠깐 같이 쓴 적이 있었는데, 외삼촌 책 중에 외국 시집이 많이 있었어요. 그걸 사전도 찾아보면서 보고, 그러다 그때 문학을 만난 거죠.

김도언　문학을 우연히 만났군요. 그렇다면 특별히 이렇다 할 상처와 콤플렉스 같은 게 없었던 건가요?

허연　어느 사이 시간을 훌쩍 건너뛰어 지금 한국 나이로 쉰이 되었는데, 사실은 진짜 후회하고 있어요, 사제의 길을 가지 않은 걸. 지금 생각해 보면 그게 가치 있는 삶인 것 같아요. 그게 나를 계속 따라다녀서, 내가 과격하게 나쁜 짓을 할 때도 사실은 그 콤플렉스가 작용한 거 같고, 내가 과도하게 슈퍼에고를 부릴 때도 그게 작용하는 거 같아요.

김도언　숙명으로 주어졌던 길을 가지 않은 것에 대한 죄책감, 콤플렉스가 있다는 거죠.

허연　운명을 부정하고 거부했던 사건, 그게 나를 만든 큰 부분이었던 것 같아요.

중요한 발언이다. 운명을 부정하고 거부했던 것이 콤플렉스로 작용하면서 자신을 만들어냈다는 시인의 자기 진단. 그러니까 어떤 대역을 수행하는 자가 자기 근원을 응시하면서 지금의 자리를 성찰하는 것. 그의 시편에서 수없이 만났던 자기 부정, 자기 소외, 자기 조롱의 근거가 바로 여기에 있었던 것. 사제라는 성스러운 직분을 대체하기 위해 택했던 것 역시 신성에 대한 자부 없이는 견뎌내기 어려운, 저 오르페우스가 가르쳐준 직업 시인이었다는 것. 성스러움을 피해 또다른 성스러움 속으로 숨어든 시인의 운명. 하지만 시인은 대체재로 선택한 직업을 성실하게 수행하는 것을 영 마뜩잖아 한다. 그의 말대로, 그는 문제적 첫 시집《불온한 검은 피》(세계사, 1995)를 펴낸 이후 시의 자리로부터 훌쩍 떠난다. 그 시집의 해설을 쓴 평론가 황병하가 교통사고로 세상을 떴을 때, 그는 그것을 시와 이격된 자신의 현실을 상징하는 어떤 기표로 받아들이며 몸서리를 치기도 했다. 공백은 길게 이어지는 듯했지만 그는 화려하게 귀환한다. 첫 시집을 출간하고 십삼 년 만에 두 번째 시집(《나쁜 소년이 서 있다》, 민음사, 2008)을, 그리고 다시 사 년 만에 세 번째 시집(《내가 원하는 천사》, 문학과지성사, 2012)을 상재한 것이다. 독자와 평단은 재능 있는 유니크한 시인의 귀환을 환영하는 데 인색하지 않았다. 굵직굵직한 문학상도 주어졌다. 사실 그의 귀환은 2000년대 시단을 화려하게 수놓은 젊은 시인들이 호출한 것이나 다름없다. 그의 첫 시집을 읽으며 문학 수업을 한 김경주를 위시한 시인들이 자신들의 시적 멘토를 시의 제단으로 다시 불러냈던 것. 그러므로 그의 최근의 시업은 시적 서사의 연역적 역산이라고도 할 수 있다. 그 시간들에 대해 그 자신은 어떤 생각을 가지고 있을까.

세속과
성스러운 제단 사이의 왕복

김도언 《현대시세계》로 1991년에 등단하고 그동안 세 권의 시집을 냈는데, 첫 번째 시집이 나오고 두 번째 시집이 나오기까지 공백이 꽤 길었습니다. 그 공백기가 생업에 전념하는 동안에 어쩔 수 없이 생겼다는 걸 이해하는데, 공백이 길다보면 다시 시로 귀환하는 게 생각만큼 쉽지 않거든요. 그런데 마치 스톤헨지에서 유물이 발굴된 것처럼 다시 시를 쓰고 주목을 받기 시작했어요. 세 번째 시집이 나올 즈음해서 문학상도 받았고요. 선배님 자신이 시로부터 멀어질 수 있는 악조건에 처해 있었는데, 다시 시로 돌아오고 시 현장에 복귀할 수 있었던 동력이 뭔지 듣고 싶습니다.

허연 사실 시를 누구한테 배워본 적이 없어요. 내가 다닌 예술학교도 초창기 때라 스승도 없었고, 등단도 어떻게 하는 줄 몰랐지. 다만, 자그마한 파장으로 엄청난 물결을 일으키는 몇 마디 말 같은 걸 보면서 평범하게 살고 싶지 않다는 생각이 들었어요. 그래서 시를 쓰게 된 것 같아요. 그러다가 별다른 준비 없이 어린 나이에 등단을 하게 됐고요. 그리고 입학 원서 내듯이 출판사에 원고를 보내서 시집이 나왔죠. 신문사에서 일하면서 바빠서도 그랬거니와 시를 많이 못 썼는데, 어느 날 문득 깨달았어요. 나는 시에서 다 배웠다. 내가 웃는 거, 우는 거, 말하는 거, 화내는 거, 전부 다 시가 가르쳐준 거구나. 그런 생각이 든 거예요. 그래서 시 없이는 아무것도 안 되겠구나 하고 다시 시를 썼던 것 같아요. 근데 신문사 같은 데 다니면서 어떻게 시를 쓰느냐고 자주 묻는데, 답은 굉장히 간단해요. 시 생각만 하는 거죠. 나는 기본적으로 시인을 그렇게 위대하다고 생각하지 않아요. 대단히 멋진 족속이라고 생각하지도 않고. 그냥 어떤 바이러스에 감염되고 면역체계가 움직이는 것처럼, 삶 이외의 공간이나 삶 이외에 어떤 진공 상태가 반드시 필요하지는 않았던 것 같아요.

김도언　　신문기자로 일하는 동안 몰입할 수 있는 상황이 아니어서 시를 쓰지 못하던 때가 있었는데, 그 시절에 괴롭지 않았나요? 내가 시인인데 생활에 너무 매여 있는 게 아닌가 하는 생각이 들 수도 있잖아요. 또 직업상 문학적 텍스트를 접해야 하고요. 그런 자극이 있어 더 괴로웠을 것 같은데 어떻게 견뎌내고 참아냈는지.

허연　　몇 가지 나름의 방식으로 견딘 듯해요. 우선 감수성, 감성 같은 걸 훼손하지 않게 해준 건 술과 연애였어요. 허구한 날 술 마시고, 연애하고 그랬던 것 같아요. 또 한 가지, 모범생들을 이기는 재미가 있었어요. 신문사에서 일하는 동료들 대부분이 모범생이니까, 그 친구들을 이기는 재미가 있었던 것 같고…… 살아 숨 쉬는 다른 작가나 시인들이 내 경쟁자라는 생각은 솔직히 안 했어요. 내가 오만해서가 아니라 그냥 그런 생각이 안 들더라고. 남의 걸 봤을 때, 애틋하게 다가오는 것도 없고. 온 마음을 다해서 어, 얘 진짜 잘 쓰네, 이런 걸 느끼지도 못했어요. 이상하게 난 살아 있는 사람들에

게선 감동이 잘 안 와요.(웃음)

김도언 예, 그런 말씀 많이 했어요. 살아 있는 인간을 혐오한다는 말도. 그런데 어떻게 세속의 조직을 견뎌낼 수 있는지.

허연 가족을 괴롭히지 않으려면 일을 해야 하잖아요. 카프카는 거의 죽는 날까지 보험사에서 일했고, 엘리엇은 공공의 적으로 법정에 선 적도 있는 은행원이었고. 나는 사실 기자라는 내 직업이 콤플렉스였던 것 같아요. 내가 기자의 모습이 아닌 채로 어느 장소에 갔을 때 기자라고 하면 그 자리를 나와버렸고. 반대로 기자로서 어디에 가는데 윗사람들이 시인이라고 소개하거나 하면 짜증을 내고. 그래서 어디 갈 때 나를 어떤 자격으로 대해달라 미리 부탁을 할 때도 있었어요. 의도적으로 아주 칼같이 분리를 한 거죠. 훈련을 하니까 되더라고. 그런 노력을 했어요.

분리, 자아의 분리를 극단으로 가지고 간다는 것. 그것을 엄혹한 통제력으로 수행한다는 것, 그것은 고통스럽지만 그래서 경이로운 일임에 분명하다. 거의 알려지지 않은 사실인데, 신문사 문화부 기자라는 세속적인 직분과 시인이라는 성스러운 직위를 왔다 갔다 하는 동안, 그는 정신에 과부하가 걸려 격리 치료를 받은 적이 있다고 한다. 주변 지인이 거의 강제적으로 치료를 받게 했다고. 그 분리와 분열의 공포를 기꺼이 앓아내는 시인의 모습, 어찌 애틋하다 하지 않을 수 있겠는가. 그는 앞서, 신문사에서 일할 때 모범생들을 이기는 쾌감 같은 게 있었다고 말했다. 나는 그 말이 매우 인상적으로 들렸는데, 내 생각에 영민한 그는 '시를 쓰는 기자'로서 이쪽 세계와 저쪽 세계의 질서와 생리를 모두 조롱할 수 있는 자기만의 독특한 포지션을 명료하게 의식했던 것 같다. 다시 말해 이쪽의 가면과 저쪽의 가면을 번갈아 쓰는 식의 위장 전술로, 현실적으로 나약하고 무기력하면서 시의 생리에 투신하는 문학주의자들의 '순결'도 조롱하고, 세속적인 원리와 이익 앞에서 결사적으로 담합하는 기성 사회의 모범생들도 모두 다 조롱한 것. '허연류'라고 말할 수 있는, 독특한 모순과 부조리의 시학이 촉발되는 이 절묘한 스탠스를 그 말고 과연 어떤 시인이 우리에게 보여줄 수 있을까. 이제 직접 자신의 시에 대해 발설하는 시인의 목소리를 들어보자.

허연 식 태도,
허연 스타일의 탄생

김도언 문학적인 질문을 던져볼게요. 선배님이 1991년도에 등단했는데, 그게 매우 상징적인 때라는 생각이 들었어요. 당시 80년대적 정서라는 것이 90년대에 등단해 활동을 한 시인들한테도 어느 정도 영향을 미쳤잖아요. 저는 선배님의 첫 시집을 보면서 개인적인 욕망, 불안, 공포에 대해 다뤘다는 게 굉장히 신선했거든요. 선배님은 시인이 된 것이 우연의 산물이라고 말했는데, 90년대에 시인이 되면서 전 시대와 다른 새로운 이야기를

해야겠다는 의식이 있었는지 궁금합니다. 저는 첫 시집에 그런 게 많이 내장되어 있다고 생각하거든요. 개인적인 내력을 그렇게 거르지도 않고 직설적으로 표현하는 게 신선했어요. 90년대의 시인으로서 어떤 목소리를 내야겠다는 생각이 있었는지요?

허연 솔직히 이야기하면, 시를 쓸 때는 몰랐고, 나중에 사람들이 얘기를 해주니까 내가 한 짓이 좀 유별난 짓이구나 하는 생각이 들었어요. 내가 대학 다닐 때는 사회구성체 논쟁이 승할 때였는데, 나는 본능적으로 사람이나 감정을 패턴화하고 구분해서 이야기하는 게 싫었거든요. 그게 어떻게 가능할까 의문이 들었지. 물론 나도 그 나이 때 책 읽은 사람처럼 사회에 분노해서 과격한 모임도 했었고, 노동해방문학 세미나 같은 것도 했는데, 그럴 때마다 손가락질을 받고 그랬어요. 예를 들면, 당시에는 무조건 이애주 같은 사람이 최고의 춤꾼이라는 거야. 나는 미하일 바리시니코프가 더 좋은 춤꾼이라고 생각했지요. 그런데 그런 말을 하면 손가락질을 받는 거예요. 그렇게 패턴화하는 게 싫었고 그래서 돌아서서 씁쓸해했죠. 그 안에서 저희끼리 키재기하는 모습도 많이 봤고. 그런 것들이 내 정서에서 받아들여지지 않았는데, 그게 어떤 의미에서 90년대적인 게 아니었나 하기도 해요. 나는 시위하러 갈 때, 손수건도 다림질하는 사람이었거든.

김도언 시위할 때 얼굴을 가리는 손수건을 다리미로 다렸다구요? '댄디'라는 코드가 읽혀요.

허연 당시 한 문예지에서 많은 지면을 할애해서 내 시집을 비판했는데, 내용이 이랬어요. 서구 취향이라고. 시 제목을 '심야 특급'이라고 하면 되는데 왜 '미드나잇 스페셜'이라고 하느냐고. 다 그렇게 쓰는 이유가 있거든. 어떤 말이, 후렴이 그 자리에 있어야 하는 이유가 있는 거라고. 난 사람의 경험이 그 사람한테 장착이 되고 그게 그 사람을 뚫고 나와서 뭔가 이루어지는 게 시라고 생각하거든요. 그런 측면에서 시인은 훌륭한 악기 같은 거지요. 악기는 불행해도 상관없어요, 문학이 나오는 데는. 나는 훌륭한 악기가 되기 위해 지식과 교양에 편집증적인 관심을 갖고 있어요. 그래서 문학과 직접 관계된 어떤 일을 하기보다는, 내가 일상에서 만나지 못하는 것, 그런 것들을 많이 훈련했던 것 같아요. 훌륭한 악기가 되고 싶었던 거지. 그래서 어류도감, 지리부도 같은 것도 많이 봤어요.

김도언 제가 선배님 시에서 아주 인상적으로 발견했던 요소가 자기 조롱, 자기 풍자 같은 거예요. 〈간밤에 추하다는 말을 들었다〉에서 그게 가장 잘 나타난 것 같은데요. 선배님은 자기 조롱이나 자기 풍자를 상당히 전략적으로 하고 있습니다. 선배님 문학에서 자기 조롱이나 자기 풍자가 가지는 의미는 뭘까요?

허연 어떤 태도 같은 거라고 생각해요. 나는 솔직히 내가 천재인 줄 알았어. 나를 천재라고 생각하고 살았고, 너무 기억력이 좋았고, 읽은 건 줄줄 외울 정도였고. 우리집이 어떤 집안인데, 그런 생각을 했던 것도 있죠. 그런데 서른 살이 넘어가고 어느 날 깨달았어요. 내가 글을 조금 읽고 조금 폼 잡을 줄 아는 시정잡배였구나. 그걸 받아들이기가 힘들었지요. 그래도 마인드 컨트롤을 했고, 시정잡배의 시를 쓰기로 마음먹었어요. 나는 시정잡배다. 그때 막 홀가분해졌어요. 심지어 전화 받을 때도 아, 나 잡배인데, 그러곤 했어. 자기 조롱, 자기 풍자는 그런 거겠지요.

김도언 어느 인터뷰에서 첫 시집에 실린 시들을 쓸 때 테러리스트가 되어 세상을 조져보자는 생각으로 썼다고 했는데, 내가 세상을 조질 수 있는 테러리스트가 되려면 그 자격을 일단 자신한테 부여해야 하거든요. 그러려면 내가 가지고 있는 걸 버려야 하잖아요. 그걸 버려야 내가 부담 없이 조질 수 있거든요. 그런 게 아닐까, 지금 잡배라고 표현한 게.

허연 세 번째 시집을 쓸 때는 늙은 파이터의 기분이 들었어요. 늙은 파이터의 도전장 같은. 내가 원하는 천사는 이런 거다. 너희와는 다르다. 내 방식을 만들려고 했던 것 같고요.

고독하고 세련된 신표현주의자

김도언 시인 이수명은 1990년대의 시인들을 언급하면서 그전 시대 시인들과 다른 점을 공동체에서 개인을 끄집어낸 것이라고 말했어요. 그러면서 박상순이나 장정일 등을 언급했죠. 저도 선배님의 시를 읽으면서 선배님의 주된 관심은 선배님 자신이라고 생각했어요. 에고ego, 자기 자신. 저는 선배님이 자기 자신을 가지고 놀면서 하는 유희 같은 게 시 속에 표현되어 있다는 느낌을 받았어요.

허연 등단을 했는데, 동료들도 낯설고 나도 낯설더라고요. 나는 사실 장터에서 나물 장사를 하는 엄마도 없었고, 동구 밖 이런 것도 뭔지 모르고. 내가 그려낼 수 있는 것이 대다수 시인들하고 다르더라고. 사실 서울 한복판에 있는 인문계 고등학교에서는 시 쓰는 사람들이 그렇게 많지 않았거든요. 대부분이 향토색 있는 지방 출신들이 시단의 동료들이더라고. 난 시를 세상에 내놓을 때 어떤 기준이 있는데, 그걸 지금도 견지하려고 애쓰고 있어요. 세상에는 무언가를 주장하고 앞서가는 사람들이 늘 있겠죠. 그런데 그들이 가끔씩 뒤를 돌아봤을 때 어, 저기 허연이 있네, 하는 섬뜩한 대상이 되고 싶었어요. 잘나가고 싶다는 말을 하려는 게 아니에요. 어떤 행렬을 비웃는 시를 쓰고 싶었고, 그것이 내 시의 자리라고 생각했던 거지요. 불행인지 다행인지 나는 나 자신이 교과서였어, 나 자신이 스승이었고, 나 자신이 경멸의 대상이었고. 가끔은 내가 너무 사랑스럽고, 가끔은 내가 너무 저주스럽고, 가끔은 내가 너무 야비하고 쪽팔리고, 가끔은 내가 좀 한심하고, 그러니 자연스럽게 내가 대상화가 되었던 것 같아요.

김도언 인간의 삶에서는 모순과 부조리가 필연적으로 발생하는데 선배님의 경우 그게 태생적인 건지 인위적으로 발생하는 건지 궁금해요. 선배님이 무언가를 욕망하는데 물리적 조건이 그걸 좌절시키기도 할 테니까요. 욕망과 현실의 불일치가 발생하고 거기서 모순이 발생할 때, 어떤 면에서는 선배님이 그걸 개선하지 않고 방치하는 것 같기도 하고요.

허연 그렇게 사는 게 사실은 되게 힘들어요. 난 소위 '절친'이라 부를 만한 사람도 별로 없고 누구에게 먼저 연락하거나 하는 일도 드물어요. 어차피 말도 잘 안 통할 거 같고. 난 모순과 부조리를 철저하게 내면화하는 편이지요. 그래서 이런 사회적 태도가 있어요. 평소에 사람들한테 착하게 대해요. 예의를 굉장히 중시하고. 사실 회사라는 것도 그래요. 일터잖아요. 계약관계에서 일하잖아. 회사에 대한 예의를 지키면 안 건드리거든요. 주변 사람들 하고 아무 문제 안 일으키고 정말 다시 안 볼 사람 아니면 예의 바르게 지내고 불편한 건 살짝살짝 피하고. 문학적 욕망이 좌절할 때도 아픈 걸 티를 안 냈어요. 아픈 티를 내면 내가 불쾌해요. 그런 것에 내가 반응하는 게 나 자신에 대해 잘못하는 거라고 생각했던 거죠. 나는 말라르메랑 싸우고, 백석이랑 싸우고, 김종삼이랑 싸워야 한다고 생각했지. 옛날에 히틀러가 프랑스를 점령했을 때 세 가지를 무서워했대요. 공산주의와 자본, 그리고 갈리마르(문학 출판사). 히틀러가 두려워한 갈리마르 속에 문학의 위대한 속성이 있는 거예요. 권력 자체가 나쁜 게 아니고 교체되지 않으니까 문제가 발생하는 거예요. 나는 내 문학 이론을 어떤 권력의 지형이나 계보에서 펼쳐 보이고 싶지 않거든요. 그냥 나는 누군가의 주머니 속에서 소비되고 싶어요. 우리가 아웃사이더를, 언더그라운드를 좋아하는 이유가 있듯이. 그런 언더그라운드로 남고 싶은 마음이 있어요.

시인 허연은 자신의 문학을 대표하는 키워드를 꼽아달라는 주문에 '나쁜 소년'을 들었다. 그것은 그가 가장 즐겨 쓰는, 이미 사람들에게 알려진 페르소나다. 글의 앞머리에서 나는 시인 허연을 '수많은 소립자로 이루어진 다면체'라고 표현했다. 그는 자신의 내력이나 연혁을 구조화하는 동안 양산되는 수많은 추상적 조건 속에서 다양한 구상적 이미지를 보여주는 시인이다. 그가 가지고 있는 매력적인 수많은 구상적 이미지들을 떠올려보는 건 온전히 독자들의 행복일 것이다. 그런 의미에서 그는 그 자신이 좋아하는 미술가 안젤름 키퍼와도 같은 신표현주의자이다. 그는 끊임없이 자신의 세속적 조건에 새로운 입체성을 부여하고 싶어 한다. 〈빗나간 것들에 바치는 찬사〉에서 그는 이렇게 말한다.

아쉽다. 내게 너무나 뚜렷한 모국어가 있다는 게. 가령 희화시켜 말하자면 나는 이런 사람이 부럽다. 헝가리인 아버지와 독일인 어머니 사이에 영국에서 태어나 청소년기를 카자흐스탄에서 보내고 대학은 러시아에서 다니고 결혼은 베트남계 프랑스인이랑 해서 지금은 스위스에서 살고 있는 사람. 늘 나는 나의 상상력과 언어가 부질없고 부박하기를 원한다. 그래서 누구에게나 오독이 되기를 원한다. 나의 언어가 뚜렷하고 명쾌한 의미와 음가를 가지고 있기에 나는 내 언어와 싸운다. 언어와 싸우는 것이 과도하고 가당치 않은 책무라는 걸 안다. 그렇지만 난 그렇게 하고 싶다.

그는 자신의 기원과 혈통과 정체성을 부정하면서 자신이 재구성되기를, 재발견되기를 꿈꾸는 것일까. 그것이 새로운 표현을 가능하게 하는 가장 정직한 방법이라고 믿는 것일까. 그것은 얼마나 도저한 탐미적 욕망인가. 성과 속의 경계에서, 정신을 앓아내며, 육체의 피로를 즐기며 오늘도 정금正金의 시를 길러내고자 하는 그는, 내가 알고 있는 가장 고독하고 세련된 세속 도시의 신표현주의자다.

허연 | 1966년 서울에서 태어났다. 1991년 《현대시세계》 신인상으로 등단해 《불온한 검은 피》《나쁜 소년이 서 있다》《오십 미터》 등의 시집을 냈다. 그 외에 산문집 《그 남자의 비블리오필리》《고전 탐닉》 등을 썼다. 2008년 한국출판 평론상, 2013년 시작작품상, 2014년 현대문학상을 수상했다.

류
근,

도취, 통속과 초월의 시학

내가 사는 별에는 이제 / 비가 내리지 않는다 / 우주의 어느 캄캄한 사막을 / 건너가고 있는 거다 / 나는 때로 모가지가 길어진 미루나무 / 해 질 무렵 잔등 위에 올라앉아 / 어느 먼 비 내리는 별에게 편지를 쓴다 / 그 별에는 이제 어떤 그리움이 남았느냐고, / 우산을 쓰고 가는 소년의 옷자락에 / 어떤 빛깔의 꽃물이 배어 있느냐고,

- 류근, 〈편지를 쓴다〉 중, 《상처적 체질》 (문학과지성사, 2010)

인상적인 첫 만남

지금은 공중파 텔레비전 화면을 통해 어렵지 않게 그를 볼 수 있지만, 수년 전까지만 해도 류근 시인은 시단의 동료들과 독자들에겐 철저히 베일에 가린 인물이었다. 그는 소문 혹은 풍문으로 존재하는 사람이었다. 천재라는 소문도 있었고, 술주정뱅이라는 소문도 있었다. 심지어는 미치광이라는 소문도 있었다. 그는 소문 속에서 동에 번쩍 서에 번쩍 신출귀몰했다. 몇십억대 자산가라는 소문도 있었고, 돈 한 푼 없는 거렁뱅이라는 소문도 있었다. 요절한 가수 김광석이 흠모했던 작사가라는 소문도 있었고, 애인이 백 명이라는 소문도 있었다. 심지어는 써놓고 버린 시가 수천 편이라는 소문도 있었다.

내 기억이 정확하다면 류근 시인을 처음 본 게 2010년 이른 봄의 일이었던 것 같다. 시인들이 모인 술자리에 날렵하고 산뜻한 인상의 그가 앉아 있었다. 그때 그는 첫 시집 출간을 목전에 두고 있었는데, 검고 깊은 눈동자 속에 흥분과 불안이 뒤섞인 어떤 극적인 표정을 숨기고 있는 듯 보였다. 그는 재미없는 농담을 하다가 술값을 내고 홀연히 사라졌다. 그때 그 뒷모습의 그림자가 입술을 열어 좌중을 향해 "나를 따라올 테면 따라와봐"라고 말하는 것을 나는 분명히 들었다. 환청이었을까. 하지만 그는 아무도 따라갈 수 없는 광속으로 날카롭게 허공을 찢고 흔적도 없이 사라졌다.

지금은 잘 알려진 사실이지만 스물일곱에 신춘문예로 등단한 류근 시인은 이후 작품 발표를 전혀 하지 않고 십팔 년이 지나서야 문제의 첫 시집《상처적 체질》을 상재했다. 그의 인상적인 뒷모습을 본 지 두어 달쯤 지나 그의 시집을 우편으로 받아보고 나서야, 나는 그 십팔 년이라는 시간이 어떤 의미의 무게를 가졌는지 깨달을 수 있었다. 시집 한가득 눈부시게 걸러진 빛과 그림자의 대극이 가히 진풍경을 연출하고 있었다. 그것은 또한 적막과 침묵의 조건 속에서 충분히 숙성된 언어만이 가지는 향기마저 내뿜고 있었다. 그의 시를 읽으면서 손가락으로 찌르면 금방이라도 물방울이 될 것 같은 그렁그렁한 울음소리를 나는 자주 들었다. 등단하고, 관리를 받듯 차곡차곡 신작 시를 발표하고, 월평과 계간평, 특집 등의 호사를 누리면서 너무나 쉽게, 그리고 너무나 일찍 시집을 엮는 관행을 그는 온몸으로 사절했던 셈이다. 그는 자발적 소외의 황홀이, 세속의 영락이 주는 즐거움 따위와는 애초부터 비교가 되지 않는다는 걸 알았다.

이후 틈틈이, 우연을 가장해 불쑥불쑥 그를 만났다. 그를 만난 모든 곳에는 술이 있었고 도취가 있었다. 그는 늘 무언가에 도취되어 있는 사람처럼 보였다. 아니 이 말은 류근 시인 자체가 도취였다는 말로 수정되어도 좋겠다. 그가 도취하는 대상은 시이기도 하고 노래이기도 하고 사랑이기도 했는데, 그것이 무엇이든, 현실의 소용이나 요구에서 탈각된 어떤 절대적 이상이라는 점에서는 동일했다. 그러니까 그의 도취는 곧 그가 생존하는 방식이었던 셈이다. 그는 끊임없이, 맹렬하게, 지치지 않고 사랑이라는 것을 한다. 사랑은 마치 그의 몸에 깃든 정령이나 몸주와도 같은 것이다.

우연과 같은 친교가 인연이 되어 나는 류근 시인의 책을 만든 적이 있다. 2013년 여름에 출간된 산문집《사랑이 다시 내게 말을 거네》가 그것이다. 당시 나는 한 대형출판사의 문학 브랜드 책임자로 일하고 있었고 류근 시인은 내가 눈여겨보는 매력적인 예비 저자 중 한 사람이었다. 당시 그는 소셜미디어에 글을 많이 썼는데, 거기에 올라오는 그의 산문이 깊고 아름답고 독하다는 것은 글을 좀 볼 줄 아는 이라면 누구나 알아보았다. 그만큼 그의 글은 비범한 데가 있었다. 당연히 나뿐 아니라 그의 책을 내고 싶어 하는 편집자들이 꽤 여럿 있었다. 나는 출간 문제를 매듭짓기 위해 그를 만났다. 시인으로서 산문집을 내는 것이 다소간 겸연쩍었는지 자꾸 주제를 돌리려는 그에게 나는 정색을 하고 말했다. "많은 훌륭한 출판사들이 형의 책을 내길 원한다는 걸 알고 있어요. 하지만 거기에는 김도언이 없죠. 형 책은 내가 가장 잘 만들 수 있어요."

나중에 류근 시인은 그 말에 감명을 받아 나와 출판 계약을 맺었다고 공개적으로 진술한 적이 있다. 가끔 술자리에서 마주치는 어정쩡한 선후배 관계를 유지하고 있던 그와 나는 그 순간 사회적 운명을 공유하는 관계로 발전하게 된 것이었다. 그리고 그것이 계기가 되어 그때부터 나는 류근 시인을 형이라고 부르게 되었다.

시인의 길

류근 시인은 1966년 경북 문경에서 태어나 충북 충주에서 자랐고, 중학교 때 서울로 올라온다. 중학교 때 그의 집은 풍비박산 났다고 한다. 공무원이었던, 성정의 결이 부드러웠던 아버지가 사람의 말을 덥썩 믿었다가 횡령사건에 연루되는 바람에 온 가족이 뿔뿔이 흩어지게 되었다. 특히 경제적인 고통과 비참은 이루 말할 수 없었다고 한다. 그런데 그 시기에 문학이 그를 찾아왔다고 하니, 이것은 어쩌면 운명이랄 수밖에 없을 것이다. 둘째 누님과 자취를 하게 되었는데, 혼자 남겨진 시간 동안 수많은 책을 읽고 혼자 백지 위에 무언가를 써내려가는 취미를 갖게 되었다고. 그렇게 쓴 글이 흠모하던 국어 선생님으로부터 칭찬을 받았고, 백일장에 나가 툭하면 장원을 먹었다고 한다. 그때부터 그의 꿈은 시인이었단다. 아니, 이미 자신은 시인이라고 생각했었다고. 그의 말을 직접 들어보자.

김도언 형, 오산 고등학교를 나왔는데요. 오산 고등학교가 김소월, 백석 이런 좋은 시인들이 나온 학교고, 그것에 대한 형의 자부심도 대단한 걸로 알고 있어요. 오산 고등학교를 졸업하고는 중앙대학교 문예창작학과에 입학했고요. 문학이 내가 가야 하는 길이다, 시가 내게 맞는 문학 장르다, 이런 걸 자각한 최초의 순간은 언제였나요?

류근　　내가 아주 좋아하던 예쁜 국어 선생님이 작품 숙제를 내줬는데, 썼더니 난리가 난 거야. 각 반을 돌아다니면서 류근이 이런 걸 썼다고 그랬대. 그리고 자기 자취방에 불러서 박인환 시집을 주면서, 너는 시재가 있다, 이런 말씀을 하셨어. 문재가 아니라 분명 시재가 있다고 했어. 그래서 그때부터 장래희망이 시인이었어. 그 순간부터 나는 정신적으로 그냥 시인이었어. 고등학교 때도. 나는 그냥 시인이야. 그런데 사실은 고등학교에 올라갔을 당시에 정말 먹고살기가 힘들었어. 그러다가 고등학교 문예부에 들어갔는데, 그때 다섯 학교가 연합 문학 서클을 만들었거든. 용산 쪽에 있는 배문, 양정, 오산, 그리고 신광 여고, 서문 여고. 이렇게. 일주일에 한 번씩 모여서 문학 토론을 했는데, 거기를 다니면서 선배들하고 만날 술을 먹었지. 남영동 뒷골목을 다니면서. 그런데 정신적으로 정서적으로 1980년대 초반이 너무 암울한 분위기여서 너무 일찍 세상을 알아버린 것 같아. 그러니까, 난 그냥 시인이었어. 장래희망을 떠나서 이미 시인이었어.

김도언　　그걸 주변에서도 다 알고 인정해줬어요?

류근　　그렇지. 학교에서도 날 내놓아버렸어. 밤새 술 마시고 학교에 가면 술 냄새가 날 거 아니야? 그럼 친구들이 교련복을 덮어주면 하루 종일 잠을 자다가 정규 수업이 끝나면 다시 술집으로 나가는 생활을 했어. 상습 술꾼이었지. 그런데 선생들이 요즘하고 달랐어. 그때가 아주 무서운 시대였지만, 낭만이 좀 있었던 거 같아. 적당히 마셔라, 뼈 삭는다. 이 정도 훈계만 들었지. 술 먹는다고 때리고 그런 분위기가 아니었어. 그게 그럴 만한 이유가 있었는데, 웬만한 백일장을 나가면 장원 확률이 한 5할쯤 됐거든. 가작, 차하, 이런 건 한 번도 해본 적이 없었어. 탈락 아니면 장원이었지. 전국 규모 백일장에서도 그랬어. 그렇게 몇 번 뭔가를 보여주니까 선생들이 좀 봐준 거 같아. 류근은 공부랑 담쌓고 평생 이걸 해먹을 녀석이구나, 그렇게 생각했던 것 같아.

전작 시집의 탄생

류근 시인의 유일무이한 시집《상처적 체질》은 어떤 의미에서든 '문학적 사건'을 성립할 요소를 가지고 있다. 등단 이후 십팔 년 만에 낸 전작 시집이라는 것(전작 시집이란 문예지에 발표한 시들을 묶지 않고, 시인의 기획에 의해 완미한 형식을 가지고 출간되는 시집을 말한다). 그리고, 1990년대 이후의 한국 시단에서는 드물게 통속과 낭만의 문법 안에 자신의 시 세계를 확고히 고정시킨 점 등이 그렇다. 등단 이후 자의에 의해 발표를 전혀 하지 않은 것도 전례가 없거니와, 사실 통속과 낭만은 '치기'와 '미숙'과 동의어로 받아들여질 정도로 시인들에겐 기피와 금기의 대상이다. 내가 이런 이야기를 하는 이유는 이 희유한 요소 자체가 바로 류근 시를 받아들일 때 매우 중요한 레퍼런스일 수 있다고 판단했기 때문이다. 시집 출간과 얽힌 이야기를 좀 들

내 시에 대해 '감성팔이'라고 하는 사람들도 있던데
나는 시에 가서 엄살을 부렸을 뿐이야.
그게 나한테는 절실한 거니까.
시에 가서 울고, 시에 가서 하소연을 하고.

어봐야겠다.

김도언 《상처적 체질》이 전작 시집이잖아요. 보통 시집을 엮을 때, 발표를 해서 어느 정도 축적이 되면 그걸 출간하는 게 관행이죠. 그런데 형은 발표를 전혀 안 하고, 한 권 분량의 시를 출판사에 보내 공적인 심사를 거쳐서 문지라는 시 분야의 중요한 출판사에서 시집을 냈잖아요. 이게 거의 유례가 없는 경우인데 그 상황을 좀 설명해주세요. 그리고 현재 시단의 시집 출간 관행, 그러니까 청탁을 받아 발표하고, 작품 수가 쌓이면 그걸 묶는 관행에 대한 형의 생각을 듣고 싶어요.

류근 나는 사실 자의 반 타의 반으로 전작 시집을 낸 경우야. 중복 투고 금지 규정에 걸려 당선이 취소되고 최종심에서 계속 떨어지다가 〈문화일보〉 신춘문예로 데뷔했는데, 나 스스로 탐탁지 않다는 생각이 들었어. 그러다 보니 문단과 멀어졌고. 그런데 대학원에 들어가니까 알음알음 청탁이 들어오더라고. 그런데 그쯤 되니까 내가 지금까지 발표를 안 했는데 원치 않는 지면에 작품을 발표해야 하나 하는 생각이 들더라고. 내가 고등학교 때부터 문지 시집을 보고 자랐거든. 다들 그렇잖아, 문지, 창비, 민음사 시인선을 보고. 그런데 내가 특히 문지를 많이 봤어. 우리 같은 사람들은 김현 선생한테 영향을 많이 받았잖아. 그래서 애들한테 공언하기를, 나는 김현 선생님의 해설을 받을 거야, 그러니까 문지에서 시집을 낼 거야, 항상 그랬다고. 그런데 문지에서 시집 내기가 하늘에 별 따기라는 거야. 그래서 문

지에서 시집을 내려면 어떻게 해야 하느냐고 물었더니 투고를 해야 한대. 그때 술 먹다 친해진 이윤학 형이 우리 집에 놀러왔어. 그때 마침 내 서재에서 써놨던 시를 보여줬더니 깜짝 놀라면서 반드시 시집으로 내자고 하더라고. 그래서 문지에 원고를 보냈고, 육 개월 만에 출간하기로 했다는 연락을 받았어. 지금 시집 출간 관행에 대해 질문을 했는데, 청탁하는 행위와 발표하는 행위는 필요가 있었던 것 같아. 옛날에는 동인 체제였잖아. 창비나 문지가 다 동인 그룹으로 문학적 지향을 가졌던 거지. 그래서 자기들 기준에 입각해 청탁을 하고 시집을 묶는 건 당연했던 것 같아. 그런데 그것이 관행으로 굳어져버린 게 아닌가 하는 생각이 들어. 그게 권력처럼 돼버렸잖아. 누구나 다 선망하는데 문호는 좁고, 또 워낙 배타적이고 하나의 특권처럼, 시혜를 베푸는 것처럼 되어버려서 비판을 받는 것 같아. 그런데 그걸 극복할 수 있을까? 변하기 어려울 거 같아. 그들이 변하길 바라기보다는 새로운 에너지나 새로운 생각을 가지고 있는 사람이 새로운 실험을 하는 게 빠르지 않겠나 하는 생각이 들어.

김도언　　저는《상처적 체질》이 출판된 그 과정이 상당히 건강한 사례라고 보고 있어요. 형처럼 아예 발표도 안 하고 자기 기준으로 구성을 해서 심사를 받아 시집이 나오는 게 순수하고 건강한 방법 같아요. 어떤 시인들과 이야기를 하다보면 이해가 안 되는 게 있더라고요. 제가 요즘 시 많이 쓰냐고 물으면, 청탁도 안 오고 그래서 안 쓰고 있어요, 이렇게 대답을 해요. 청탁이 와야지만 시를 쓴다는 식으로요.

류근 아니 그게 도대체 무슨 소리야. 우리가 무슨 공장도 아니고 무슨 주문받아서 제작하는 수제화 납품업자도 아니잖아.(웃음)

김도언 문학 제도와 관련해 형 같은 포지션을 가진 시인만이 해줄 수 있는 말이 있을 것 같아요. 형은 문단 바깥에 계셨던 분이잖아요. 문단 안에서 주류니 비주류니 하면서 자존심 싸움을 하고, 권력에 대한 시비도 일고…… 이런 걸 어떻게 보고 계세요?

류근 누구나 자기가 속한 제도권 안으로 들어가고 싶은 욕망은 있잖아. 그것까지는 존중해줘야 한다고 생각해. 그런 욕망을 인정해주지 않을 이유가 없잖아. 솔직히 나조차 속물인 거야. 문지 아니면 시집 안 내겠다는 생각을 가지고 있었잖아. 그리고 지금도 그런 생각을 가지고 있어. 속물이지, 뭐. 나도 남들이 말하는 일류라고 말하는 데서 떨어지고 싶지 않은, 거기 진입하고 싶은 게 있는 거야. 그런데 내 경우는 그 안에 주류니 비주류니, 권력이니 이런 것들이 없기 때문에 마음이 좀 편한 거고. 그런데 거기에서 선수 하고 싶으면 방법이 없는 거야. 관중하면 되는데, 그게 안 되는 거지. 축구하는 게 편한 사람은 축구를 하고, 구경하기 편한 사람은 관중을 하면 되지.

아류가 아닌 자의 자존감

우리말의 '오기'나 '근성'을 뜻하는 일본말 '곤조'는 어떤 일을 대하는 태도의 악착스러움을 가리킬 때 주로 쓰이는 말이다. 내 생각에 좋은 의미에서 '곤조'가 필요한 직업이 있다면, 그것은 복서와 시인이 아닐까 싶다. 곤조, 다시 말해 투쟁 의지 같은 것이 사라지는 순간 복서와 시인의 에너지와 존재 이유는 소멸되고 말 것이다. 복서의 투쟁 상대는 또다른 복서이고, 시인의 투쟁 상대는 이 세계와 자기 자신이라는 것만이 다를 뿐이다. 류근 시인을 생각할 때, 내 머릿속에 자연스럽게 떠오르는 단어가 '곤조'다. 그는 좋은 의미에서 곤조를 잘 갖춘 시인이다. 그리고 그것은 천연적인 것으로 보인다. 비범해 보이는 날카로운 눈매와 중저음의 말투에서 자기 자신에 대한 확고한 믿음과 오연함을 엿보는 건 그리 어려운 일이 아니다. 등단 이십사 년 차를 맞는 동안 시집을 한 권 펴냈을 뿐인 그가 타인들에게 자신을 시인이라고 당당하게 소개할 수 있는 것은, 그리고 그 자신이 중학생 이래로 언제나 시인이었음을 자임할 수 있는 근거에는 저 오연한 곤조가 개입되어 있음이 분명하다. 우문일 테지만 시인이 자존감을 유지하는 비결을 물었다.

김도언 형을 볼 때마다 느끼는 것은 시인에 대해 형이 갖고 있는 압도적인 자존감이에요. 시단에서 인정받는 시인들 앞에서 위축되거나 그런 모

습을 본 적이 없어요.

류근 소문을 들어서 알겠지만, 내가 중대 문창과에 들어갔을 때 선배와 선생들이 이구동성으로 이런 말을 했어. 앞으로 위아래 오 년에 너만 한 시인이 없을 거라고. 그렇다고 내가 막 자아도취에 빠졌던 건 아니야. 누가 봐도 내가 시를 제일 잘 썼으니까. 난 누가 뭐래도 당신들과 다른 좋은 시를 쓰고 있어, 이런 자기 긍정 같은 게 있었어. 그런데 이상하게 운이 안 따르더라고. 중복 투고 같은 것 때문에 탈락하고, 이런 불운이 겹치니까 많이 힘들었지. 하지만 시인으로서 단 한 번도 나 자신을 부정한 적은 없었어. 나는 삼류를 자처하지만, 누구의 아류처럼 되는 시를 쓰지 않으려고 정말 애를 많이 썼어. 그런 면에서 자긍심이 있는 거지. 지금도 그런 자존심을 잃지 않으려고 해. 일류 시를 못 쓰더라고 삼류 본류의 시를 쓰겠다는 생각이 있지.

김도언 형이 삼류라는 단어를 말하니까 통속미라는 단어가 떠올라요. 시집《상처적 체질》을 얘기할 때 항상 언급되는 단어가 통속미거든요. 제가 봐도 형은 통속성을 정면으로 겨냥하고 있거든요. 그걸 회피하지 않고 받아들이고 있죠. 그 신파적인 정서를 시의 정조 속에 적극적으로 끌어들였잖아요, 그 안에 삶의 희비극이 다 들어 있어요. 그런데 2000년대 이후 모더니티가 강조되는 전위적인 시들이 많이 쓰이는 분위기에서 형 시집이 나왔단 말이죠. 그 시집의 정서가 사실 2000년대 주류를 이루는 시들과는 상당히 거리가 있었잖아요. 그것이 형에게 어떤 의미를 가지고 있는지 알

고 싶어요. 형 자신의 좌표 같은 거랄까요.

류근　　시인은 시단의 유행이 어떠한지, 평론가들이 추구하는 경향이 어떠한지와 상관없이 자기 생리에 맞는 시를 써야 하는 게 아닐까. 나의 시론에 대해 여러 번 밝힌 바 있어. 무릇 시인이라고 하는 존재는 산을 만나면 산을 쓰고, 물을 만나면 물을 쓰고, 여자를 만나면 여자를 쓰고, 개를 만나면 개를 쓰는 거다. 시인이 난 꼭 이렇게 써야지, 하는 좌표가 어디 있어. 거기에 시가 있으면 그걸 옮겨 적는 건데. 내 시가 통속만 있는 것도 아니야. 나름 대단히 고급한 것도 있어요. 저속하지만은 않아.(웃음)

김도언　　누가 형한테, 시를 왜 쓰냐고 물으면 외로워서 쓴다라고 대답한다는 얘길 들었어요. 그 말에는 시의 치유 효과나 고통을 줄여주는 진정 효과 같은 것을 인정한다는 뜻이 담겨 있잖아요. 일반 독자들도 시를 생각할 때 그렇게 생각하기 쉽고요. 상처를 어루만져주고, 고통을 줄여주는 시. 시에 대한 형의 생각도 사람들이 생각하는 그런 면을 강화시켜준다고 볼 수 있는데, 시를 그렇게만 보는 게 과연 바람직할까요? 시가 우리 삶을 위로해주고, 고통을 줄여주고, 치유해주고…… 이렇게만 시를 받아들일 때 문제점은 없을까요? 형 시에 대한 반대론자들은 이렇게 말할 수 있거든요. 시를 당의정처럼, 진통제처럼 주는 것은 아닌가.

류근　　그런데 그만한 역할도 못하는 것들이 치장되어 소비되고 있는데,

뭐. 독자가 있어야 시도 있는 거잖아, 어차피. 독자라는 게 있으니까 시가 살아온 거 아니겠어? 그러면 독자와 유리되고 괴리된 그런 시들의 역할이 뭐냐고 나는 되묻고 싶은 거야. 독자는 무시하면서 평론가들이 줄세우기 하는 시인들이 그런 말을 하는 거야. 어떤 위로도, 격려도, 치유도 되지 못하는 시를 내놓으면서. 그럼 시의 역할이 뭐냐고 물어보면, 어떤 의미의 확장 내지 언어의 확장, 세계의 확장이라고 대답하거든. 그렇게 무작정 확장만 하면 그 안에 뭐가 남는지 묻고 싶어. 지금의 시라는 것은 이미 이전 세대에 받아들여지던 그런 장르가 아니야. 이미 시인은 너무 많아졌는데 시는 남지 않았고, 독자들은 다 죽었잖아. 내가 심지어 이런 말을 한다고. 사람들이 죽지 않는 마을에 장의사만 난립하는 형태다. 평론가 남진우가 정확하게 말했지. "은퇴 시점을 놓쳐버린 늙은 여배우 같다." 시라는 장르가 솔직히 어떤 사회적 위상을 가지고 있는지, 우리끼리 생각을 더 해봐야 돼. 사실 뭐 미래파니 하면서 자기들끼리 위계를 만들어가면서 독자들을 다 죽여버린 것 아닌가.

김도언 그렇다면 많이 팔리면 팔릴수록 좋은 시집이냐고 묻는 사람에게 뭐라고 대답할 수 있을까요?

류근 그렇게 말하는 건 아니지. 아이가 과자만 원한다고 과자만 주는 엄마가 어디 있어. 과자도 주면서, 이것저것 줄 수 있는 그런 것이 정말 좋은 시잖아. 그런데 시인 한 명이 전부를 생산할 수 없어. 비유를 하자면 나

는 빵집을 해. 나는 빵을 주고 싶다는 거야. 그런데 나한테 스테이크를 내놔라, 아이스크림을 내놔라 하는 건 이상한 거야. 나는 빵집인데, 너는 왜 빵만 주냐고 하는 건 옳지 않잖아. 나는 빵집의 역할을 하겠다고. 그러니까 고도화된 셰프 역할은 다른 시인이 하면 돼. 나는 빵을 잘 만드니까 빵을 만들겠다는 거야. 어려운 시들은 다른 시인들이 쓰면 돼. 나는 가슴 아픈 시를 쓸 테니까. 그런 걸 말하는 거야.

도취,
엄살에 대한 오해

글의 앞머리에서도 말했지만 류근 시인은 언제나 늘 무언가에 취해 있다. 시인이 무언가에 취한다는 것은 무엇일까. 그것은 자신이 꿈꾸는 이데아가 있는 저 너머의 세계로 건너가 무언가에 닿으려는 무의식의 열정 같은 것일까. 아니면 고통을 잊으려는, 불안에서 빠져나가려는, 위험에서 도피하려는 환각 같은 것일까. 그게 무엇이건, 류근 시인에게 도취란 매우 중요한 존재 방식처럼 보인다. 그는 술을 한번 마시면 보통 무박으로 끼니를 거르며 마시고 언제나 수백 명의 애인과 연애 중이다. 하지만 그가 늘 취해 있는 것만은 아니다. 디오니소스처럼 흠뻑 취해 있다가도 그는 문득문득 깨어나는데, 그때 그는 매우 논리적이고 사변적인 문장가가 된다. 그의 소셜미디어에는 사회적 편견이나 불편부당함에 단호하게 맞서는 도끼와

활의 문장이 종종 올라온다. 그 문장으로 그는 위정자와 배덕자들이 얼마나 부끄러운 삶을 살고 있는지를 매섭게 일깨운다. 그러니까 그는 현실 너머를 향해 취해 있다가도 현실 안에서도 부단히 깨어 있는 셈이다. 도취와 각성을 오가며 이 세계를 읽고 쓰고 발언하는 것이다.

김도언 형을 보면 늘 무언가에 취해 있는 것 같아요. 도취의 삶이라고 할 수 있을 정도예요. 물론 깰 때도 있겠지만요. 깨기 위해서 취하는 건가요, 취하기 위해 깨는 건가요. 무언가에 취한다는 게 뭐죠, 형?

류근 나도 모르게 그냥 한 길로 가는 것 같아. 한번 들어선 길로 갈 수밖에 없는 거지. 그냥 내가 좋아하는 곳으로 가는 것. 그게 술도 마찬가지고, 여자도 마찬가지지. 그런데 결국 외로워서 그러는 거야. 외로움에 감응하는 감각이 발달한 거지.

김도언 좀 불편한 질문을 할게요. 형에 대해 비판적인 사람들은 형 시가 엄살이 심하다는 이야기를 해요. 〈상처적 체질〉이라는 시를 보면 '상처는 내가 바라보는 세월/ (…) / 그러나 나는 또 이름 없이 / 다친다 / 상처는 나의 체질 / 어떤 달콤한 절망으로도 / 나를 아주 쓰러뜨리지는 못하였으므로' 이런 구절도 있잖아요. 어떤 이들은 과장하지 않고 상처에 당당하게 맞서는 성숙한 태도를 시인한테 요구하기도 하고요. 상처에 과민하게 반응하는 것이 형 시의 분명한 특질인데, 이런 비판들에 대해 형은 어떻게 생각

해요?

류근　　내가 쓴 시가 대체적으로 엄살이 심하다고 말한다면, 나는 이렇게 되묻고 싶어. 그럼 시한테 가서 엄살을 부리지, 내가 누구한테 가서 엄살을 부려야 해? 시에 가서 엄살 부리고, 화해도 하고, 용서도 하는 거지. 시인은 시한테 할 말만 하면 되는 거 아닌가? 누구도 비난할 이유가 없어. 내 시에 대해 '감성팔이'라고 하는 사람들도 있던데, 나는 시한테 가서 엄살을 부렸을 뿐이야. 그게 나한테는 절실하니까. 시한테 가서 울고, 시한테 가서 하소연을 하고. 그들은 왜 내게 직접적으로 그런 말을 할까. 나를 그렇게 대놓고 욕하는 시인들이 몇 명 있잖아. 그러면 그 시인들은 자기들이 쓰는 시 앞에서 도대체 뭘 하는 거지?

김도언　　궁금한 게, 그런 엄살과 과장이 어떤 시적 전략인지? 형은 시에서 아픔이나 절망을 과장해놓고 무언가를 이끌어내잖아요. 트로트처럼 일단 상처와 아픔을 크게 부풀려놓고 어떤 정언적 명령을 이끌어내는 게 전략인지, 아니면 본능인지?

류근　　아, 그걸 그렇게 본다면 나름 전략과 본능 그 사이에 있을 가능성이 아주 높아. 내가 고등학교 때 읽은 이야기 중에는 시는 부사와도 같다, 슬픈 것은 더 슬프게, 아픈 것은 더 아프게, 이렇게 가는 게 맞다…… 그런 말이 있었어. 나는 거기에 크게 동의하는 사람이었거든. 왜 과장하면 안

돼? 내가 조금 전 인사동 화랑에서 김홍수 화백의 그림을 보고 왔어. 그런데 그들은 어떤 아름다움을 확 과장하잖아. 어떤 비참함을 더 과장하잖아. 거기에서 미학이 생기기도 하잖아.

김도언　　형, 제가 좀 예민한 질문을 할게요. 시대적으로 점점 더 자유롭고 민주적인 분위기로 가고 있다가 이명박, 박근혜 정부로 바뀌면서 그게 꺾여버려 불행에 민감한 예술가들이 현실적인 발언을 많이 하는 것 같아요. 형도 사회 비판적인 글을 자주 쓰고 있잖아요. 그리고 그건 공동체가 추구해야 하는 정의에 대한 윤리적 판단에서 하는 행동이고요. 그런데 올바른 사회로 가기 위한 시인들의 목소리와 그것과 모순되는 시인 개인의 목소리가 일치하지 않기도 하죠. 이런 문제에 대해선 어떻게 생각하세요?

류근　　그건 개인의 도덕성에 대한 문제이고 사생활에 대한 문제인데 그걸 간단하게 말하는 건 쉬운 일이 아니지. 그런데 사회운동하는 사람들이 모두 성직자 같다면 그런 발언들이 가능할까. 사실 내가 만나본 많은 성직자도 어떤 경우에는 자신의 욕망 때문에 괴로워하고 실수도 하고 그러는데. 사회 공동체에서 내가 추구할 수 있는 공동선에 대한 가치가 있다면 거기에 공헌하면 되는 것 아닐까. 범죄자나 살인범이 사회정의에 힘쓰면 안 되는 법이라도 있나? 그건 별개로 봐줘야 하는 거라고 생각해. 개인의 윤리에 대한 반성과 성찰은 그 사람의 고유한 몫이 있을 거라고 생각하거든.

대중과의 거리

류근 시인은 현재 공영방송 KBS 1TV 역사교양 프로그램에 고정 패널로 출연 중이다. (인터뷰를 하는 중에도 그를 알아본 시청자가 인사를 건네왔다.) 그는 농반진반으로 자신을 '방송인 겸 전직 시인'이라고 소개하기도 한다. 나는 개인적으로 그의 방송 출연과 대중에 대한 노출을 좀 아슬아슬한 시선으로 바라보고 있다. 예술가와 대중의 접촉은 얼마 정도가 적절할까에 대해 류근 시인이 많은 생각거리를 던져주기 때문이다. 늘 술잔 앞에서 도취한 목소리로 시와 사랑을 이야기하던 그가 말쑥한 차림으로 텔레비전 화면에 나타날 때의 망단감은 방송을 여러 번 봐도 쉬 떨어지지 않는다. 대중과의 거리에 대해 어떤 생각을 갖고 있는지 그에게 물었다. 그에겐 어쩌면 외도(?)에 대한 소명의 기회가 될지도 모르겠다.

김도언　방송이나 소셜미디어 활동으로 인해서 대중한테는 많이 알려졌잖아요. 그런데 예술가는 대중과의 거리 조절이 상당히 중요해요. 그 거리가 너무 가까워도 안 되고, 너무 멀어도 외롭고. 대중에게 노출되는 것에 대한 부담은 없는지요. 그리고 시인들에게는 필수적인 자발적인 소외나 고독의 시간은 어떻게 확보하는지.

류근　내가 사업하다가 마흔한 살에 은퇴를 하고, 백수 생활을 오래했

잖아. 원래 모든 아버지들은 출근을 하면서 아이들에게 뒷모습을 보여줘야 하는 법이야. 그런데 나는 맨날 술 먹고 들어와서 침대에 누워 자는 모습만 보여줬어. 방송 출연 제의가 왔을 때 내가 거절을 했거든. 그런데 앞에서 라면을 먹고 있던 중학생 아들이 그러는 거야. 아빠, 방송에 나가주면 안 돼? 그때 그게 무슨 말인지 알겠더라고. 그래서 출연을 하기로 결심했지. 인생이 너무 권태롭기도 하잖아. 여기서 사는 게 재미가 없으니까 여의도 가보면 재미가 있지 않을까? 방송하는 사람들은 무슨 생각을 하면서 살까? 그게 궁금하기도 했지. 사실 나는 시인이라는 존재가 사람들한테 만만하게 보여지는 건 옳지 않다고 생각해. 시인은 위대한 존재니까. 시라는 장르에 대해 사람들이 경외감을 품기도 하고. 그래서 나도 부담스럽기도 하지. 내가 유명세로 먹고살 사람도 아닌데, 길을 가다 사람들이 아는 척하고 그러면 불편하다고. 그런데 알다시피 나는 혼자 있을 때는 결사적으로 혼자 있어. 누구랑 말 안 하고 지내는 시간이 아주 많지. 그런 것들이 내게 외로움을 다시 한번 상기시켜주지. 정말 그런 시간이 필요하면 혼자 도망가기도 하고 그래. 고독의 힘을 믿지 않으면 예술가는 못할 노릇 같다는 말은 맞는 말이야. 그런데 점점 더 타의에 의해 혼자 있는 시간을 확보하기가 어려워지는 것 같아. 그래서 고민이 많지.

언젠가 그와 술을 먹다가 그의 시 한 편을 낭독한 적이 있다. 《상처적 체질》 1부에 들어 있는 〈편지를 쓴다〉라는 작품이었다. 낭독하다 슬쩍 보니 어느새 류근 시인이 눈물을 뚝뚝 흘리고 있는 게 아닌가. 자기 시를 들으며 운다는 점에서 그는 천진한 고아의 영을 가지고 있다. 그는 그처럼 잘 울고, 재미없는 농담도 잘하고, 흐릿한 듯 날카롭게 세상을 보고, 바보처럼 웃고, 또 어디서든 술값을 낸다. 그의 가난한 지갑이 구휼해준 시인들은 또 얼마나 많은가. 그는 죽은 김광석을 진실하게 그리워하고(이미 잘 알려진 사실이지만 김광석의 〈너무 아픈 사랑은 사랑이 아니었음을〉의 노랫말을 류근 시인이 썼다), 어려웠던 시절 신세를 진 이외수 선생에게 변함없는 경외와 존경을 보낸다. 세간의 시선이나 평가 따윈 연연하지 않는 것이다.

그의 고아의 영과 같은 순진을, 나는 존중한다. 그가 도취에 깊이 빠져들 때는 도망치고 싶을 정도로 피로감을 느낄 때도 있지만, 그 피로감은 어쩌면 깎아지른 절벽의 서슬 퍼런 기개와 맞섰을 때 느껴지는 것과 같은 유의 것인지도 모른다. 나는 그가 좀처럼 개선되지 않기를, 수정되지 않기를, 반성하지 않기를 바란다. 그리고 지금처럼 영원히 맹목적이기를 바란다.

류근 | 1966년 경북 문경에서 태어났다. 1992년 문화일보 신춘문예에 당선되어 등단했다. 첫 시집 《상처적 체질》이 등단 18년 만인 2010년 출간됐다. 그 외에 산문집 《사랑이 다시 내게 말을 거네》, 스토리툰 《싸나희 순정》 등을 썼다. 대학 재학 중 쓴 노랫말 〈너무 아픈 사랑은 사랑이 아니었음을〉이 김광석에 의해 불리면서 많은 이들의 심금을 울리기도 했다.

권
혁웅,

첨단의 모험과 유물론적 현실주의자

욕망으로 치환되지 않는다는 전제만 있다면, 사랑하는 이를 사랑한다는 것—이 동어반복이야말로 모든 시에 내재한 동력일 것이다. 내 시의 꼬리칸에는 사랑하는 이들이 산다. 그리고 시라는 열차는 바로 그이들의 힘으로 달린다.

– 권혁웅, 〈시라는 열차는 꼬리칸의 힘으로 달린다〉 중, 《시인으로 산다는 것》(문학사상사, 2014)

탈출기를 꿈꾸는 소년

시인 권혁웅을 본 적이 있거나 알고 있는 이라면 인정하지 않을 수 없으리라. 그가 맑고 반듯한 모범생의 이미지와 장난기와 호기심 많은 악동의 이미지를 모두 가지고 있다는 것을. 시인이 되기 전에 꾸준함과 탐구심, 지적 열정 등이 있어야 가능한 비평가가 먼저 되었다는 사실은, 그의 바탕에 놓여 있는 것과 그의 은밀한 욕망이 보기 좋게 일치하는 것을 드러내주는 실례일 것이다. 시 쓰기는 그에게 어떤 모범의 위악적 확장, 또는 위악의 모범적 확장일지도 모르기 때문이다.

권혁웅은 1996년 〈중앙일보〉 신춘문예에 시인 오규원의 시 세계를 다룬 평론이 당선되면서 공식적으로 문학적 글쓰기를 시작했다. 시단에는 이듬해《문예중앙》신인상을 받으면서 데뷔했다. 그의 비평 작업은 가늠하기 어려울 만큼의 압도적인 독서량과 섬세한 감식안을 바탕으로 1990년대 후반부터 2000년대 중후반까지 인상적으로 분화하는 우리 시단의 풍경을 정밀하게 분석하고 읽어냈다. 그리고 그것은 지금도 현재진행형이다. 시간이 아주 많이 흐른 다음 2000년대 비평 현장을 돌아볼 때, 권혁웅이라는 이름을 지우면 시비평의 목록은 말할 수 없이 빈약하고 초라해질 것이 틀림없다.

시인으로서의 시업도 활발해서, 2001년 첫 시집《황금나무 아래서》(문학세계사)를 시작으로 시집을 묶어내기 시작해 지금까지 다섯 권의 시집을 상재했다. 그의 열정은 여기에 그치지 않고 전공 분야의 연구서, 신화를 다룬 인문서, 자연과학이나 영화 등을 아우르는 독특한 관점이 반영된 산문집 등으로 자신의 저술 목록을 확장시켰다. 따라서 그의 지적 관심의 영역을 한정하는 것은 사실상 불가능하고 무의미하다. 그런데, 그가 글쓰기를 '전업'으로 하고 있지 않다는 사실을 알고 나면 그의 저술 작업이 보여준 성취는 불가사의해 보이는 지경까지 이른다.

그는 현재 한 대학교(한양여대)의 문창과에 적을 두고 십삼 년째 학생들을 가르치고 있다. 말하자면 그것은 그의 생업이다. 직장이 요구하는 행정과 사무, 강의, 연구를 수행하면서, 시를 쓰고 비평하고 주제에 의한 산문을 쓰는 것이다. 이 특별한 성실함과 열정, 그리고 이것을 가능케 하는 재능이 지금의 권혁웅이라는 매력적인 브랜드를 만든 것일 테다. 나는 이것을 하나의 인상적인 '입지전'이라고 생각한다. 유력한 시인, 비평가, 대학 교수라는 그의 현세적 지위를 생각하면 상상하기 힘들지 모르지만, 그는 서울 변두리 산동네 골목길의 '사철 발 벗은' 소년이었다.

그의 약력을 보면 "충북 충주에서 나서 서울에서 자랐다"는 표현이 있다. 그런데 그것이 내장하고 있는 어떤 진중한 의미를 생각할 때 이 한 줄은 턱없이 불친절하고 조악하다. 그가 서울에서 자랐다는 것은, 정확히 말해 번지 앞에 '산'이 붙는 서울의 산동네에서 자랐다는 것은 영민한 한 시인의 심층에 매우 선명하고 복잡한 무늬를 새겼으니 말이다. 그것은 말하자면 지워지지 않는 한 장의 음화 같은 것이다. 그는 평생 노동을 해온 '천사 같은' 어머니와 성정은 선하고 곧으나 주사가 있던 아버지, 그리고 누나와 형, 할머니 등과 함께 결코 넉넉하다고 할 수 없는 집안에서 자랐다. 술만 마시면 돌변했던 아버지 때문에 일이 년에 한 번은 이사를 다녀야 했던 (그것도 윗골목과 아랫골목을 전전하는 데 그쳤지만) 그곳에서 그는 자연스레 '탈출기'를 꿈꿨는데, 그것은 조용히 책을 읽을 수 있는 자기만의 방을 가지길 원했던 조숙하고 영민한 소년이 최초로 가져본 욕망이었다. 그의 술회에 따르면 그는 또래 집단으로부터 곧잘 자신을 유배 보냈는데, 그가 주로 하는 일은 골방에서 책을 보는 것이었다. 다이제스트판《일리아스》와《삼국지》의 장중하고 환상적인 텍스트에 일찍이 심취했던 것. 책을 덮고 골방을 나오면 도시 서민들의 속세가 펼쳐졌다. 그는 그것에 몸과 마음을 붙들렸다고 고백한다. 그래서 그에게 서정은 산과 강변 같은 것이 아닌, 도시의 가난한 골목에서 볼 수 있는 세속의 지표들이었다. 말하자면 시멘트 담과 축대, 높낮이 심한 계단과 벌레가 자주 나왔던 작은 방들이 그의 심상에 깊은 음영을 드리우고 감수성의 원형이 되었다는 것. 이제 그는 그곳을 떠나온 것으로 보인다. 탈출기를 쓰는 데 성공한 것이다. 그런데 그 탈출은 그 시절에 대한 부정이나 망각이 아니라 오히려 그곳을 있는 그대로 다시 볼 수 있는 심리적 '거리'를 갖는 것이리라. 내 짐작이 맞는지 그에게 물었다.

김도언 유년기 체험에 대한 각별한 심리적 태도가 있는 것 같아요. '탈출기'라는 인상적인 표현을 쓰기도 했는데, 선생님 시, 그중에서도 〈마징가 계보학〉과 〈애인은 토막 난 순대처럼 운다〉를 보면 세속이라는 개념을 만나게 되거든요. 선생님은 자신의 시가 세속이 스스로 들려지는 지극한 지

경이길 바란다는 말씀도 하셨어요. 저는 그것이 세속이 가지고 있는 남루함이나 비루함 같은 걸 거르는, 마치 흙탕물이 모래알을 통과해서 깨끗하게 걸러지는 것처럼 정화하는 걸 의미하는 건가 하는 생각도 들었는데요.

권혁웅 유년기의 현실에서 탈출하고 싶었던 건 맞아요. 형과 할머니와 같은 방을 쓰고, 동네는 시끄럽고, 아버지는 매일 술을 드시고. 그런 상황에서 혼자 조용히 책을 읽을 수 있는 공간이 있으면 좋겠다고 생각했어요. 빨리 벗어나고 싶었죠. 하지만, 그게 극복이나 부정을 의미하는 건 아니에요. 저는 지금 남루하고 비루한 것 자체가 성스럽다고 보거든요. 씻어내거나 부정하고 잘라내는 것이 아니고요. 잘라내면, 몸이 사라지니까. 그러니까 세속이 세속 그 자체로 성스러운 거죠. 이를테면 우리 삶에는 권력과 지배하는 이들이 대상으로 삼는 질료로서의 민중이 있어요. 권력이 성립하기 위해서는 민중이 필요하죠. 그 반대가 아니라. 그러니 그 몸으로서의 세속은 항구적인 것이에요. 물론 수탈당하는 걸 깨닫지 못하면서 여전히 지배자들에게 지지를 보내는 어르신들도 있죠. 하지만 그분들이 우리 어머니, 아버지들이에요. 모든 것을 그 자체로 인정해야 한다는 거예요. 그걸 인위적으로 잘라내면서 교화하거나 계몽하거나 냉소하는 건 제가 생각할 때 삶에 대한 사랑의 태도가 아니에요. 저는 그런 것들마저 잘라내지 말고 있는 그대로를 인정하되 그 삶 속에서 얻어지는 근원적인 느낌들을 이야기할 때 우리 삶에서 중요한 사랑이나 좋은 가치가 실현된다고 생각해요.

김도언　선생님은 골목에 놓여 있는 것들, 서민적인 풍경들이 서정의 바탕이라고 했는데요. 그걸 통해서 보건대 선생님한테는 민중 지향적인 정서 같은 것이 있는 듯해요. 가난한 것들에 대한 동경과 향수 같은 것일까요?

권혁웅　네, 민중까지는 거창하고, 서민들, 가난한 사람들의 삶 속에 제 삶이 속해 있었기 때문에…… 원래 있는 본성 같은 거죠. 감성의 바탕이 되는 본성. 그때는 너무 지겹고 힘들다는 생각도 했는데, 지금 생각해보면 그래도 거기에 내 첫사랑도 있었고, 철이 들면서 느낀 여러 감정이 있으니까 그걸 그냥 인정하자는 생각이죠. 시를 쓰겠다고 학교에 들어온 학생들을 보면, 다 저처럼 뭔가 아픈 체험들이 있고, 아무래도 그게 문학을 만드는 욕망이 되잖아요. 저는 그래서 학생들에게도 너희가 그걸 잘 들여다보고 인정해라. 도망가거나 그러면 안 된다. 이런 말을 많이 해요. 우리 누나는 나랑 여덟 살 차이인데, 내가 고등학교 때 누나는 벌써 이십대 후반이었는데 그때가 기억이 안 난대요. 누나 입장에서는 글을 쓸 필요가 없으니까 아팠던 기억들을 다 잊어버린 거죠.

다양한 글쓰기의 기원

상처와 고통을 충분히 들여다보고 인정하는 것, 달아나거나 부인하지 않는 것, 그것이 글쓰는 사람이 가져야 할 태도라면, 권혁웅은 그 좋은 태도를 부단히 경계하고 견지함으로써 지금의 단단하고 견고한 저력을 구축한 것으로 보인다. 어쩌면 권혁웅이 보여주고 있는 시인으로서의 다양한 보법은, 그가 사는 동안 부딪쳤던 수많은 문제에 반응하고 또 응전하는 동안 자연스럽게 학습되고 체화된 것인지도 모른다. 그것이 다양한 형태의 모험과 실험을 감행하게 하면서 그만의 고유한 문학적 개성과 목소리를 낳게 한 것이리라. 개인적으로 나는 권혁웅이 매우 희유한 개성을 지닌 시인이라고 확신하는데, 그것은 다른 시인들의 여일한 인상이나 초상과 비교할 때 더욱 뚜렷하게 드러난다. 예컨대, 대부분의 시인들은 규정이 가능한 것을 허락한다. 가시적으로 확인이 가능한 개성을 노출하면서 어떤 프레임 안에 들어가는 것이다. 심지어는 스스로 자기 규정을 감행하기도 하다. 그런 면에서 외부 관찰자에게 주어지는 시인들의 스타일은 (내면의 복잡함과는 별개로) 평면적이고 단선적이라 말할 수 있다. 수십 년째 키워드 하나에 갇힌 시인들도 얼마나 많은가. 그런데, 권혁웅은 규정이 되지 않는, 규정을 거부하는 시인으로 보인다. 그의 다층적 포지션과 다성적 목소리는 어느 한 방향으로 유형화하거나 계열화하는 걸 방해한다. 그가 거느린 세계에는 유물론자로서의 직관도 있고, 낭만주의자의 감상도 있고, 현실주의자의 효율성과 리얼리스트로서의 현실 비판도 있다. 그의 대표작으로 평가 받는 〈봄밤〉은 이를테면 낭만의 리얼리티, 리얼리티의 낭만을 예리하게 보여준다. 그가 〈한겨레〉에 정기적으로 쓰는 글은 또 얼마나 시의적이고 현실 비판적인가. 다양한 글쓰기에 투사되는 그의 욕망은 대체 어디에

제가 시에서 지향하는 건
웃음과 슬픔이에요.
감동에는 그 두 가지가 다 원천이잖아요?
이걸 동시에 발생시킬 수는 없을까, 생각했죠.

서 길러지는 것일까.

김도언　1997년도에 시인으로 등단하고, 문학 연구자로서 연구서도 내고, 평론집도 내고, 최근에는 산문 쓰기에 상당히 관심이 많은 것 같습니다. 우리 문학판 안에서 이렇게 전방위적 글쓰기를 하는 것이 흔하진 않은 듯해요. 일단 장석주 선생 같은 분이 떠오르긴 하는데요. 다양한 글쓰기를 하게 된 계기랄까요, 그걸 들어보고 싶습니다.

권혁웅　나는 어렸을 때부터 늘 꿈이 시인이었어요. 그런데 우연치 않게 등단은 평론으로 먼저 했죠. 시인이 되고서는 시와 평론을 병행했는데, 청탁은 평론 쪽이 더 오는 편이었어요. 그런데 최근 들어서는 평론의 한계에 부딪혔어요. 어느 순간부터 재미가 없어지더라고요. 아시겠지만 글쓰기 유형이나 범위, 구사하는 문체 같은 데서 제약이 많아요. 논문이나 평론은 한계가 분명한 글쓰기니까. 그 벽에 부딪히고 나니까 조금 자유롭게 쓰고 싶어졌죠. 어차피 내 안에서 글로 나와야 할 무엇이 있었던 것 같아요. 말의 질서를 통해서 표출되어야 할 어떤 것인데요, 그걸 에너지라고 불러도 좋을 것 같고. 그러니까 시나 평론, 논문으로는 안 나오던 게 있었던 거죠. 내가 그 형식을 계속 찾았거든요. 편하게 말할 수 있는 형식이 뭐가 있을까 하면서. 그러면서 다양한 형태의 글을 쓰게 된 것 같아요. 내가 사실 기웃거리길 잘하는데, 기웃대다보니까 이쪽 분야와 저쪽 분야가 만날 때 특별한 아이디어가 많이 생기는 거 같아요. 예를 들어서 동물 이야기가 정치와 만나

거나 신화가 철학과 만나면, 굉장히 엉뚱한 생각이 튀어나와요. 그게 재미있었어요. 문학 이외의 글들을 읽다보면 글들이 뒤섞여서 새로운 아이디어가 나오는 거죠.

김도언 그렇게 다양한 방식의 글을 계속 쓰려면 그만큼 시간을 체계적으로 관리해야 할 텐데, 학교에서 강의를 하잖아요. 평소에 시간 관리를 어떻게 하세요? 일상이 어떤 것들로 채워지는지 궁금합니다. 마치 칸트처럼 일 분 일 초를 정확하게 쓰실 것 같기도 하고.

권혁웅 그런 건 아니고요. 술도 좋아하고 해서 일주일에 한두 번 마셔요. 친한 사람들과 술 마시면서 얘기하는 걸 좋아하거든요. 지금은 꼬맹이가 있어서 그런 처지가 아니지만, 그전에는 강의하는 시간 외에는 전부 내게 주어진 시간이었어요. 글과 무관한 일을 안 하는 게 필요해요. 내 경우에는 학교에서 보직 같은 거, 안 맡았죠. 나는 내가 좋아하는 걸 하는 게 즐겁거든요. 예전부터 문학이 아닌 잡다한 분야에 관심이 많았어요. 재미있게 읽는 건 다 놀이니까. 시간을 따로 정하지 않고 관심 가는 게 있으면 혼자 앉아서 그것에 푹 빠져서 하는 편이에요.

김도언 저는 선생님의 문학적 개성이 규정되지 않는 것, 규정되는 것을 거부하는 어떤 태도 속에 있다고 생각해요. 다른 시인들은 가시적으로 캐릭터가 보이는데, 선생님은 매우 복합적이고 혼종적인……

권혁웅 좋은 말이 아닌 것 같은데.(웃음)

김도언 제가 볼 때, 지금 시단에서 그런 다자적 풍경을 자기 시 속에 녹여 내는 시인은 없는 것 같아요. 저는 그걸 긍정적으로 보고 있거든요. 시인이 어느 좌표에 갇히지 않고, 어떤 계보학으로도 잘 안 잡히는 매우 독특한 포지션에 있는 거요.

권혁웅 시를 쓸 때마다 한 가지 의식하고 있는 게 있는데, 그게 방금 말씀하신 것일 수 있을 것 같아요. 똑같은 시집은 안 내겠다. 이런 걸 오랫동안 의식했어요. 같은 이야기를 또 할 필요는 없다고. 그건 의미 없는 작업이니 매번 시적 관심을 갱신하려고 의식적으로 노력했어요. 그런데 나이가 들어서 그런지, 요즘엔 그것도 부질없다는 생각이 들어요. 내가 시에서 지향하는 건, 그게《마징가 계보학》(창비, 2005)에서 시도한 방법인 것도 같은데, 웃음과 슬픔이에요. 감동에는 그 두 가지가 다 원천이잖아요? 이걸 동시에 발생시킬 수는 없을까, 생각했죠. 누구는 내 시를 읽고 웃고 또다른 누구는 슬픔을 체험했으면 좋겠다는 것. 둘이 만나면, 웃어도 시원하게 안 웃고 쓸쓸하게 웃고, 슬퍼도 카타르시스 같은 강렬한 정념이 아니라 실소를 하는 것 같은 거요. 나한테 주어진 삶과 이것이 맞는 것 같아요. 세 번째 시집《그 얼굴에 입술을 대다》(민음사, 2009)에 묶인 연애시들은 그 나이에 맞는 이야기였던 거 같고,《소문들》(문학과지성사, 2010)은 MB 정부 때 그 시대가 너무 끔찍해서 패러디 형식에 관심을 가졌던 것인데, 요즘 세상이 끔찍해져서 다시 그런 시를 쓰고 있어요. 다음 시집은 좀더 풍자적인 이야기가 나올 것 같아요.

김도언 선생님의 글을 보면, 시든 산문이든, 다른 형식이든 분명한 의도를 가지고 글을 쓴다는 생각이 들어요. 기획이나 콘셉트 개념이 들어가 있다는 것이죠. 사실 시인이 어떤 글을 의도를 갖고 쓴다는 것에 저항감을 가지는 분들도 있잖아요. 시는 받아적는 것이다, 라고 말씀하는 분들도 있고요. 그런 말들에 대해선 어떤 생각을 가지고 있는지요?

권혁웅 내가 주제나 성격이 독특한 책을 몇 권 내긴 했어요. 그런데 처음부터 분명하게 주제나 성격을 정했던 건 아니에요. 신화에 대해 쓴 책도 그런 것인데, 구약성경과 신약성경을 읽다보니까 명확하게 신화로 볼 수 있는 이야기들이 많더라고요. 그래서 그런 생각을 발전시켜 글을 쓰게 됐죠. 전문가가 아니다보니까 연구서가 아니라 에세이 형식을 가지게 됐고요. '시인의 감성 사전'이라고, 몸과 사물, 동물에 대한 글을 모은 책들도 있어요. 첫 권인《두근두근》을 2008년에 냈는데, 이때 시도해본 스타일이 마음에 꽤 들더라고요. 그래서 두 권 더 썼죠. 그런데 세 권째 썼더니 다시 지겹더라고요. 스타일의 자기 복제도 복제는 복제니까. 그래서 네 권째는 다른 형식의 감성 사전을 준비 중이에요.

자기 세대를 정확히 읽어낸다는 것

남다른 성실함과 열정, 그리고 재능을 끝없이 자신을 갱신하는 데 쓸 줄 아는 시인 권혁웅은 누가 뭐라 해도 현재 한국 시단에서 가장 왕성한 활동을 보여주는 시인 중 한 명이다. 그는 2000년대 시단에 일대 화제를 일으킨 컬렉션 '문예중앙 시인선'을 주도한 기획자인 동시에 유력한 편집위원이었고(그는 여러 시 전문지의 편집위원을 거쳐 지금은 월간《현대시학》의 편집위원으로 있다), 현재도 다양하고 유효한 발언을 통해 시의 현장을 자극하고 환기시키는 한국 시단의 중요한 자원이다. 비평가로 그를 이야기할 때 빼놓을 수 없는 것이 그가 황병승, 김경주, 이민하 등 또래 시인들에게 '미래파'라는 매우 치명적인 레토릭을 선사했다는 것이다. 1990년대 후반과 2000년대 벽두에 등장한 일군의 개성적인 젊은 시인들을 미래파로 규정하고 그들의 시적 개성과 시사적 의의를 노골적으로 상찬했던 것. 이에 대한 시인과 평론가들의 반박과 재반박이 이어졌고, 시단에 오랜만에 활기 있는 생산적 논쟁이 이어졌다. 그러는 사이 그에 의해 미래파로 묶인 시인들은 (그의 예지를 저버리지 않고) 훌쩍 성장해 현재 우리 시단의 중심을 장악했다. 벌써 십 년이나 지난 중요하고 특별했던 '문학적 사건'에 대해, 그 사건의 발단을 제공한 당사자의 이야기를 들어봐야겠다.

김도언　선생님은 소위 말하는 '미래파 논쟁'의 단초를 제공했고, 선생님

에 의해 미래파로 묶였던 시인들은 지금 문단에서 상당히 활발한 활동을 전개하고 있습니다. 당시에 그렇게 일군의 젊은 시인들, 자기만의 문법을 가지고 있는 젊은 시인들을 미래파라고 묶어 소개할 만한 당위가 있었나요? 어느덧 십 년 전쯤의 일이 되었네요.

권혁웅 네, 있었죠. 내가 1997년에 등단해서 어느 정도 문단에 동료와 친구들이 생겼을 때, 비평가로서 말하고 싶은 게 있었어요. 우리가 이렇게 열심히 쓰는데, 내 시는 빼고도, 이 시들 꽤 괜찮은데 왜 여전히 가르치려드는 사람들이 있을까 하는 의문이 있었죠. 항상 윗세대 분들은 아랫세대 시인들에게 비판적이잖아요. 내가 보기엔 그분들이 텍스트를 제대로 읽지 못하는 거였는데도요. 이미 감수성이 달라졌는데 그들은 자신들의 감수성으로 우리의 감수성을 재단하려고 했던 거죠. 그때는 이미 우리도 스펙트럼이 넓어 같은 방식으로 얘기될 수 없을 만큼 뿔뿔이 흩어지거나 뻗어 있었거든요. 김행숙, 이장욱, 진은영뿐 아니라 이영광, 유종인, 손택수 등도 우리 세대거든요. 그런데 우리끼리는 잘 통하고 서로 다 읽어내는데, 비평하는 사람들은 제대로 읽으려 하지 않아요. 게다가 그분들이 주요 시집 시리즈에서 출간을 결정하는 분들이니까 답답할 수밖에 없었죠. 김경주, 황병승, 유형진, 안현미, 조연호, 이런 좋은 시인들이 시집 원고 출판을 거절당한 경험이 있어요. 그래서 그 시절에 시집을 내면서 세게 광고를 한 거죠. 내가 하고 싶었던 말은 '이들에겐 자기 고민이 있고, 그걸 말하는 새로운 감각이 있다'였어요. 그 말이 논쟁으로 번져 진영이나 세대 간의 싸움처럼 돼

버렸죠. 내 의도와는 무관한 방향으로 흘러갔지만, 나는 지금도 내가 한 말을 전혀 후회하지 않아요. 반대 진영에 있던 사람들은 지금 어르신 몇 분 빼고는 거의 다 사라졌잖아요. 이들 시인이 다음 세상에는 표준 텍스트로 인정받을 거라고 예상했는데, 실제로 그렇게 되었죠.

김도언　선생님께서 방금 '표준 텍스트'라는 말을 했어요. 그때 미래파라고 이야기했던 시인들이 십 년이 지나 거의 표준이 되어서 지금 시를 배우는 친구들이 그걸 텍스트로 보고 공부하고 있다는 건데요. 그렇다면 2000년대 초반에 시작해 지금까지 활발하게 활동하고 있는 그 시인들의 작업이 우리 시사에서 어떤 분명한 터닝포인트랄까, 그런 게 될 수 있을까요? 왜 이런 질문을 드리냐면, 논쟁의 여지는 약간 있지만, 얼마 전에 뵌 이문재 선생님은 197, 80년대 이후에 시가 새롭게 쓰여진 적이 없다고 말했거든요. 이 선생님이 보기엔 우리 시가 폭발했던 게 두 번인데 193, 40년대랑 7, 80년대이고, 이성복, 황지우 이후에는 그런 폭발이 없었다는 거죠. 이 의견에 대해선 어떻게 생각하세요?

권혁웅　나는 이렇게 생각해요. 내가 이성복을 읽으면서 자란 세대인데, 이성복 세대는 김수영 세대한테 빚을 졌어요. 실제 김수영 시 읽어보면, 거기에 이성복, 최승자, 황지우, 김혜순 다 있어요. 그 세계가 만개한 게 7, 80년대 세대라고 생각해요. 정치적 상황과도 맞물려서요. 그러고서 다시 터진 게 90년대 넘어가면서 기형도거든요. 이성복의 마지막 후계자인 셈이죠. 그다

음은 이제 우리 세대가 되는 건데, 우리도 뭔가 달라져야 하는데 이성복 세대라고 이성복처럼 써서는 안 되잖아요. 이성복 시인이 이미 다 썼는데. 그래서 다르게 쓰는 방법을 모색한 거죠. 그런 얘기를 오래 나눈 친구들이 같은 학교 다닌 이장욱, 김행숙 같은 시인들이었고요. 우리 세대의 가능성을 더 강렬하게 실현한 시인들이 황병승이나 김경주 같은 시인들이겠죠. 그리고 지금 시를 공부하는 친구들은 이를테면 황병승, 김행숙 세대가 되는 거죠. 내가 미래파 얘길 한 건, 내 세대의 감수성이 그걸 이야기할 수 있었기 때문이에요. 나 자신이 속한 세대니까. 그런데 다음 세대에 대해서는 내가 내 윗세대가 우리에게 그랬던 것처럼 가르치려드는 비평밖에 할 수 없을 거예요. 꼰대가 되는 거죠. 나는 그 감수성의 밖에 있으니까요. 지금 2015년에도 지금 세대가 시를 이렇게 쓰고 있다고 말하는 동시대의 사람이 필요해요. 다른 세대에게 자기 세대의 시가 이렇다고 말하는 사람이요.

시인,
문학 교육과 권력을 말하다

그의 말을 들어보면 미래파에 대한 그의 옹호는 같은 세대 감싸기나 또래에 대한 사랑 고백이 아니고, 그 자신이 비평적 소임을 이해하는 자로서 그리고 자기 세대의 감수성과 그들만의 세계를 정밀하게 읽어낸 시인으로서 자신이 말할 수 있는 것에 대해 분명하고 정확하게 말했던 것뿐인 듯하다. 그것은 우리 시사詩史가 오랫동안 기억해야 할 모험이리라. 그리고 그 모험은 계속 계승되어야 할 것이다.

권혁웅은 현재 학생들에게 시를 가르친다. 그게 그의 업業이다. 그런데, 문학과 시를 가르친다는 것은, 종종 오해를 양산한다. 문학이란 것이 가르칠 수 있는 것인가라는 원초적 의문을 제기하는 이들도 많다. 두어 달 전 소설가 황석영 선생이 '한국 문학을 망친 건 대학의 문예창작과다'라는 요지의 발언을 한 적이 있다. 술자리 객담이라면 모르겠지만 그것은 공식 강연장에서 행해진 말이었고 언론에 대대적으로 보도되었고 사회적인 이슈가 되었다. 문창과 출신의 수많은 작가와 시인들이 문단 원로의 말을 성토하다시피 했다. 현직 문예창작과 교수로서 권혁웅 역시 매우 적극적인 반론을 폈다. 반박의 요지는 '참 쉬운 결론이다. … 문창과 아이들을 영혼 없는 기술자로 보는 거 아닌가. … 그들이 취업도 포기하고 돈도 포기하고 이곳을 지원하는 건 보이지 않나 … 애들이 한 번 글 쓰려면 하얗게 날밤 새운다. 그 퀭하지만 맑은 눈을 저렇게 모욕할 수는 없다'는 것이었다. 문학을 공부하고 문학을 가르치는 것에 자부심을 가지고 있는 것으로 보이는 그에게 이 문제를 묻지 않을 수 없었다.

김도언　선생님, 지금 대학에서 학생들한테 시를 가르치고 있고, 또 선생님도 문학을 체계적으로 공부했는데, 문학이라는 것이 누가 누구에게 가르칠 수 있는 것이라고 생각하세요? 황석영 선생의 말에 대한 반박도 한 것으로 아는데, 이와 관련된 솔직한 생각을 듣고 싶습니다.

권혁웅 문학 교육이라는 게, 나는 정확하게 말하면 '만남'이라고 생각합니다. 글을 잘 쓸 수 있는 가능성을 무한하게 품은 한 영혼을 만나는 거죠. 나도 학생들에게서 많이 배워요. 제일 많이 배우는 순간은 최초에 글을 쓰게 만든 그 사람의 자리를 상상할 때죠. 저이는 왜 글을 쓰려고 여기 와서 이러고 있지? 그 답을 들을 때는 숙연해져요. 내가 학생들에게 해줄 수 있는 건 잘하고 있다는 격려, 그리고 이 길이 잘못될 때, 겉멋이 들거나 기술에 빠지거나 할 때, 그 최초의 믿음을 상기시켜주는 게 아닌가 싶어요. 그런데 자꾸 문학을 기술로 생각해시 문창과가 기술 가르치는 곳이라고 이야기하는 분들이 있잖아요. 그건 문창과가 어떻게 돌아가는지 모르는 분들이 하는 말씀이에요. 글 쓰는 분들은 아마 대부분 저랑 같은 생각일 거예요. 글을 써서 성공을 하겠다, 이런 세속적 욕망이 있으면 여기에 못 있죠. 시나 소설을 쓰는 건 가난을 자초하는 일인데. 문창과에 들어오는 친구들은 글을 안 쓰면 죽을 애들이에요. 힘든 삶을 문학에서 위로받고 구원받아서 견디는 애들인데, 내가 만난 학생들은 거의 다 그런 경우예요. 그런 아이들에게는 문창과가 단순히 직업 훈련소나 소개소가 아니라는 거죠. 나는 아이들에게 삶과 사회, 역사를 정확하고 날카롭게 바라볼 수 있도록 도와주려고 노력해요. 그래서 철학에서 과학까지 폭넓은 시야를 확보해주려고 애쓰죠. 시 잘 쓰는 기술이 어디 있겠어요? 나부터 배우면 좋겠네요. 그런데 기술을 가르친다고 하니까 좀 황당했죠.

김도언 황석영 선생 발언도, 당신 세대의 어떤 상실된 권위를 회복하기 위한 생각에서 나온 것 같은데요. 좀 고약한 질문인데, 문학을 둘러싼 권력과 관련해 선생님을 비판적으로 바라보는 사람들도 있을 거예요. 선생님이 꾸준히 시단 주류에서 활동했고 영향력을 행사하는 중심에 있다고 생각하는 사람들에겐 비판의 대상이 되는 거죠. 주류 제도권 안에서 쭉 활동해오면서 느낀 바깥에서의 비판이나 이런 것에 대한 나름의 대응이랄까 해명이 궁금합니다.

권혁웅　개인적인 답변부터 드리면, 나는 진짜 먹고사는 데 허덕여요. 우리 집이 원래도 가난했는데, 형이 사업을 하다 부도를 낸 바람에, 나이 마흔이 넘어서 정말로 0원에서 시작했어요. 미친 듯이 일을 했어요. 그런데 문학 바깥에서 하고 싶지는 않았으니까 편집위원도 하고, 원고료 있는 청탁은 다 받고, 특강도 많이 다녔어요. 지금도 세 살고 있고 빚이 많아요. 이 사소한 답변을 이어붙이면 바깥에서는 나를 주류로 보는 것 같은데, 사실 내가 문단에 영향력을 미치거나 구조를 바꿀 수 있는 위치는 전혀 아니에요. 문단 권력과 관련되는 얘기지만, 문학의 허약성을 낳은 제도적 약점은 편중된 인적 구성이라고 생각해요. 다른 분야도 그렇지만, 이곳에서도 편집위원은 거의 다 서울대 출신, 조금 넓혀봐야 연고대 출신입니다. 또 하나는 이십 년 정도 된 현상인데, 거의 다 국문과 출신이에요. 이렇게 편중되면 시야가 아주 좁아져요. 예전에도 서울대 중심은 여전했지만, 출신 과의 경우에는 편집자들이 불문과, 중문과, 독문과, 영문과, 이랬잖아요. 지금은 다 국문과에 몇몇 학교 출신이에요. 그러니까 다양한 목소리가 나오질 않는

거죠. 그러니 생각도 비슷하고, 참고하는 텍스트도 비슷하고, 문체도 비슷하고, 안목도 비슷해져요. 나도 고대에 국문과 출신이니 이 비판에서 자유롭지 않죠. 이건 큰 문제라고 생각해요. 그런데 모든 문학 권력이 나쁘다고 할 수는 없을 듯해요. 문학 권력은 잘못 행사되는 권력과 잘 행사되는 권력이 거의 붙어 있어요. 무슨 이야기인가 하면, 어떤 문화예술 분야든 그 분야의 생태계 내에서는 문학성 혹은 예술성에 따라 어떤 힘의 중심이 생겨요. 중요한 잡지나 문학상, 단체가 생겨나죠. 외국도 마찬가지예요. 창작자들이 그런 곳과 관계를 맺으려고 줄서는 것도 당연한 일이죠. 그게 잘못 행사되는 것은 문제지만, 그런 힘의 유무까지 부정할 수는 없다는 거예요. 더구나 그런 생태계 바깥은 자비 출판으로 먹고사는 복마전이에요. 그러니까 지금 문학 권력이라고 비판받는 사람들은 억울한 측면이 없지 않을 거예요. 생태계 질서로서 자연스럽게 행사되고 있는 힘을 권력이라고 비판하는 셈이니까요. 나는 문학 권력에 대한 비판에도 현실적 대안이 필요하다고 생각해요. 새로운 상상력과 감수성으로 독자와 수요자를 설득할 수 있는 전략을 모색해보는 거죠. 최근《쓺》이나《악스트》,《너머》같은 잡지들이 그런 시도를 하고 있는 것 같아 고무적이에요.

'시인공화국'이라는 말이 있다. 박두진 선생이 1957년 발표한 자신의 136행 장시에 붙인 제목이다. 이때부터 시인공화국이라는 말은 시인들의 세계를 비유하는 매력적인 조어가 됐다. 바야흐로 지금 우리나라는 시인공화국이라 할 만하다. 시인 숫자가 3만 명을 헤아린다는 통계도 있거니와 수많은 이들이 시를 쓰고 읽는다. 곳곳에서 시를 가르치고, 배우고 새로운 시인들이 탄생한다. 시집이 출간되고, 시낭송회가 열린다. 이 과정에서 자연스럽게 독특한 질서와 풍습이 생기고 이를 관리하기 위한 시스템과 제도가 고안된다. 시인이라면 무엇보다 열심히 시를 써야겠지만, 누군가는 이 시스템과 제도를 정비하고 유지시켜야 한다. 생태계란 그 질서로부터 파생되는 가치를 존중할 줄 아는 누군가의 의도적인 열정과 헌신이 있을 때 보존되는 것일 테니까.

권혁웅 시인과 인터뷰를 마친 나는 가만 상상해본다. 삼선동의 가난한 골목집 골방에 자신을 유배시킨 채 책을 읽은, 일찍이 시인을 꿈꿨던 한 소년은 시끄럽고 복잡한 골목의 생태계가 아닌 젖과 꿀이 흐르는 평화로운 생태계를 몽상했던 것은 아닐까. 그는 수많은 텍스트가 펼쳐주는 세계를 유영하면서 자신이 관리할 수 있는 풍속을 창조했던 것이겠지. 그래서 그는 어른이 되어 자기 이름으로 글을 쓰게 되었을 때, 자신에게 부여된 다양하고 고단한 책무를 흔쾌하고 즐겁게 받아들였던 것인지도 모른다. 그의 혼종적인 글쓰기가 어떤 첨단의 모험으로 보이는 이유는 그래서다. 지금 권혁웅의 왼쪽엔 유물론이 있고, 오른쪽엔 그가 '세속'이라고 부르는 '현실'과 '사랑'이 있다.

권혁웅 | 1967년 충주에서 태어났다. 1996년 〈중앙일보〉 신춘문예에 평론이, 1997년 《문예중앙》 신인문학상에 시가 당선되어 작품 활동을 시작했다. 《황금나무 아래서》《마징가 계보학》《소문들》《애인은 토막 난 순대처럼 운다》 등의 시집을 냈다. 그 외에 평론집 《미래파》, 이론서 《시론》, 산문집 《두근두근》《꼬리 치는 당신》《생각하는 연필》 등을 썼다. 2010년 현대시학 작품상 2012년 미당문학상을 수상했다.

김
이듬,

건강한 백치의 관능과 용서

숨고 싶다. 기약 없는 땅으로. 독창獨創 혹은 숙명宿命이라는 착란 속에서 단지 쓰다가 사라지고 싶다. 최선을 다해 빛나지 않으려고 애쓰는 빛나는 것들의 심정이 이러할까?

– 김이듬, 《명랑하라 팜 파탈》(문학과지성사, 2007) 후기 중

시인의
백치적 태도

2001년, 지금은 없어진 《포에지》라는 시 전문지에서 주는 신인상을 받으며 등단한 김이듬 시인은 우리 시단의 선명한 이색異色이다. 시적 화자로서 그녀를 통해 발화된 여성의 목소리가 아직까지 관측된 적이 없는 것처럼 보이기 때문이다. 그녀의 목소리는 여제사장으로 만신을 대리하는 듯한 허수경이나 김선우와도 다르고, 지적 균열을 내며 여성의 실존적 의미를 궁구하는 김혜순이나 진은영과도 다르다. 외관상 김이듬이 내는 목소리의 가장 명료한 개성은 특유의 천진함으로 보인다. 이 말은 단순히 그의 목소리에 꾸미거나 가공한 흔적 같은 것이 없다는 뜻이 아니라, 자신의 목소리가 발성될 때 대기의 입자를 흔들고 공명을 일으키는 사후적 반응에 김이듬이 별 관심을 갖지 않는 백치적 태도를 갖고 있다는 의미다. 그것은 자연스럽게 그녀가 가진 시인의 존재론적 좌표까지 연결되는 것처럼 보인다.

고전적이다 못해 낭만주의에 깊이 침윤된 이야기인지는 모르지만, 시인은 만들어지거나 발명되는 존재가 아니라 발견되는 존재, 다시 말해 원래 있는 존재일 것이다. 시인은 있는 그대로의 상태에서 이 세계의 작동방식, 다시 말해 자연이나 사물이 존재하거나 관계 맺는 방식에 제각기 반응하며 특유의 이미지를 자신의 몸에 투과시켜 음악적 언어(목소리)로 표현한다(그런 의미에서 시인의 몸이 일종의 악기라고 말한 시인 허연의 표현은 매우 적확하다).

이때 시인이 어떤 인공적인 태도나 의도를 가미한다면, 자신의 몸에 들어오는 세계의 빛은 굴절되거나 왜곡될 가능성이 농후하다. 시인은 가장 원시적인 상태에서 그 세계를 받아들여야 한다. 그것은 일종의 백치 상태가 되는 것이다. 의도나 긴장을 지워버린 욕망의 공백 상태를 가리키는 것이다. 예컨대 김이듬은 그것을 아마도 가장 정확하게 이해하고 있는 시인 중 하나일 것이다.

여기서 그녀의 백치적인 천진함을 확인할 수 있는, 최근에 직접 목격한 에피소드 한 가지를 소개하겠다. 폭염으로 도심의 아스팔트가 이글이글 타오르던 지난 2015년 7월 31일 한 식당에서 있었던 일이다. 그날은 새로 창간된 시 전문 계간지《22세기 시인》이 제정한 22세기시인상 시상식이 있는 날이었고, 그 상의 초대 수상자가 바로 김이듬 시인이었다. 나는 잡지의 편집위원인 김요일 시인의 초대를 받아 시상식에 참석했다가 뒤풀이가 열리는 자리까지 끼게 되었다. 김이듬 시인이 받은 상이 본상격이라면, '22세기젊은시인상'은 본상과 함께 주어지는 특별상이었는데, 그 상의 수상자는 송승언 시인이었다. 당연히 그 역시 뒤풀이 장소에 와 있었다. 그런데 음식을 기다리던 중 송승언 시인의 맞은편에 앉아 있던 김이듬 시인이 한참 후배인 송승언 시인에게 이런 말을 하는 것이었다.

"승언 씨, 시 열심히 써, 그러면 언젠가는 나처럼 좋은 시를 쓰게 될 거야."

그 말이 끝나는 것과 동시에 좌중에 웃음이 터졌다. 김이듬 시인의 말은 당연히 악의라곤 찾아볼 수 없는 농담이었고, 장석주 시인을 포함해 그 자리에 하객으로 참석하고 있던 시인들 사이에 고여 있던 다소 어색한 분위기를 일시에 무화시켜버리는 것이었다. 그런데, 시인이 시인에게 그 같은 농담은 하는 것은 사실 매우 어려운 것이다. 어떤 의도나 악의가 없을 때만이, 그리고 그것이 상대방에게 오해 없이 다가간다는 확신이 있을 때만이 할 수 있는 농담인 것. 아니다, 그 어떤 반응조차 무관심한 백치의 상태에서야 비로소 가능한 농담인 것. 그 말에 파안대소를 터뜨린 걸 보면 송승언 시인 역시 김이듬 시인의 농담을 그저 백치적 천진함에서 비롯된 치사로 받아들였음이 틀림없다.

인터뷰를 위해 김이듬 시인을 만난 건 8월 초, 그녀가 학생들에게 시를 가르치는 문지문화원 사이 강의실에서였다. 검은색 민소매 투피스를 입고 온 이 백치 같은 시인에게 시가 처음 들어온 것은 언제였을까. 그것부터 들어보고 싶었다.

시를 만난 여름날 오후

김도언　먼저 최초로 시를 만나게 된 상황을 설명해주시면 어떨까요. 처음 내가 시를 쓰고 있다는 걸 자각한 순간이라거나. 어떤 결정적인 명료한 순간이 있었는지.

김이듬 집에 책이 많았어요. 아버지 친구 분이 금성출판사였나 전집을 내는 출판사의 외판원을 하셔서 집에 전집류가 많았어요. 그래서 어렸을 때《젊은 베르테르의 슬픔》같은 소설들을 읽었죠. 초등학교 때, 뭔지도 모르면서 읽었어요. 그런 분위기 속에서 자랐어요. 아마 3, 4학년 때쯤인 것 같은데, 여름이었어요. 새어머니랑 싸우고 집을 나가버린 아버지를 찾으러 나갔는데, 동네 여기저기를 기웃거려보니 아버지가 이발소에 계시더라고요. 거기 할아버지하고 같이 소주를 마시고 계시길래 들어가 아버지한테 집에 가자고, 가서 저녁 드시라고 그랬는데, 아버지는 좀 기다려봐라 하면서 시간이 계속 지나갔어요. 아마 장기나 바둑 같은 걸 두셨던 거 같아요. 그런데 그 이발소에 시 같은 게 걸려 있었는데, 그날따라 그 시가 눈에 선명히 들어왔어요. 푸시킨의 시였거든요.

김도언 푸시킨이라면.

김이듬 네, 삶이 그대를 속일지라도, 슬퍼하거나 노여워 마라. 그 시였죠. 그 날은 내가 너무 우울했고, 새어머니하고 아버지가 싸우는데 저 분들이 싸우다가 잘못되면 나는 또 어떡하나 이런 생각을 했고…… 해 질 녘이었고 그런 여러 가지 상황들이 있었고, 좀 지저분한 의자에 앉아 아버지를 기다리면서 올려다본 액자에 그 시가 있었던 거죠. 그 액자가 지금도 눈에 선명해요. 그때 삶이 슬픈 거구나, 그런 생각을 했어요. 그리고 시가 뭔가 위로해주는구나 하는 느낌이 들었어요.

김도언 그러면 그 이후에도 시가 그러한 것이라는 자각이 계속 이어졌나요? 아니면 그날이 있고, 한참 후에 또 시를 만난 건가요. 혹시 중고등학교 때 문학소녀였나요?

김이듬 네, 그랬어요. 중학교 때 시를 곧잘 썼어요. 도왕자 선생님이라고 국어 선생님이 계셨는데 그분의 영향을 많이 받았어요. 도왕자 선생님은 거의 어머니 같은 분이셨어요. 선생님이 저한테 책을 주셨는데, 중학교 3학년인데도《채털리 부인의 사랑》같은 소설도 주시고 그랬어요. 그리고 선생님 쉬실 때 놀러 오라고 해서 같이 토론도 하고. 넌 어떻게 읽었니, 물으면 내 감상을 말씀드리고 그랬죠. 전혜린도 그때 알았어요. 선생님은 나를 거의 문학적 동반자, 친구처럼 생각하셨던 것 같아요.

김도언 그 선생님한테 문학 영재 교육을 받은 거네요.

김이듬 지금 생각하면 그런 셈이죠. 내가 이야길 잘하고 그러면 뉴욕제과 데려가서 빵도 사주시고, 짜장면도 사주고, 그런 재미가 있었어요. 선생님한테 잘 보이고 싶고, 기대에 어긋나면 버림받을까봐 더 열심히 해야겠다는 생각을 했죠.

흘러가는 좌표

아버지를 찾으러 나갔던 그 불안한 여름날 오후, 이발소 벽에 걸려 있던 외국 시인의 시를 통해 삶에 넌지시 말을 건네오는, 시의 특별한 쓰임을 (자발적으로) 어렴풋이 깨닫고, 이후 특별한 선생님과의 만남과 그로부터의 자극 속에서 문학의 아우라에 성큼 자신의 몸을 적실 수 있었다는 시인의 증언. '줄탁동기啐啄同機'라는 말처럼 우연과 필연의 정교한 짜임 속에서 김이듬 시인의 문학이 출발하고 있다는 것은, 쉽게 저물거나 지치지 않는 시인의 건강한 자존감이 어떻게 만들어졌는가를 잘 보여주는 삽화다.

21세기 벽두인 2001년 등단한 김이듬 시인은 그동안 비교적 안정적인 주기로 다섯 권의 시집을 펴냈다. 내 관점에선 최근의 시단에서 그보다 더 활력 있고 왕성한 활동을 보여주는 시인을 찾기 힘들 정도로 시인의 시업은 정점에 달해 있다. 자연스레 그녀가 성취한 문학적 성과에 대한 평단과 동료 시인, 그리고 독자들로부터의 평가와 인정이 뒤따르면서 문학상 같은 보상과 격려도 주어지는 중이다. 소설과 에세이 같은, 시적 관심을 변주하거나 확대한 글쓰기에 대한 관심도 지대하다. 지난 6월에는 프랑스 파리에서 열린 세계 시인 페스티벌에 황지우, 심보선, 강정 등과 함께 한국 시인을 대표해 참석하기도 했다. 이 지속 가능한 열정의 근원이 무엇인지 물었다.

김도언 2001년 등단 이후 십오 년이 흘렀는데, 그 시간 동안 중단 없이 시를 쓸 수 있는 동력이 무엇인지 알고 싶습니다. 혹은, 슬럼프가 있었다면 그 슬럼프를 어떻게 극복했는지도 좋고요.

김이듬 아무래도 잘 쓰니까.(웃음)

김도언 주변에서 적절한 피드백이 있었고, 격려가 있었고. 그런 외부적인 요인이 영향을 미쳤다는 건가요.

김이듬 등단한 직후에는 피드백 그런 거 없었어요. 그땐 친구도 아무도 없었고. 스승도 없고. 근데 열심히 썼거든요. 나는, 그냥 노래가 기분 좋으면 나오고, 슬플 때 울음이 나오는 것처럼…… 시가 그런 거였어요. 지금 생각하면 내가 시를 썼다기보다 시가 나를 데리고 왔고 또 살게 하고 그런 부분이 있었던 것 같아요. 나는 전망을 가지거나 계획성 있거나 그렇지가 않거든요. 언제 몇 편을 쓰고 언제 시집을 내고, 그런 계획 자체가 없어요. 시집 낼 때도 발표한 원고를 다 못 찾을 때가 많아요. 면밀하지가 못한 편이죠. 그 시 좋던데 왜 시집엔 수록되지 않았느냐고 물으면, 나는 그 시가 도대체 왜 사라졌는지 모르겠는 거예요.

김도언 그러니까 슬플 때도 노래가 나오고, 기쁠 때도 노래가 나오는 것처럼 시도 그렇다는 거죠? 그런 데다 어느 시점부터 자주 언급되고 평가와

시인이고 작가니까 우대받아야 하고
누군가 조력자가 있어서 살아야 하고
저는 이런 생각에 반대해요.
시인은 똑같은 보통 사람의 삶을 사는
건강한 사람이 되어야 한다고 생각해요.

인정을 받으면서 더 동기 부여도 되고 그런 측면도 있었겠죠.

김이듬　　사실은 비평 잘 안 찾아봐요. 누가 뭐라고 하거나 안 하거나, 그런 거에 별로 자극이 안 돼요. 어떤 사람은 자기 비평 모아놓는다는데 나는 하나도 안 모아놨어요. 그냥 그건 지나가는 거라고 생각하니까요. 그런 것에 좌고우면할 이유가 없죠.

김도언　　그게 참 중요한 것 같아요. 자기 좌표를 스스로 정하고 가는 거 말이에요. 저는 예전에 친하게 지내던 어떤 시인이 있었어요. 이름을 대면 알 만한 남자 시인인데, 그 친구는 다른 시인들이 언제 어디에 발표하고 어떤 평가를 받는지를 너무 신경 쓰는 거예요. 끊임없이 다른 시인의 좌표를 염탐하는 거죠. 나는 그런 게 너무 불편해서 결국 그 친구랑 절교 비슷하게 해 버렸는데, 정말 좋은 시인이나 작가들은 다른 작가들의 자리나 지위를 의식하지 않고 자기 좌표를 정하고 곧장 가는 것 같아요.

김이듬　　네, 그러면 너무 피곤할 것 같아요. 나는 조금 다른데, 좌표를 정하지는 않았어요. 내가 좀 게으르거든요. 내가 몰라도 되는 걸 굳이, 나는 그냥 흘러가는 대로……

몰라도 되는 것은 그대로 두고 흘러가는 대로. 이 글의 서두에서 나는 김이듬 시인에게서 받은 인상을 묘사하면서 다소 과감하게 아니, 어쩌면 과격하게 '백치'라는 단어를 썼다. 그것은 원시적인 상태에 다다르기 위해 자신의 의도나 긴장을 지워버린, 그래서 세계의 가장 자연스러운 원형을 그대로 받아들일 수 있는 최적의 상태를 가리키는 것이라고 설명했다. 여기에 고스란히 기록되는 인터뷰를 통해 김이듬 시인은, (물론 의식을 하고 말한 것은 아니겠지만) 자신의 입으로 자신이 가진 백치성에 대해, 이미 깃들어 있는 그 천진함에 대해 충분히 증언을 하고 있는 셈이다. 당연히 그러할 수밖에 없을 것이다. 백치적인 천진함이라는 게 과연 의도한다고 만들어지거나 보여질 수 있을까. 나는 그 특유의 나이브한 태도를 좀더 확인해보고 싶었다.

김도언 자신의 좌표를 특별히 의식하지 않고 흘러가는 대로 내버려둔다고 말했는데, 그게 좋은 시인들의 공통점 같아요. 2001년도에 등단했잖아요? 저는 그 시기가 상징적이라는 생각이 들어요. 1990년대 시인들이 80년대적인 무거운, 이념적 지향이 있는 것들을 걷어내면서 90년대적 감수성을 시 안에 들여놓았는데, 그것이 만개한 게 2000년대 시단이잖아요. 그때 미래파니 해서 온갖 개성 넘치는 시인들이 나오고, 정말 활발한, 가히 르네상스라 할 만한, 시에 대한 논의가 활짝 꽃피었어요. 김이듬 시인도 그런 상황에서 함께 언급됐고요. 김이듬의 시 역시 개인적인 욕망, 불안 이런 것들을 다루면서 2000년대 시의 전형적 특질을 보여주었다고 저는 보는데요. 개인적으로 본인이 참여하는 2000년대 시사의 의미를 어떻게 보는지요? 1980년대의 시, 90년대의 시, 2000년대의 시가 다른데, 어떤 걸 선취했다고 생각하는지요.

김이듬 거기에 대해 특별히 통찰해보지는 않았어요. 다만 감각적으로 느껴지는 걸 이야기하고 싶은데요. 1990년대 후반쯤에 등단할 뻔했다가 최종심에서 떨어지는 일들이 있었는데, 지금에 와서 생각해보면 등단이라는 걸 빨리 하지 않고 애타고 좌절했던 시간을 가진 후에 했던 것이 내게 좋았던 것 같아요. 2000년대 초반에 좋은 시인들이 등단하는 기류 속에서 그들과 함께 시를 쓸 수 있었던 것이 행운이었다는 생각도 들고. 솔직히 내게 문운이 따라준다고 생각해요. 사실 지방 출신에 아무것도 없고, 2000년대 미래파나 전위성에 대한 이야기는 많이 있었지만…… 글쎄요, 그것으로 내 시에 대한 특질이 전부 다 설명될 수 있는 것도 아니고요.

김도언 명료하게 정언적으로 개념을 확정할 수는 없다는 거죠. 2000년대적 분위기를 명료하게 정의 내리는 것 자체가 반 2000년대적이라는 거죠?

김이듬 비평가나 사람들이 말하는 것처럼 그 시대는 어떤 시대였다, 라고 말하면 오히려 그 시대의 특질과 멀어지는 것 같아요. 나는 다만 내가 시인으로 작업을 시작했던 시기가 좋은 시를 쓰는 다수의 시인들이 함께 활동하는 시기였고 거기에 동참했던 것이 즐거웠어요. 그때의 시인들이 전위적으로 시대성을 담보하고 위험을 무릅쓰고 어떤 모험을 감행했기 때문에 의미가 있었다기보다는, 다양한 목소리들이 억압이나 다툼 없이 터져 나왔다는 것 자체가 매력적이었어요. 그 시대에 나도 시를 쓸 수 있었다는 것, 그게 좋았던 거죠. 사실 어떤 뿌리가 있고 조금 먼저 도착한 선배들이 있었기 때문에 시는 계속 진보하잖아요. 황병승 시인의 〈여장남자 시코쿠〉 같은 것도 채호기 시인의 〈슬픈 게이〉와 연관 지어 생각해볼 수도 있고요. 모던하고 감각적인 언어를 블록화하는 시인들도 사실은 그 근거를 따라가 보면 많은 원형들이 존재하고 있기 때문에 그 작업이 가능했던 거라고 생각해요. 그것들이 처음에는 물밑에 잠재되어 있다가 퍼져나가면서 수면 위로 떠오른 것이죠. 우리는 선배들이 만들어놓은 기류를 받아들여서 즐겁게 작업했던 거예요. 특별히 거기에 의미를 부여할 필요는 없고요. 그리고 우리 시대에 들어 외국어 독해 능력이 보편화되었고 외국 문학에 많은 관심을 갖게 되었던 것도 어떤 영향을 미쳤다고 생각해요. 시장에서 주어지는 것만이 아닌, 다양한 외국의 시인과 시들, 대중문화를 직접적으로 접할 기회를 갖게 된 것이죠. 그게 감각적 상승작용을 일으킨 것 같아요.

김도언　　저는 김이듬 시인의 등단 지면이 황현산 선생님이 만든《포에지》라는 매우 실험적인 문예지였다는 것도 특별한 의미가 있다고 생각해요. 예를 들어 굉장히 전통 있는, 문지나 창비 같은 곳에서 등단했다면 어떤 면에서 상당한 부담이나 간섭을 받았을 수도 있었을 것 같아요. 그 안에 축적되어 있는 선배 시인들의 무게에 짓눌리거나. 그건 또 상상하기 나름일 수는 있겠지만.

김이듬　　실험적인 신생 문예지로 등단해서 상당히 외로웠던 것 같아요.

캐릭터를 변주하는 시인

외로웠다고 말하는 김이듬 시인의 어투는 매우 담담하면서도 권태롭게 느껴진다. 당연히 엄살이나 투정처럼 들리지도 않는다. 그럴 때 그녀는 영락없는, 회고 취향을 가진 노인처럼 보인다. 사실 사석이나 공석에서 그녀의 실물을 볼 기회가 있었을 때, 그리고 시를 통해 그녀의 무의식의 행간을 살필 때 나는 종종 그가 팔색조처럼 변신에 능한 배우 같다는 인상을 받았다. 내 식대로 표현을 하자면, 캐릭터를 만들어내는 데 그는 사실상 누구도 흉내 낼 수 없는 솜씨를 가진 시인인 것 같다. 물론 그가 만들어내는 캐릭터는 전시적으로 소비되기 위해 의도적으로 놓이는 게 아니다. 그것은 오히려 시인이 자신의 현실과 욕망에 정직하게 반응할 때 가능해지는 '트랜스폼' 같은 것이다. 그가 만들어낸 캐릭터는 공장의 선반에 올려져 있는 '소녀'(그녀의 아버지는 한동안 신발 공장을 운영했다)로부터 명랑하라는 명령을 받는 '팜 파탈', 그리고 말할 수 없는 애인을 간직한 비밀스러운 여자, "부르면 혼자 오시겠어요"라고 묻는 '세이렌', 그리고 반듯한 가계의 기품을 지루해하는 '시골 창녀', 자신의 '히스테리아(자궁)'를 드러내며 여자의 기원과 미래를 궁구하는 '대모'까지 다양다기하다. 이 캐릭터를 만들어낸 주체는 당연히 시인 자신이다. 변주된 캐릭터를 통해 시인은 무슨 이야기를 하고 싶은 것일까. 그 욕망에 스며든 분열과 모순과 부조리는 과연 어떤 것일까.

김도언 김이듬 시인이 창조한 시적 화자나 캐릭터의 목소리를 보면 어떤 때는 상당히 직설적이고 약동하는 화법을 보여주는데, 또 어떤 화자는 수줍은 독백처럼 모호하게 중얼거리는 그런 화법을 보여주기도 해요. 상당히 다중적이고 모순적이죠. 저는 모순, 부조리라는 개념이 문학적으로 상당히 중요한 키워드라고 생각해요. 그리고 김이듬 시인의 시 세계 안에도 모순이나 부조리, 선악에 대한 깊은 고민이 보이는데, 김이듬 시인에게 모순이나 부조리가 있다면 그것은 어떤 것들인가요? 자신은 욕망하고 있는데 실존적 조건은 그것을 좌절하게 한다거나, 그런 거 말이에요.

김이듬 나는 모범적으로 중고등학교 시절을 보냈어요. 왜냐하면 내가 비뚤어지면 우리 새어머니가 너무 좋아할까봐. 아무튼 학교나 우리 사회에 만연한 유교적 질서 속에서 통일된 인격을 권장받았죠. 그런데 사실 사람은 굉장히 불안하고 모순적이잖아요. 고요함과 소용돌이치는 자아가 공존하니까. 그런 것이 교육이나 훈육을 통해 통제되고 반응하는 과정에서 하나의 고유한 아이덴티티를 가지게 된다고 생각해요. 그런데 내겐 인간이 가지고 있는, 다듬어지기 전의 본연에 가까운 그런 원형에 대한 감지력 같은 게 있는 것 같아요. 우리 할머니는 많이 못 배우신 분인데, 나중에 눈이 멀고 귀도 안 들리고 그랬는데도 누군가 옆에 오면 피부가 반응하고, 밤에 큰 새가 날아가고 도둑이 들어오는 걸 다 아셨거든요. 그런데 지금의 여성이나 사람들은 그런 동물적 감각이 많이 무뎌진 것 같아요. 난 가능하면 그걸 가지고 싶고 또 가지고 있다고 생각하거든요. 그래야 세계에 즉자적으로

다양하게 반응할 수 있으니까요. 일관성 있게 시를 쓰는 사람이 잘 이해가 안 가요. 밤도 있고 낮도 있고, 굉장히 추운 계절도 있고 굉장히 더운 계절도 있고, 오후 세 시가 있고 아침 열 시가 있는데, 다양한 주기와 궤도가 있는데, 어떻게 동일한 반응을 하면서 살 수가 있을까요.

김도언　시인으로서 김이듬 시인에겐 자의로든 타의로든 구축되어 있는 이미지가 있어요. 팜 파탈, 소녀, 세이렌, 창녀, 성녀 같은 남성들의 상상계에서 자의적으로 변주된 함의가 풍부한 여성의 이미지들. 그런 개념들이 김이듬 시인의 시인으로서 구축된 이미지인데, 이런 이미지들이 본인의 시적 개성이나 문학적 진실을 충분히 표현하고 있다고 보시는지요? 그런 구축된 이미지들에 균열을 내고 싶은 불만은 없는지 궁금합니다. 아니면, 그런 이미지들이 시적 전략의 일환으로 일부러 만들어낸 트릭인지.

김이듬　뭐, 세 가지가 다 맞을 수 있는데 그런 이미지가 공식적이라거나 확정적으로 정착된 건 아니라고 생각해요. 사실 새소리도 다르고 바람 소리도 다르고, 악기는 악기마다 소리가 다르잖아요. 나는 여자인데, 어릴 때 학대 많이 받았거든요. 이유 없이 미움도 많이 받고, 알고 보면 말도 안 되는 이유로 말이죠. 네가 너무 키가 커서 짜증이 났어, 이런 식으로. 아무튼 여자가 한국 사회에서는 비주류적인, 마이너리티를 가지고 있으니까 관심이 더 갔어요. 그냥 바이올린은 바이올린 소리를 내고 플루트는 플루트 소리를 내는 것처럼, 난 여성이니까 여성 이야기를 한 거고. 여성 문제에 관심

이 많은 것도 사실이고요.

김도언 저는 이와 관련해 매우 미묘한 스탠스 같은 걸 느꼈거든요. 잘못 느꼈을 수도 있지만, 제가 독특한 스탠스라고 한 게 뭐냐면, 문학을 통한 여성의 목소리는 순종적이거나 저항적이거나 둘 중 하나예요. 그런데 김이듬 시인이 내는 목소리는 어떤 것에도 속하지 않는다는 거죠. 남자에게 저항도 하지만 동시에 남자들과 친화적인 걸 도모하는 목소리도 있단 말이에요. 영리한 여자가 단순한 남자들을 잘 얼러서 이용해먹고, 그런 게 있어요.

김이듬 남자들을 어떻게 한 가지로 규정을 해요. 어떤 남자들은 귀엽고 친하고 싶고 동지 같고 동생 같고 오빠 같은 반면, 어떤 남자는 정말 싫고 무섭고 그런데.

김도언 저는 그런 시적 화자의 개성이 우리 시단에서는 굉장히 귀하다고 봤어요. 독특한 스탠스잖아요. 남자들과 친화적인, 남자들을 데리고 노는 그런 여자의 모습이 여자들이 쓴 시에서 잘 안 보여요. 그렇게 유연한 목소리를 갖는 게 이상하게 우리 시단에서는 잘 보이지 않아요.

김이듬 아, 처음 듣는 얘기예요. 고마워요. 나는 특별히 남자들에게 적대감이 있거나 그들의 세계관을 바꾸거나 그럴 의도는 없어요. 그저 그때그때 쓰고 싶은 걸 쓸 뿐. 획일적으로 생각하지는 않고요.

김도언 남자들의 가부장성이나 이런 걸 보면 비판하고 계몽하고 그럴 생각은 없는 거죠.

김이듬 그럴 힘도 없어요. 시가 뭐 그렇게 대단하지도 않고, 안 그런 남자도 많고. 다 그렇게 싸잡아서 이야기할 필요는 없죠. 아시다시피 가장 최근 시집 제목으로 쓴 '히스테리아'가 여성의 자궁을 뜻하거든요. 그런데 저는 영혼이 복부에 있다고 믿어요. 배고플 때 먹고 나면 영혼이 조용해지잖아요. 뇌에 있으면 그렇지 않을 것 같거든요. 그러니까 육체적인 영혼성이라고 해야 하나. 나는 자궁에 대해서 많은 생각을 하고 있어요. 자궁이 가지고 있는 우주성이라고 해야 하나. 조금 더 근원적이고 물리적이고 육체적인 근원성이라고 생각해요. 굉장히 아름답고 물렁물렁한 어떤 것. 나도 내가 신비주의로 빠질까봐 걱정이긴 한데, 원형성에 대해 계속 관심을 갖고 공부를 하고 있어요. 〈히스테리아〉라는 시는 꽤 오래전에 쓴 작품인데, 나는 자궁이 가지고 있는 건강함과 그것의 역할에 대해서 자세히 알고 싶었어요. 근원적인 통찰에 이르면 남자에 대한 여자의 태도는 훨씬 유연해질 수밖에 없을 것 같다는 생각도 들었고요. 그런 의미에서 나는 내 시가 굉장히 건강하다고 생각해요. 그런데 사람들은 퇴폐적이라고 하고.(웃음)

건강한 관능의 탄생

21세기, 자본의 권한과 권위를 마음껏 보장하는 신자유주의가 거의 절대적으로 우리의 일상을 구속하고 지배하는 시대다. 부나 가난이 대물림되고, 태생에서부터 인간의 삶의 조건이 불가역적으로 결정되기도 하는 시대에, 자신이 운명으로부터 빗겨났다고 생각하는 이들은 대부분 신경질이 팽배해져 있는 것 같다. 불행하게도 시인은 자본에 가장 취약한 존재로 받아들여진다. 세상은 시인들에게 자본에 대해 매우 고약한 태도를 요구하는 듯하다. 자본에 대해 민감하고 셈이 빠르면 시인으로서의 순정한 자질을 의심하고, 자본에 대해 아둔하고 무관심하면 아나크로니즘에 빠진 낙오자로 손가락질한다. 내가 아는 김이듬 시인 역시 자본이 지배하는 현실적 질서에 매우 취약한 사람이다. 대학에서 박사 과정까지 마쳤지만, 그리고 한눈팔지 않고 성실하게 시를 썼지만, 안정적인 신분을 얻는 데 자발적으로 실패한 것이다. 그는 좀처럼 삶의 안정을 도모하지 못하는 것처럼 보이는데, 그렇다면 그의 실패는 어느 정도 예정된 것이었으리라. 때문에 그에게 자본에 저항하는 시인의 태도를 묻는 것은 어쩌면 좀 짓궂은 행동이었는지도 모른다.

김도언 시인은 자본에 어떻게 저항해야 할까요?

김이듬 분명히 말하고 싶은 것은, 시인이라면 자본으로부터 초월해 있어야 하고, 부나 돈이나 이런 것과 거리를 둬야 한다는 생각은 굉장히 낭만주의적인, 전근대적인 사고방식이라는 거예요. 시인은 폐병에 걸리고, 술에 찌들고, 약에 취하고…… 이런 건 정말 보들레르 시절의 이야기잖아요. 근데 그런 생각을 하는 사람이 있고, 또 독자들도 그런 생각을 하면서 대리만족을 하는 게 문제예요. 자기들은 잘 먹고 잘살면서 시인들은 좀 가난해야 하고. 저는 그건 정말 옳지 않은 생각이라고 봐요. 그리고 또 시인들 중에 그런 생각을 하는 사람이 있어요. 나는 시만 쓰면서 살아야 하고 그래야 정말 좋은 시인이라고요. 그건 어떻게 보면 자존감이 아니라 병적인 우월의식이에요. 오히려 자존감이 없는 사람인 거죠. 나는 시인이고 작가니까 우대받아야 하고 누군가 조력자가 있어서 살아야 하고, 저는 이런 생각에 반대해요. 시인은 똑같이 보통 사람의 삶을 사는 건강한 사람이 되어야 해요. 물론 누굴 밟아서 교수가 되거나 세속적 지위를 추구해야 한다는 것과는 다르죠. 시인도 밥을 위해선 성실해야 한다는 거죠.

사적인 이야기지만 유치원에 다닐 무렵 부모가 이혼하면서 그녀는 아버지와 새어머니 사이에서 자랐다고 한다. 그때 어린 그녀가 느낀 불안감이나 공포가 시인으로서의 징후를 형성할 그녀의 감수성이나 정서에 적지 않은 영향을 미쳤으리라는 추정은 상당히 설득력이 있다. 상처를 어떻게 처분할 것인가. 이것은 시인들에겐 피할 수 없는 과제일 테니까. 그런데 김이듬 시인은 그 상처를 문학으로 훌륭히 극복한 것 같다. 아버지를 찾으러 나갔던 여름날 오후 이발소 벽에 걸려 있던 푸시킨의 시가 어떤 화학적 공명을 일으키며 그녀에게 다가간 이후, 영민하게도 시가 삶에 위로가 될 수 있다는 걸 즉자적으로 알아버린 이후 그녀는 시를 쓰고, 시인의 눈으로 삶과 세상을 읽어내면서 자기 안에 덧씌워진 의뭉스러운 암호를 하나하나 해제해나갔던 것 같다. 말라르메는 시인을 부족의 방언을 순결하게 닦는 자라고 정의한 바 있다. 김이듬 시인을 자신이 창간한 잡지를 통해 등단시킨 장본인인 문학평론가 황현산은, 시인은 부족의 언어를 순결하게 닦는다는 측면에서 아무리 혼자서 자아 속에 유리된 채 작업해도 그들의 언어는 공공성과 보편성을 띄는 것이라고 말했다. 말라르메와 황현산이 말한 부족의 언어의 공공성과 보편성. 김이듬 시인에게 그것은 바로 사랑의 회복과 용서를 통한 상처의 극복이다. 그녀는 인터뷰 말미에 이렇게 말했다.

> 사실 시를 왜 쓰는지 생각해보면, 궁금한 게 많았기 때문인 것 같아요. 왜 엄마는 나를 버렸으며, 아버지는 왜 그랬나. 그러면서 인간이 대체 뭔지를 알고 싶었던 거죠. 그리고 그것은 결국 인간과 사랑이라는 주제와 연결되는 것이었어요. 거기에서 파생되는 문제들을 이해하고 싶고 용서하고 싶은 거죠. 용서의 문제와 창조의 문제거든요. 내가 감히 다다르고 싶은 보편성은 말하자면 질문을 하고, 이해를 하고, 용서를 하는 거예요.

이와 같은 비범한 각성을 통해 그녀가 얻은 건 '건강한 관능'으로 보인다. 과문한 탓인지는 모르지만 개인적으로 지금까지 읽어왔던 여자 시인이나 소설가의 작품에서 나는 상처를 관능이라고 이야기하는 화자들을 자주 만났다. 그녀들은 상처를 관능으로 드러냈다. 그런데 여기, 내가 만난 김이듬 시인은 반대로 관능이 상처의 전거일 뿐이라고 말하는 듯하다. 상처가 관능이 아니라, 관능이 상처의 예비적 징후로서 이미 눈부시게 피어 있는 것이라고.

김이듬 | 1969년 진주에서 태어났다. 2001년 《포에지》를 통해 등단해 《별 모양의 얼룩》《명랑하라 팜 파탈》《말할 수 없는 애인》《히스테리아》 등의 시집을 냈다. 그 외에 장편소설 《블러드 시스터즈》, 연구서 《한국 현대 페미니즘시 연구》 등을 썼다. 2010년 시와세계작품상과 2011년 김달진창원문학상 등을 수상했다.

문

태준,

따뜻한 비관주의와 사랑의 수행자

이제는 아주 작은 바람만을 남겨둘 것 / 흐르는 물에 징검돌을 놓고 건너올 사람을 기다릴 것 / 여름 자두를 따서 돌아오다 늦게 돌아오는 새를 기다릴 것 / 꽉 끼고 있던 깍지를 풀 것 / 너의 가는 팔목에 꽃팔찌의 시간을 채워줄 것 / 구름수레에 실려가듯 계절을 갈 것 / 저 풀밭의 여치에게도 눈물을 보태는 일이 없을 것 / 누구를 앞서겠다는 생각을 반절 접어둘 것

– 문태준, 〈오랫동안 깊이 생각함〉, 《먼 곳》(창작과비평, 2012)

묵향 같은 성찰의 시인을 만나다

서장을 여는 내용으로서는 좀 호들갑스러울지도 모르지만, 문태준 시인을 만나고 돌아와 이런 상상을 가만 해보았다. 지금 우리 한국 시단에서 문태준이라는 시인을 지운다면, 그러니까 문태준이 펴낸 여섯 권의 시집을 존재하지 않는 것으로 간주한다면 과연 시단의 풍경과 풍속에 어떤 변화가 있을까. 소란과 풍문, 이미지가 난무하는 과열된 시적 열기와 원색의 소용돌이를 진정시킬 줄 아는 그 묵향과 같은 성찰이 없다면. 어떤 존재가 얼마나 소중하고 가치 있는지 가장 간단히 알아보려면 그것이 존재하지 않는다는 전제 하에 가상의 풍경을 그려보면 된다. 그때 그 풍경이 삭막하기 이를 데 없이 느껴진다면 우리는 그 존재의 자리를 새삼 각성하고 경의를 표해야 할 것이다. 문태준의 시에는 차마 존재하지 않는다는 가정을 하는 것조차 저어하게 하는 어떤 성스러운 기품이 있는 듯하다. 그의 시는 적막하고 깊지만, 그것이 없는 세계는 눈부신 광휘와 어두운 흑암으로 요란스러울 것 같다는 암울한 상상. 그러니까 그의 시가 가진 적막함과 깊이는 눈을 찌르지 않는 은은한 호롱불 같은 것이다.

문태준 시인은 경북 김천의, 40호 정도가 올망졸망 모여 있는 작은 시골 마을(정확한 행정구역명은 경상북도 금릉군 봉산면 태화 2리) 출신이다. 그의 집은 읍내에 있는 중고등학교에서 8킬로미터 정도 떨어져 있었기 때문에 버스로 통학을 했다고 한다. 자전거라는 게 생긴 뒤에는 버스 정류장이 있는 곳까지 자전거를 타고 가 받쳐놓고 버스를 탔다. 그의 고향집은 방 두 칸에 슬레이트 지붕을 얹은 것이었고, 부모님은 일년 내내 농사만 짓는 분들이었다. 위로 누나 둘과 아래로 여동생 둘 사이에 낀 외아들인 그도 수업이 없는 날은 부모님의 일손을 거들었다고 한다. 그러면서도 학교에서는 1등을 놓쳐본 적이 없는 수재였다. 유복하지 않은 가정 형편 속에서 고생만 하는 부모님을 보고 자란 수재라면, 의당 인생을 역전시킬 목표를 세우고 그것을 실행하는 게 보통이다. 예컨대 판검사가 되어 입신을 하거나 경영학 등을 공부해 대기업에 입사하거나 하는 식이다. 아버지도 그가 법학을 공부하길 바랐다고 한다. 그도 처음엔 육군사관학교나 경찰대학교 같은 곳에 들어갈까 고민을 했다. 그런데 문태준은 국문학과을 선택했다. 기자가 되고 싶다는 생각에서였다. 그러니까 그것은 나름대로 어떤 현실적 판단에 의한 선택이었던 것. 그런데 그의 시를 꾸준히 읽은데다 그와 대화까지 나눈 지금의 나는 그 선택에 신비로우면서도 절묘한 인연이 내습했을 거라고 믿어 의심치 않는다. '인연'이라는 말은 문태준에게 범상치 않는 의미를 가진다. 그가 한 어떤 메모에는 이런 문장이 있다.

요즘 밥집에서 흰 쌀밥을 받을 때 하물며 물 한 방울에 8만 4천 마리의 벌레가 들어 있는데 밥이 만들어지기까지의 모든 노고와 인연을 잊을 수 없어 스님네들처럼 '오관게'를 염송합니다.

한 그릇의 밥에 깃든 노고와 인연을 깊이 헤아리는 시인이 문학과

시에 홀연 끌렸던 자기 마음자리를 섬세하게 읽고 그것을 지켜가고 있는 것은 그러므로 매우 당연한 이치다. 그런데 그는 소위 말하는 문학소년의 시기를 거치지 않았다고 한다. 중학교 때 김천 관내에서 주관하는 백일장에 나가 상을 받기도 했지만, 김천을 벗어난 도 단위 백일장에서는 입상한 적이 없었다. 집안 형편상 교과서 외에는 읽어본 책이 없었던 그가 시에 눈뜨게 된 것은 대학 진학 후 과내 문학동아리 활동을 하면서부터였다고. 거기에서 좋은 스승과 선후배 동료들을 만난 것이 큰 자극과 도움이 되었다. 그가 본격적으로 시 공부에 재미를 붙이게 된 데는 크게 두 차례 계기가 있는데, 하나는 군 입대 전 대학 2학년 여름방학 때 한보따리의 시집을 사가지고 고향에 내려가 집중적으로 시를 읽을 때였고, 또 하나는 군복무를 할 때였다. 당시 그가 근무한 부대에서는 사병들에게 시집 자체를 못 읽게 했는데, 그 금기가 욕망을 추동한 것인지 그는 이성복 등의 시집을 낱장으로 뜯어 호주머니에 넣어 초소 근무 등을 설 때 몰래 꺼내 읽었다. 아마도 그런 순연한 사랑의 태도가 지금 문태준이 길러낸 서정의 자양이리라.

문태준의 시를 사랑하는 독자라면, 그의 시편들이 가진 서정적 촉기가 환기시키는 단아하면서도 낯선 감각의 세계에 깊이 매료된 경험이 있을 것이다. 그것은 두말할 필요 없이 문태준의 시가 가진 특유의 감응력이 불러일으킨 결과다. 선한 인상에 거동이 점잖고 느린 문태준 시인은 그가 쓴 시를 꼭 닮았다. 그의 시가 희미하게 존재하고 흔들리고 낮아지고 마침내 사라져가는 생명들의 그늘을 노래하듯, 그의 삶 역시 어딘지 역동적이라기보다는 식물이나 초식동물의 수굿함을 생각하게 한다. 마흔이 되기도 전 소월시문학상과 미당문학상 등 굵직굵직한 문학상을 받아 한국 시단을 대표하는 시인으로 자리잡았으면서도 그는 처음 시를 받아들이던 초심을 견결하게 붙잡고 있는 듯하다. 그것은 그가 수많은 미혹들과 벌인 고투를 통해 다져진 어떤 태도 같은 것일 테다. 그 태도를 확인하기 위해 그를 만난 건 세밑 분위기가 물씬 풍기는 12월 하순, 그가 근무하는 마포 도화동 불교방송국 인근 찻집에서였다.

공동체적 감수성과 독자적 시정

김도언 근황부터 묻고 싶어요. 불교방송국이 직장이죠? 지금 몇 년 됐나요?

문태준 1996년도에 입사했으니까 스무 해 되었네요. 대학 졸업하고 첫 직장에 계속 다니고 있는 셈이에요. 정확히 하는 일은 라디오 방송을 제작하는 피디예요. 매일 오전 아홉 시 오 분부터 열 시까지 하는, 비구니 스님(원영 스님)이 진행하는 프로그램을 맡고 있어요. 그리고 토요일과 일요일에 나가는 〈세계는 한가족〉이라는 프로그램도 맡고 있고, 요즘에는 내가 쓴 원고지 5매 정도 되는 에세이를 읽어주는 방송도 해요. 〈문태준의 생각〉이라는 프로그램인데, 시작한 지 석 주 정도 됐어요.

김도언 지금 일하는 곳도 불교방송국이고, 선배님이 써온 시편 속에도 스스로 자인하기를 어떤 불교적 시각이 반영되어 있다고 말씀하셨고. 불교에 대한 관심은 언제부터 생긴 건가요?

문태준 불교는 어머니를 따라 절에 다닐 때부터 관심이 있었어요. 관심이라기보다는 그냥 따라다닌 거죠. 김천에 직지사라는 큰 절이 있어요. 그 절의 말사가 용화사라는 절인데, 우리 동네 근처, 태화 초등학교 근처에 있던 절이에요. 그 용화사에 어머니를 따라서 다녔는데, 초등학교 들어가기 전부터 어머니가 저를 데리고 다니셨던 것 같아요.

김도언 방금 불교에 대한 이야기를 하면서 어머니에 대한 이야기도 나왔는데, 선배님의 시에 대한 특질을 이야기할 때 고향, 가족, 향토적인 공동체적 질서 같은 키워드들을 편의적으로 이야기하는 것 같아요. 선배님도 그런 의견에 대해 적극적으로 부인은 안 하는 듯하고요. 창작자들은 고향이나 가족으로부터 어떤 식으로든 영향을 받잖아요. 그게 긍정적이든, 부정적이든 말이죠. 선배님은 긍정적인 영향을 받은 것 같은데, 그게 제가 보기에는 매우 독특해요. 서사적인 요소도 보이거든요. 공동체, 고향, 가족에 대한 긍정적인 수용이 어떻게 서사적이고 구체적인 이미지를 가질 수 있는가. 저는 이게 참 궁금해요. 그 시대 부모님 중에는 술도 많이 드시고, 가족에 대한 애착을 왜곡된 형태로 표현하신 분들도 많았는데, 선배님의 부모님은 선배님에게 어떤 초상을 가지는지, 혹은 선배님이 자라신 고향에 어떤 특별한 분위기가 있었는지요.

문태준 개별적인 것에 자극을 받았다기보다는 저는 마을 공동체를 본 거예요. 40호 정도 되었던 걸로 기억하는데, 우리 동네는 마을 공동체로 다 이어져서 살았어요. 소문도 금방 퍼지고, 싸우면 서로 엉겨붙어서 싸우기도 하고 말리기도 하고. 또 같이 사이좋게 술 먹다가 싸우는 일도 비일비재하고. 뭐, 굉장히 가난했으니까요. 그런데 거기서 도망치려고 하거나 그런 걸 보고 실망하거나 분노 같은 걸 느끼지는 않았어요. 그보다는 왜 우리는 이렇게밖에 살 수 없나. 왜 동네분들은 저럴 수밖에 없나 하는 생각이 들었죠. 그 사는 모습에 대해서, 생태에 대해서 자연스러운 관심이 생긴 거예요. 제 아버지, 어머니는 낮밤없이 노동하는 분들이었어요. 논과 밭에서요. 겨울에 농한기가 있다고 하지만, 아버지는 전라도나 이런 곳에 품 팔러 다니고, 막노동하러 다니셨어요. 나이가 드셔서까지 고속도로 공사 현장 같은 델 계속 다니셨으니까. 그렇게 끊임없이 노동하는 걸 본 거죠. 선하고 악하고 이런 문제가 아니라, 살기 위해서 계속 노동하는 모습을 보았던 거예요. 그런 데서 삶의 질박함을 많이 느꼈던 것 같아요. 그리고 그런 노동을 견뎌낸다는 것에 대한 경외감이 있었죠. 어떻게 저런 걸 다 견뎌낼 수 있을까. 강철로 만든 몸도 아닌데. 그런 생각을 하면 안쓰러웠어요. 커가면서 느꼈던 건 안쓰러움 같은 것이었어요. 농사짓는 사람은 왜 구조적으로 가난할 수밖에 없는가, 이런 것도 많이 생각하고. 그래서 농민시 경향의 시도 많이 썼어요.

농민시 경향의 시를 썼다는 문태준의 발언은 구체적인 부연을 달고 있다. 그는 최동호 교수가 만들고 지도한 학과 내 문학동아리 '안암문예창작강좌'에 가입해 스승의 권유로 신경림, 고재종, 김용택의 시를 사숙했던 것(안암문예창작강좌 출신으로는 강연호, 심재휘, 박정대, 이영광, 권혁웅, 이장욱, 김행숙 등이 있다). 문태준은 자신이 쓰는 시가 농민시라는 것을 분명히 의식하고 있었다. 하지만 농민의 계급의식이라거나 농촌 공동체가 직면한 현실보다는 사람 자체를 보고 싶어 했고, 거기에 불교 공부를 통해 얻어진 세계관이 겹쳐지면서 앞서 언급한 선배 시인들의 농민시와는 다른 자신만의 문법을 만들어나가기 시작했다. 확실히 그가 보여준 문법은 새로운 서정이라 부를 만한 독자적인 시정詩情을 확보하고 있다. 그 시정은 슬프고 감상적인 듯하지만, 견결한 사유와 가볍지 않게 반짝이는 감각의 정교한 교직이다. 그는 한 인터뷰에서, 불교에서 말하는 관계적 사유, 생태철학 따위로부터 뚜렷한 영향을 받았음을 고백한 바 있다. 예컨대 그의 서정의 자장 안에는 모든 존재가 유기적으로 연결되어 있는, '나는 너다', 혹은 '내 속에 당신이 있다' 같은 '연기緣起'에 대한 풍요로운 상상력이 깔려 있다는 것이다. 나는 하나의 온전한 존재이면서 세계를 통틀어 볼 땐 또 하나의 부분에 지나지 않는다는 것. 문태준만의 사유는 그런 전체와 부분에 대한 사유와 특유의 시적 긴장이 함께 어우러진 것이다.

몸의 쇠락,
관계의 종말에 대한 성찰

김도언 선배님 시를 가리켜 한국 정통 서정시를 계승하는 시인이다, 한국 서정시 가문의 적자다, 이런 말을 많이 하는데, 개인적인 생각으로는 그것만으로는 선배님의 시가 가진 특질이 다 드러난다고 보기는 어려운 것 같습니다. 전통을 계승한다고 했을 때, 그건 특질이라기보다는 한 유형이라고 할 수 있을 것 같고요. 저는 선배님 시편에서 범속한 서정성의 세계를 뛰어넘는 어떤 직관 같은 걸 보았거든요. 김종삼의 시에서 주로 보이는, 그러니까 서정성이 만들어놓은 환상성을 보기 좋게 무너뜨리면서 뛰어넘는, 저는 불교는 잘 모르지만, 어떤 돈오 같은 찰나적 깨달음 같은 게 스며 있다고 느껴지거든요. 그런데 이런 건 어떻게 만들어지는 걸까요?

문태준 내 시가 돈오라기보다는, 시적인 순간들이 다 돈오라고 봐야지요.

김도언 그런데 그 돈오가 있고 없고가 범속한 서정시와 특별한 서정시를 가르는 것 같아요.

문태준 직관이 있다는 말이 서정시를 다 설명하지는 못한다고 생각해요. 비교적 내 시가 전통 서정에 가깝기 때문에 그렇게 이야기하는 것 같기도 해요. 서정시의 적자라거나 그런 이야기도 그래서 나오는 것 같고요. 사실

전통 서정에 가깝긴 하죠. 어떻게 보면 서정적 자아가 굉장히 부드럽고, 슬픔도 잘 느끼고, 굉장히 섬세한 부분이 있으니까요. 어떻게 보면 여성 화자적인 면도 있고요. 이별이라거나 슬픔의 정서를 잘 아는 서정적 자아라는 거죠. 그래서 그렇게 느낄 수 있는데, 전통적 서정과는 다르게 균열되는 지점을 찾으려고 애를 쓰고 있어요. 갈등하는 자아들을 만들어내려고 하는 거죠. 그리고 전통적인 서정적 자아가 상당히 평온한 서정적 자아라면, 그런 것을 넘어서려는 것과 새로운 감각을 조금 더 벼려내는 서정적 자아라거나, 이런 쪽으로 가는 것에 관심이 많아요. 혹은 세계와의 관계 맺기를 하는 서정적 자아라든지. 나와 당신의 평면적인 관계가 아니라 큰 세계, 혹은 더 넓은 바깥 세계와 생각을 주고받는, 교신하는 자아요. 이런 것은 전통 서정과는 조금 다른 위치에 있는 문제들이라고 생각하거든요. 그런 것에 대해 계속 질문을 던지는 거죠. 자연과의 관계를 말할 때에도 자연과 나의 관계를 어떻게 보느냐. 큰 자연으로서의 내가 있고, 작은 자연으로서의 내가 있을 수도 있으니까요. 그리고 내가 다른 자연물이 될 수 있다는 생각도 할 수 있어요. 나는 공기도 될 수 있고, 새도 될 수 있고, 책상도 될 수 있고, 나는 당신도 될 수 있다. 이런 생각은 분명 다른 자아죠. 자연물로 이야기하면, 나는 샘도 될 수 있고, 나는 여울도 될 수 있고, 나는 새도 될 수 있고, 나는 바다도 될 수 있고, 바다는 나고, 이렇게 이야기하면 전통적인 서정과는 조금 더 다른 지점으로 가는 것 같아요. 미묘하지만 조금 다른 지점에 있으려고 하는 욕망이 있어요. 어떻게 보면 그게 서정이 조금 더 분화되거나 혹은 진화하는 것이라고 볼 수 있겠죠. 그런데 대체로 보면 전통 서정의 둘레 그냥, 시인도 자기 세계 안에서 분발하는 거예요.
계속 분발하면 삶의 속도에 맞춰
시 세계도 깊어지거나 확장되는 거라고 생각해요.

로서 제 시를 보는 경우가 많죠. 하지만 사실은 굉장히 개별적이고 독특한 서정적 자아들이, 그런 주체들이 있어요.

김도언　조금 불편할 수도 있는 질문을 던지려 합니다. 선배님의 시집 여섯 권을 쭉 읽으면서, 말한 것처럼 균열을 도모하는, 자기 갱신을 꾀하려는 흔적들이 보이더라고요. 최근 시집으로 오면서 점점 더 그랬습니다. 그런데 거기에 비관주의가 다소 엿보이더군요. 왜 이게 불편할 수도 있는 질문이라고 말했느냐면, 선배님에 대해 흔히 독자들이나 평자들은 원숙하고 웅숭깊은, 세계를 바라보는 믿음직한 태도, 이런 이야기를 하잖아요. 그러니까 조숙한 자아라는 거죠. 그런데 조숙한 사람은 세계를 일찍 알아버리니까 다른 사람들이 예순이나 일흔이 되어야 알 수 있는 걸, 마흔 살에도 알 수 있는 사람이잖아요. 그러면 그 이후에는 뭐가 남느냐의 문제가 주어질 텐데, 제가 볼 때 선배님은 조숙한 서정적 자아가 이미 모든 걸 알고 나서 그 이후의 세계가 매우 공허하고 무기력하게 느껴져 거기에 비관주의를 끌어들인 것처럼 보여요. 내가 알고 있는 것, 내가 이미 알아버린 걸 회의하는 거죠. 그게 지금 다섯 번째 시집, 여섯 번째 시집에서 보이는 것 같아요.

문태준　그건 한 시인의 시 세계가 진전되는 과정을 과도하게 빠르게 본 결과인 것 같아요. 한 시인의 시 세계의 진전이 그렇게 신속하게 이루어지지 않죠. 시가 그렇게 가면, 진짜 그 시인은 한 생에 여러 생을 다 살아버리게요? 그건 성급한 기대인 것 같아요. 다른 시인들이 그런 걸 보여줬다면,

글쎄요. 의도적이고 전략적으로 어떤 시 세계의 변화를 꾀한 경우일 수는 있겠지만 그게 일반적이진 않죠. 제 생각에는 한 시인의 시 세계라는 것은 자연스럽게 나이가 들면서 확장되고 깊어지고 원숙해지는 게 더 좋은 것 같아요. 독자나 평자들은 시적 테마나 주제를 자꾸 바꾸기를 원하는데 그게 그렇게 썩 좋은 방법, 아니, 좋은 기대는 아니라고 생각해요. 그런 기대를 느끼면 느낄수록 시인들이 써내는 시편들의 깊이는 얕아질 수밖에 없지 않을까요. 조바심도 생기고, 심적 부담도 많이 생기기 때문이죠. 그냥, 시인도 자기 세계 안에서 분발하는 거예요. 계속 분발하는 거면 삶의 속도에 맞춰 시 세계도 깊어지거나 확장되는 거라고 생각해요. 비관주의가 깊어졌다는 건 글쎄, 뭘까요? 예전과는 다르게 삶에 대해서, 예를 들면 몸의 끝남, 육체의 늙음에 대해 더 많이 생각하기 때문일 수도 있겠죠. 경험의 질량도 많아졌고요. 주변의 것들도 바뀌니까요. 제가 나이가 많이 든 것도 아닌데, 그런 게 많이 보이는 거죠. 어머니께서 암 투병하는 걸 본다거나, 응급실에서 며칠 지내면서 절명의 순간에 있는 환자들을 본다거나 임종을 지켜본다거나…… 그런 것을 보면서 몸의 쇠락, 몸의 종말, 인연의 끊김, 관계의 종말을 생각하지 않을 수 없고, 그러다보니 다소 비관이 들어갈 수 있겠죠. 아니, 비관을 본다기보다는, 아, 끝남이 본질이다, 이런 말을 하고 싶은 건지도 모르겠어요.

김도언 　희미해지고, 엷아지고, 낮아지고. 예전보다는 이런 근본적인 것에 대해 더 많이 이야기하는 것 같아요. 시적인 관심이 전통적인 소재에서

다른 쪽으로 조심스럽게 이동하는 것 같기도 하고요.

문태준 그건 불교에서 이야기하는 그런 것들이 들어와서 그럴 수도 있을 것 같아요. 예컨대 산기슭이 무너져내리듯이 몸이 무너져내린다거나, 이런 것들이 마음에 들어오는 거죠. 항상 같은 상태로 있지 않고, 계속해서 생멸하지만, 결국 멸로 간다는 것.

한계적 존재로서의 시인의 전능과 자유

시를 읽는 독자와 시를 쓰는 시인을 포함해서 하는 말이지만, 시인에 대해 우리 모두는 (일반적이라 할 만한) 어떤 고정관념으로부터 자유롭지 못한 측면이 있다. 그것은 시인은 자유로운 존재이며 전능한 존재일 수 있다는 어떤 가정으로부터 촉발되는 자의적 환상이다. 시인이 과연 자유로운 존재이고 전능한 존재일 수 있을까. 여러 대답이 가능할 것이다. 시인들이 물리적 조건으로부터의 구속을 적극적으로 해제하면서 자신의 실존을 심화하고 확대시키기 위해 사물이나 세계를 응시한다고 전제할 때, 시인의 자유와 전능을 인정하는 것은 틀린 것이 아니다. 그런데 오히려 시인은 명백한 의미에서 자신이 할 수 있는 것만을 할 수 있는, 기독교식으로 말하면 매우 명백한 '한계적marginal 존재'에 가깝다. 그들은 자신이 할 수 있는 것과 할 수 없는 것을 보통 사람들보다 훨씬 더 정확하게 읽어낸다. 다시 말해 자신이 무엇을 할 때 아름답다는 것을 자각하고, 무엇을 할 때 미적 쾌감을 느끼고 무엇을 할 때 그것이 가장 '나다운 것'인지 민감하게 파악하는 존재라는 것이다. 역설적인 말이지만 그 '한계'는 시인에게 절대적인 세계, 무한의 우주로 펼쳐진다. 그 안에서 시인은 자유롭고 전능하다. 사정이 그렇다면, 시인에게 당신은 왜 이런 것을 하지 않느냐고 묻는 것은 금기인 동시에 결례일 수 있다. 시인은 할 수 있는 것 안에서 자유롭고 전능한 존재니까. 문태준 시인을 만나 대화를 나누는 동안 내가 바투 느낀 것은 그가 한계적 존재로서의 자신을 매우 정치하면서도 섬세하게 이해하는 시인이라는 것이다. 자신의 자유와 전능을 잘 아는 것이 시인에게는 얼마나 다행한 일인가.

김도언 1994년도에 등단했으니 등단한 지도 이십 년이 훌쩍 넘었고, 시집도 여섯 권을 냈잖아요. 그것도 우리나라의 가장 대표적인 시인선을 가지고 있는 창비, 문지에서요. 그러니까 말하자면, 보기에 따라서는 상당히 안정적인 입지를 가지고 시작 활동을 한 거란 말이죠. 적절한 격려를 받으면서요. 그런데 이런 안정적인 입지를 가지고 시작 활동을 하는 과정에서 어떤 관성이나 타성 같은 게 생겼을 수도 있을 듯해요. 그런 건 어떻게 극복했나요?

문태준 시 쓰는 사람은 언제나 앞으로 쓸 시가 더 걱정이 되는 법이에요.

그래서 더 조심스럽고 고민이 많아진다는 생각이 들어요. 타성이 생기면 시인으로서는 치명적이죠. 시가 좋지 않았을 때 받게 될 실망감과 충격이 정말 클 테니까요. 태작을 발표하면 더 빨리 들켜요. 더 빨리 알아버리죠. 직접적으로는 이야기하지 않아도 우회적으로는 다 그런 이야길 해요. 시를 쓰고 있는데도, 시 좀 써라, 이렇게 말을 하죠. 나도 그런 경우가 있었죠. 한 계절에 제법 많은 시를 발표했는데, 태준이 저 친구는 시도 안 쓰고, 그러더라고요. 그래서 시 많이 썼는데, 했더니 무슨 시? 그러더라고요. 사실 무서운 말이죠, 고마운 말이기도 하고요. 그러니까 그런 긴장을 유지하다 보면 타성이란 게 생길 여지가 없어요.

김도언 　선배님은 기본적으로 선배님의 고향, 가족, 공동체 그런 재래적 요소들을 시의 주된 질료로 하고 있는데, 그런 것들은 시간이 지나면 지날수록 멀어지잖아요. 나로부터요. 박제화될 수도 있고요. 시간적, 물리적 환경이 급박하게 바뀌게 되면, 당연히 삶의 조건이나 이런 게 분화되잖아요. 그러면 거기에 따라 다양하고 유연한 반응들이 문학적 표현 속에 들어오게 되고, 그래서 2000년대 들어 한국 현대시가 그런 부분들을 일정하게 반영하면서 일군의 젊은 시인들이 주목을 받았고, 또 그런 젊은 시에 대해 전위를 확보했다, 이런 말을 하죠. 전위는 모든 시인이 관심을 갖는 가치라고 생각해요. 선배님은 어떻게 전위를 확보하는지요?

문태준 　도언 씨가 오해를 하고 있는 부분이 있는 것 같아요. 일단 시공간

에 대한 생각이 그러한데, 내 시를 고향과 시골의 공간에 있는 것으로 생각하는 것이 그거예요. 왜 서정적 자아가 반드시 세계와 맞서야 하고, 그것에서 전위라는 것이 발생한다고 보는지 나는 잘 모르겠어요. 그리고 시적 자아라는 게 반드시 전위적 자아를 지향한다고 볼 수도 없고요. 내 시에서 세계와 맞서는 전위적인 어떤 첨단의 자아를 원하는 것 자체도 적절한지 모르겠어요. 그건 읽는 분들의 욕심인 것 같아요.

김도언 오해를 하는 건 아니고요, 독자들이 궁금해할 만한 걸 대리해서 물어본 거예요. 전위를 원하지 않는 게 선배님의 전위다, 라고 이해를 해도 될까요?

문태준 시마다 고유한 역할이 있는 것 아닐까요. 시인마다 자기 시를 통해 각자의 전위를 찾아가는 거겠죠. 정태해서 웅덩이에 고인 물처럼 있는 게 아니라, 자기 시가 도달하고 싶어 하는 저 언덕 너머의 세계, 그곳을 계속해서 찾아가는 거라고요. 그런데 시인마다 성향이 있을 거 아니예요? 시적 성향이. 내 시적 성향은 A라는 것인데, 이 시적 성향을 버리고 왜 당신은 B와 같은 성향을 가진 사람으로 가지 못하느냐고 하면 그건 적절하지 않은 접근이에요. 예를 들면 생태적인 시, 생명시 같은 것이 시의 어떤 전위에 있다면, 내 시의 일부는 전위에 있다고 볼 수 있어요. 내 시의 관심은 생명 세계에 대한 관심이고, 생명 세계에서 생명 존재들은 협력적 관계에 있거든요. 나는 기본적으로 생명 세계에서 존재들이 서로 관계되어 있다고 보기

때문에, 그래서 그런 차원에서 보면 내 시는 어떤 면에서 자연 서정이면서 생태시에 가까운 거예요. 그런 측면에서 전위가 들어가 있을 수도 있겠죠. 그런 게 도언 씨가 이야기하는 그런 요소 일는지는 모르겠네요.

문태준 시인이 단호하게 지적했듯, 문학적 레토릭에서 '전통'이나 '서정'이 '전위'와 일치할 수 없는 것이라고, 그것들이 양립 불가하다고 생각하는 것은 틀리다. 그런데 전위를 첨단이라는 단어와 결부지어 생각하면서 전통을 퇴행적인 어떤 것이라고 간주하는 사람들이 있다. 그런 이들에게 전통과 전위는 함께 놓이기 어려울 것이다. 놀라운 것은 그런 생각을, 시를 쓰는 사람들조차 아무렇지 않게 한다는 것이다. 전위나 첨단은, 사실 특정한 누군가가 선취하거나 전유하는 게 아닐 것이다. 전위 혹은 첨단의 정신이 우리에게 끊임없이 시사하는 것이야말로 그것이다. 전위와 첨단은 당연히 어떤 차원에서든 내재적 당위를 가지면서 존재할 수 있다. 예컨대 전위와 첨단은 민요나 시조 가락에서도 능히 식별될 수 있는 어떤 것이다. 왜냐하면 참다운 전위란, 어떤 고전적 명제가 재래적으로 보지해온 차원을 비틀 때, 그것에 균열을 내려는 노력이 어떤 발열을 일으킬 때 발생하는 것이기 때문이다. 전통을 계승하는 것은 고전적인 차원의 일이라고 단정하고 묶어버릴 때, 우리는 오래도록 갱신되어온 전위와 첨단의 연혁을 놓쳐버릴 수도 있다. 내가 이런 말을 하는 것은 문태준 시인이 우리 문단에서 전통 서정시의 계승자, 서정시 가문의 적자로 불리는 것의 의미를 보다 온전하게 받아들이기 위해서다. 그는 서정에 '관조' 대신 깊디깊은 응시와 함께 자기 몸을 들여다놓았다. 그것은 생명의 연대에 몸소 참여하기 위해서다. 모든 것이 내통해 있다는 의식의 첨단, 그 삼엄한 떨림을 서정적인 언어로 벼려내는 것, 이것은 문태준이 긍정하든 부정하든 전위로 보는 것이 맞을 것이다.

따뜻한 비관주의와 사랑

김도언　제가 느낀 따뜻한 비관주의에 대해서 다시 질문을 던져보고자 합니다. 이건 제 주관적인 노낌인데, 제가 선배님의 최근 시집을 읽으면서 자기 자신에 대한 연민, 그리고 약간 슬픈 자족감 같은 걸 느꼈어요. 백석의 시에서 엿보이는, 그 〈남신의주 유동 박시봉방〉 같은 정조랄까요. 그런 회한 같은 게 현대적으로 되살아나 있다는 느낌요.

문태준　나는 백석의 시 중에서 그 시보다 좋아하는 시가 있는데 〈산숙〉이라는 시예요. 거기 보면 시적 자아를 가진 이가 여러 사람들이 와서 자고 가는 허름한 집에 드는데, 국수도 만들고 그런 집인 것 같아요. 그런데 방에 들어가서 보니까 목침이 있어요. 그런데 목침을 보니까 때가 까맣게 올라 있는 거예요. 그래서 그 목침을 베고 잤던, 그 집을 들고 난 수많은 사람들의 자취를 떠올리는 거예요. 나는 시적 자아가 가지는 어떤 연민보다, 백석

시에서 닮고 싶은 게 그런 서정이에요. 목침에서 타인의 삶을 내다볼 수 있는 서정, 이런 것들이 더 닮고 싶어요.

김도언　선배님은 시를 쓰면서 어떨 때 카타르시스를 느끼나요? 목침에 묻은 때에서 목침을 베고 누웠던 수많은 사람들의 자취들을 발견했을 때 백석이 느꼈을, 그런 순간인가요?

문태준　그 순간에 쾌감을 느끼지는 않았을 것 같아요. 오히려 안쓰러움 같은 걸 느꼈겠죠. 내가 '아, 이런 걸 알아냈구나!' 보다는, 내가 들었던 생각이 제대로 나왔을 때 만족감을 느끼는 것 같아요. 그러니까 내가 보고, 내가 있는 그대로라고 생각하는 것, 물상, 물물, 존재, 이런 것들을 내 시 속에 있는 그대로 옮겨왔느냐. 그것이 만족스러우면 기쁜 거죠. 시를 쓸 때의 쾌감은 거기에 있는 거겠죠. 내가 제대로, 다시 쓸 수 없을 만큼 썼느냐. 그것이 더 중요하다는 거죠.

김도언　《먼 곳》 해설에서 김인환 선생님이 나날의 메마름을 견뎌내게 하는 영혼의 강장제가 되기에 충분한 시편이다, 이런 표현을 한 걸 봤어요. 저도 동의하고요. 훌륭한, 어떤 좋은 시들이 가지고 있는 덕목이니까. 그런데 시라는 것이 시인 자신이나 독자에게 위로나 치유가 되는 건 분명히 의미가 있는 일이지만, 너무 그런 방식으로만 독자들에게 주어지고, 소비되면 시가 가지고 있는 훨씬 다채롭고 풍요로운 의미의 가능성이 닫혀버리는

건 아닐까요.

문태준 저는 시인이라면 독자들이 받아들이는 방식 자체를 존중해야 한다고 생각해요. 모든 시에는 저마다의 의미가 있고, 그 의미대로 독자들을 찾아가는 걸 테니까요. 그걸 이해하지 못하는 것은 생태를 이해하지 못하는 것과 마찬가지겠죠. 생명시라는 게 뭘까요? 화단을 구성할 때, 화단에 있는 여러 종의 꽃과 풀이 있을 텐데, 이것들이 동시에 확 피는 게 아니라 어떤 건 개화하고 어떤 건 낙화하잖아요. 그러면서 화단의 꽃핌이라는 걸 지속시키잖아요. 마찬가지예요. 문단의 생태, 시단의 생태도 어떤 시적 형태, 모양과 빛깔과 개화 시기가 다 다르고, 어떤 것은 잎이 넓고, 어떤 것은 의지가 강해서 줄기를 높게 세우고…… 이렇게 다 다르지만 이런 것이 다 산림을 만들어요. 시적 생태계를 만드는 거죠. 그리고 독자들은 이 생태계를 마음껏 거닐고요.

김도언 어느새 마지막 질문입니다. 선배님의 서정시가 갖는 보편성에는 어떤 것들이 있을까요?

문태준 세계 독자들이 보편적으로 공감할 수 있는 것에 대해 고민을 많이 하고 있어요. 그런데 그 보편성이라는 게 누구나 다 알고 있는 것 아닐까요? 아픔과 슬픔. 그리고 그것에 대한 환기. 너무 엄숙한가요? 예를 들면, 몽골 시인이나 중국의 쓰촨성에서 태어난 시인이나 피레네 산맥 산골짜기

에 살고 있는 시인의 시가 세계적인 독자들을 거느릴 수 있는 힘이 뭘까? 그들은 모두 자기 신화를 이야기하거든요. 자기 부족의, 소수민족의 신화에 대해서요. 근데 그게 바로 절박한 생명을 이야기하고 있다고 생각해요. 그게 인류적 우주적 자아에게까지 전해지는 것이겠죠. 생명애가 하나의 큰 축이라고 볼 수 있겠죠.

문태준의 비관주의에 대해 내가 따뜻하다고 말하는 것은, 그가 스러지고 소멸하는 것들을 쓰다듬는 데 이 비관의 힘을 사용하기 때문이다. 다시 말해 그의 비관주의는 사랑의 수사학이다. 그의 유일한 취미는 걷는 것이라고 한다. 산길 같은 데를 걷는 게 아니라, 사람들도 보이고 마을도 보이는 평지를 오래 걷는 걸 좋아한다고 한다. 걷는 동안 그는 아무런 생각도 하지 않으려고 애쓴다고 한다. 그것은 시로 육박하기 직전의, 격렬한 몰입 직전의 정적을 연상시킨다. 그 정적을 통해 사랑의 에너지를 비축하는 것이겠지. 유년의 원체험을 새기면서 어머니의 신앙을 받아들인 그는 불교적 사유를 통해 사바세계의 고통과 고난을 자기 것으로 받아들이고 이것을 문학적으로 발화시키는데, 그것은 어떤 의미에서 '수행'과 닮았다. 그리고 이 수행의 가장 큰 동기 역시 사랑으로 보인다. 사랑 없이 어떻게 삶의 고통과 슬픔에 대해 말할 수 있겠는가. 사랑이 없다면 고통도 슬픔도 없다. 발톱에 할퀴고 이빨에 물린 짐승의 통각만이 있을 것이다. 통각만으로는 생명들은 연대하거나 결속할 수 없다. 생명이 이어져 있다는 그의 자각은 사랑으로 감지하는 고통과 슬픔을 정확하게 들여다볼 수 있기 때문에 가능할 것이다. 그의 유일한 산문집 《느림보 마음》(마음의숲, 2012)에서 그는 이렇게 썼다.

사랑을 고백할 시간과 장소는 모두 당신의 선택에 달려 있습니다. 당신은 당신에게 가장 잘 어울리는 곳과 당신의 말이 가장 멋진 옷을 입을 시간을 고를 것입니다. 그러나 아주 오래전부터 숨겨놓았던 말은 불쑥 당신의 입술 바깥으로 나올지도 모릅니다. 마치 우리의 오른손이 호주머니에서 불쑥 동전을 꺼내들듯이.

문태준에게 시는, 그렇게 스며 있다가 사랑의 이름으로 호명되는 어떤 것일 테다.

문태준 | 1970년 경북 김천에서 태어났다. 1994년 《문예중앙》 신인문학상에 시 〈처서〉 외 9편이 당선되어 작품 활동을 시작했다. 《맨발》《가재미》《그늘의 발달》《먼 곳》《우리들의 마지막 얼굴》 등의 시집을 냈다. 그 외에 시 해설집 《포옹》《어느 가슴엔들 시가 꽃피지 않으랴 2》《우리 가슴에 꽃핀 세계의 명시 1》, 산문집으로 《느림보 마음》 등을 썼다. 2004년 노작문학상 2005년 미당문학상, 2006년 소월시문학상 등을 수상했다.

시인 안현미,

고아孤兒의 균형과 고독한 여제사장

여상을 졸업하고 더듬이가 긴 곤충들과 아현동 산동네에서 살았다 고아는 아니었지만 고아 같았다 사무원으로 산다는 건 한 달치의 방과 한 달치의 쌀이었다 그렇게 꽃다운 청춘을 팔면서 살았다 꽃다운 청춘을 팔면서도 슬프지 않았다 (…) 고아는 아니었지만 고아 같았다 비키니 옷장에서 더듬이가 긴 곤충들이 출몰할 때도 말을 더듬었다 우우, 우, 우 일요일엔 산 아래 아현동 시장에서 혼자 순댓국밥을 먹었다 순댓국밥 아주머니는 왜 혼자냐고 묻지 않았다 그래서 고마웠다 고아는 아니지만 고아 같았다

-안현미, 〈거짓말을 타전하다〉 중, 《곰곰》(문예중앙, 2011)

출근하는 샤먼의 세계

한국 현대시사에는, '여제사장' 또는 '샤먼'이라고 부를 만한 카리스마와 '포스'를 뽐내는 시인들의 계보가 있다. 문정희, 김승희, 허수경, 김선우 등등으로 이어지는 계보가 그것이다. 우리가 모든 시인은 생물학적 성과 관계없이 눈에 보이지 않는 대상과 접신하는 영매靈媒의 능력을 가지고 있다는 통설을 긍정으로 받아들일 때, 여제사장은 시가 가지고 있는 주술적 치유력과 복원력을 가장 극적으로 부각시켜주는 이미지다. 어떤 시인이 샤먼의 이미지를 품고 있다는 것은 하나의 축복일 것이다. (아니 저주인가?)

틈틈이 그리고 꾸준히 안현미 시인의 시편들을 쫓아 읽던 나는, 어느 날 불현듯 안현미 시인에게서 예의 여제사장, 샤먼의 이미지를 발견했다. 이 같은 단정은 그의 시가 인공적으로 가공되거나 조직된 것이라기보다는 천연적으로 흘러나온 것으로 보인다는 인상에 빚을 지는데, 주문이나 축문을 연상시키는 그의 번다한 시편들은 이런 나의 단정을 조심스럽게 뒷받침해준다. 주문이나 축문은 절실한 발원의 내용을 필요로 한다. 시가 치유나 회복 같은 절실한 내면의 요구에 응해서 쓰일 때 주문이나 축문의 리듬을 갖는 것은 그래서 자연스러운 일이다. 어떤 현대 시인은 내면의 요구를 거절하기 위해 일부러 인공적인 시어를 무질서하게 배치하기도 하지만, 그것 역시 절실함의 한 표현이라고 할 수 있다. 안현미 시인의 실제적인 삶의 연혁을 살피면, 그에게 '발원'이란 피할 수 없는 삶의 한 양식이었음을 충분히 짐작할 수 있다. 그는 간단치 않은 삶을 살았고, 살아내고 있기 때문이다. 안현미 시인과 견주어 내가 우선적으로 여제사장의 이미지를 상기한 선배 시인은 허수경과 김선우다. 그런데, 허수경과 김선우를 지배하는 몸신은 어딘지 유사한 데가 있다. 그들의 몸신은 정치적으로 억압받고 경제적으로 곤핍했던 시절의 가혹한 억눌림의 고통을 상쇄하거나 해원하려는 노력을 보여준다. 그들의 노래는 그래서 주술적인 동시에 신파적이다. 이때 말하는 신파는 좋은 시만이 도달하는 한 경지를 뜻한다. 하지만 안현미를 지배하는 몸신은 허수경과 김선우의 그것과 달리, 자꾸 영매에게서 달아나려고 몸부림친다. 다시 말하면 몸신이 영매에 깃들지 않으려고 자꾸 어깃장을 놓는 것이다. 그 흔적들은 고스란히 안현미의 시편에 기록된다. 그리고 이것이 그대로 안현미만의 여제사장 캐릭터를 구축하면서 고유한 개성을 확보한다. 그렇다면, 시인이라면 모두가 간절히 원할 시적 대상과의 온전한 일치를, 그것을 받아내는 찰나를 안현미가 벗어나고자 몸부림치는 이유는 무엇일까. 그것은 아마도 안현미가 가지고 있는 삶에 대한 특유의 균형 감각 때문인 것으로 보인다.

안현미 시인은 요즘 매일 남산예술센터로 출근한다. 그곳이 그의 직장이다. 인터뷰도 그곳에서 이루어졌다. 그가 내민 명함에는 '예술교육팀 차장'이라는 직급이 박혀 있다. 안현미 시인은 서울시 직할 서울문화재단 소속 정규직 5급 공무원 신분이다. 처음부터 그랬던 것은 물론 아니다. 지난 2009년, 일반 회사에서 퇴직하고 쉬고 있던 시인은 서울문화재단의 계약직 공모에 응해 정식 전형 절차를 거쳐 서울문화재단에 입사했다. 이후 첫 발령을 받은 근무지가 '연희문학창작촌'. 작가와 시인들에게 창작 공간을 제공하는 시설인 이곳에서 시인은 매니저로 일하면서 입주 작가를 지원하고 다양한 프로그램을 기획, 운영하는 일을 했다. 그 자신이 창작자이면서 시인과 작가들의 창작을 고무하고 독려하는 일을 맡았던 것. 그가 얼마나 세심하고 섬세하게 입주 작가들을 도왔는지 나는 복수의 문인들로부터 직접 들은 바 있다. 2014년, 신분이 '무기 계약직'으로 바뀌면서 지금의 남산예술센터로 발령을 받았다. 그리고 올해 6월 그는 정규직으로의 전환을 위한 시험을 치러 당당히 정년이 보장되는 정규직 지위를 획득했다.

안현미 시인에 대한 이야기를 하면서 그의 피고용 형태의 변천사를 특기한 이유는 그것이 시사하는 바가 매우 크다고 생각하기 때문이다. 시인이 자신의 삶을 책임지기 위해 얼마나 치열하고 부단하게 삶의 모욕과 맞서왔는지 저 일련의 과정과 시간들은 고스란히 증언해준다. 노동자와 피고용자의 생존 조건이 살인적으로 열악해지는 상황에서 시인이 정당하게 자신의 실력과 노력으로 그 자신과 가족의 삶의 존엄을 지켜낼 자격을 얻었다는 것은, 지금 한국 사회의 풍경에서는 그 자체로 경이로운 일이다. 계약직에서 무기 계약직으로, 그리고 정규직으로 신분이 바뀌는 동안 시인은 도대체 얼마나 자주 혹독하게 모독의 순간과 마주쳐야 했을까. 그것을 가만 상상하거나 헤아리고 있으면 저절로 목이 매어온다. 시인의 삶의 형식은 우주적 실존이어야 한다는 폭력적인 전제 앞에서, 이 누추한 생존의 조건에 맞서 싸운 시인의 태도는 격려받아야 마땅하다. 누가 감히 그것을 세속적인 투쟁이며 욕망이라고 윽박지를 수 있을 것인가.

시라는 종교, 시라는 애인, 시라는 운명

영민했던 그는 가정 형편 때문에 실업계 고교(서울여상)로 진학하고 졸업 후엔 취업의 길에 나섰다. 그러다가 1997년 뒤늦게 대학 문창과에 입학했다. 이미 결혼을 하고 아이까지 낳은 상태였다. 그는 대학에 들어와 정식으로 문학을 공부하고 사 년 만인 2001년 문학동네 신인상을 받으며 등단하는데, 이 해가 다소 공교롭다. 그가 막 서른 살이 된 해인 데다 새로운 세기가 실질적으로 시작된 해이기도 하기 때문이다. 그 또한 자신의 등단 시기에 대해 특별한 의미를 부여한 적이 있는데, 한 산문(《경향신문》, '내 인생의 마지막 편지', 2012.7.4)에서 시를 호명하며 "설명하고 싶었지만 설명할 수 없는 아름다움을 데리고 네가 나를 찾아왔다. 너무 빠르지도 너무 늦지도 않게. 그리고 나는 21세기 시인이 되었다"고 쓴 적이 있다. 그가 시에 닿은 곡절 또한 일반적이지 않아 보인다. 그는 왜 문학을, 시를 찾았던 것일까.

김도언　안현미라는 한 개인의 이력 그리고 시인으로서의 이력을 보면, 어떤 변증법의 정반합 같은 이치가 보여요. 서로 길항하고 서로를 작용시키는 것 같단 말이죠. 애초에 시적 욕망은 어떻게 생겼는지 궁금해요. 남다

른 성장기에 겪은 현실이 고통스러워 눈앞의 현실을 지워버리기 위해 시가 필요했던 걸까요.

안현미 내가 다른 친구들보다 좀 특수한 경험을 하긴 했지만 그 성장기에 대해 이야기하는 것들이 전적으로 다 맞다고 생각하지 않아요. 그 정도의 현실적인 고통이나 아픔을 겪는 사람은 너무 많고, 특별할 건 없는 거죠. 그런데 예민하고 과민했기 때문에 특별하게 받아들인 시절이 있었던 것 같긴 해요. 그 시절들을 견디기 위해서 나한텐 특별한 양식이 필요했는데, 그게 바로 시였던 것 같아요. 시가 없었다면 난 지금 금치산자나 양아치 같은 극단적인 삶이나 다른 형태의 마이너리티한 삶을 살았을지도 모르겠어요. 지금이 그렇지 않은 삶이라는 말은 아니지만. 그래도 시라는 걸 꿈꿀 수 있었던 게 큰 위안이었죠. 일종의 도피처였다는 생각을 지금은 하지만 그 때는 그렇지 않았어요. 전혀 다른 내가 말하는 어떤 특별한 차원의, 굉장히 매력적인 차원의 삶을 시가 보여줬거든요.

김도언 그러니까 시를 쓰고 시인의 삶을 살게 되면 삶에 새로운 차원이 생긴다고 믿은 건가요?

안현미 그렇죠. 내가 생각할 땐 분명히 그런 걸 느꼈어요. 예컨대 '장자의 나비' 같은 이야기는 시를 공부하고 문학을 접하지 않았더라면 아마 모르는 차원의 이야기였을 것 같아요. 오늘 아침에 그냥 회사에 혹은 식당에 가

서 쟁반을 나르고 접시를 닦고, 일을 마치면 집에 돌아가서 피곤해서 자고, 그런 일상적인 삶을 살다가 죽는 개인이었을지도 모르는 거지요. 근데 시라는 것이 내게 오면서 삶의 지평이 확 넓어진 것 같다는 거예요. 그러니까 내 비루한 현실을 〈비굴 레시피〉라는 시를 적으면서 나는 좀 다르게 보게 된 거죠. 내가 발 딛고 있는 세상이지만, 그걸 다른 방식으로 낯설게 뒤집어 볼 수 있는 게 예술의 힘이고 시의 힘인 것 같았고, 그 과정에서 찰나적 쾌감 같은 것이 있었어요. 그게 큰 위로였죠. 누가 뭐라고 해도 주목을 받건 받지 못하건 상관없이 시는 내게 매우 중요했어요. 그러니까 현실을 지우려고 했다는 게 맞을 수도 있는데, 결과적으로는 삶을 견디기 위한 것들이 절실했고, 그게 내 경우에는 종교가 아니고 시였던 거지요. 그래서 내게 시는 종교 같은 것인 거고, 정말로 사랑하는 애인 같은 것일 수도 있어요.

대뜸 시인은 시를 종교의 자리와 등치시킨다. 사실 그것은 새로울 것이 없는 수사다. 어떤 이에겐 사랑이 종교이고 어떤 이에겐 돈이 종교인데, 이때 그들은 모두 사랑과 돈을 자신이 최고로 지키고 섬겨야 할 가치라는 뜻으로 종교를 끌어온다. 이 같은 맥락에서 문학이나 시를 종교에 비유하는 사례도 부지기수다. 그런데 놀랍게도 안현미 시인이 시가 종교 같은 것이라고 말할 때, 그 수사가 내겐 조금도 진부하게 느껴지지 않았다. 그 핍진성이 눈곱만큼도 의심스럽지 않았기 때문이다. 결핍으로만 충만했던 성장기를 보내고, 외롭고 고독하게 세상에 나온 한 영민한 정신이 의지할 곳을 찾은 것이 시인데, 거기에 무슨 과장이 있고 무슨 셈속이 있을 것인가.

시가 자신에겐 종교 같은 것이라고 너무도 일상적인 표정으로 말하는 이 앞에서 나는 시의 어떤 권능을 목도한 것만 같았다.

김도언 2001년이라는 등단 연도가 상징적인 의미가 있는 듯해요. 안현미 시인 개인적으로 막 서른이 된 시기였고, 시대적으로도 21세기가 실질적으로 시작되는 때였잖아요. 시기적으로 어떤 분기가 되는 상징적 의미가 있는 듯하다는 거죠. 그 시점에 시인이 된 것에 대해 어떤 자의식이 있는지 이야기해줄 수 있을까요?

안현미 세기말과 세기초를 인생의 중요한 시기에 모두 경험해본다는 것은 한 인간에게 특별한 행운이 아닐까 하는 생각을 한 적이 있어요. 세기말에는 어떤 전환에 대한 동기 같은 게 생기니까요. 실제로 밀레니엄이니 종말이니 해서 매우 요란스러웠기도 하고요. 나 개인적으로는 서른이 되면 나는 시인이 될 거야, 이런 생각을 했어요. 그런데 그게 딱 맞아떨어진 거예요. 그래서 의미 부여를 안 할 수가 없었어요. 아, 난 역시 시인이 될 운명이었어, 하는 자기암시 같은 거. 그리고 문학적으로 우리 세대가 좀 낀 세대잖아요. 황지우, 이성복, 최승자, 이런 분들이 1990년대까지 굉장한 영향력을 미쳤고, 그리고 우리 뒤에는 성준이나 승일이 같은 시인들이 맹렬하게 질주하고 있는데, 우리 세대는 뭔가 주목받지 못하는 세대였던 거 같기도 해요. 실제로 등단하고 일 년에 한 번 청탁이 올까 말까 했어요. 등단했는데 시인 맞나, 하는 생각까지 들었던 것 같아요. 그 즈음 신인들을 주목하는 시

선도 없었던 거 같고. 그래서 우리끼리라도 서로의 시를 읽어주자는 암묵적인 약속이 있었어요. 게다가 나는 고등학교도 상고를 다녔고, 졸업하자마자 취직했고, 그렇게 사무원으로서 살았던 십 년 동안 시인이 돼야겠다는 결심을 하고 시인이 된 거여서 왠지 모르게 뚝 떨어진 느낌 같은 게 있었던 것이 사실이죠.

김도언 십 년 동안? 그러니까 고등학교 졸업하면서부터 시인의 꿈을 꾼 거군요.

안현미 고등학교 때 문학서클을 했으니까 그 이전부터라고도 할 수 있지만, 개인적으로 시를 마음속에 뚜렷하게 품은 건 사회생활을 하면서부터예요. 아까 말했듯이 나를 지킬 나만의 무엇이 필요했으니까.

상처와 성찰,
그리고 성장

김도언 좋아요, 그런데 등단을 막 했을 때는 일 년에 청탁이 한 편 정도 올까 말까 그랬는데, 2006년에 첫 시집《곰곰》을 낸 이후부터는 상당한 관심과 주목의 대상이 되었잖아요. 그 시집을 보고 나도 상당히 놀랐거든요. 권혁웅 시인 이야기로는, 이렇게 좋은 시집을 내는 신인들이 다들 저평가받

난 지나치게 문학적인 엄살을 떠는 사람보다는
문학적인 삶을 사는 게 더 중요하다고 생각해요.
그러니까 '비만'에 대해 '슬픔의 두께'라고 표현하는
며칠 전 내가 만난 한 시인처럼.

고 시집 출간 의뢰도 거절당하는 걸 지켜만 볼 수 없어 자신이 직접 나서서 적극적으로 이들의 가치를 알리기 시작했다고 하더군요. 그게 미래파라고 묶인 건데, 아무튼 시집이 나온 이후부터는 꽤 주목을 받았고 그 시기에 황병승, 김경주와 더불어 어떤 폭발이 일어났죠. 당사자의 한 사람으로서 그 시기를 어떻게 생각하나요?

안현미 우리 바로 앞 세대는 아까 말했던 1980년대가 끝나고 신서정을 받아들였던 장석남, 박형준 같은 선배들이잖아요. 그런데 그런 신서정으로는 성이 차지 않았던 우리는 매우 다양하면서도 사소한 것들을 말하기 시작했던 것 같아요. 그로테스크한 것에 매달리기도 하고 음악 같은 형태로 시를 변주해보기도 하고. 신동옥이나 정재학 같은 친구들이 그런 경우죠. 그런 서브컬처에 대한 취향과 감식안을 풍부하게 가진 친구들이 등단하기 시작했고, 그들의 시가 우리 앞 세대 시인들과 정서적으로 구분되면서 관심이 증폭됐던 것 같아요. 그러니까 앞 세대들은 어쨌거나 20세기 정치와 문화의 흐름 속에서 성장한 사람들이 주류였고, 우리는 세기말의 혼돈 속에서 정체성을 다양하게 변주한 이들이 각자의 취향을 반영하면서 시가 다양해졌죠. 그때 중요했던 사람이 나는 시인이자 에디터인 김민정이라고 생각해요. 편집자 김민정이 있었기 때문에 랜덤 시선을 시작할 수 있었지요. 그게 참 신선했어요.

김도언 내적 요인과 외부의 연출과 기획이 함께 가면서 시너지 효과를

낸 거라는 얘기군요. 인풋과 아웃풋의 정확한 반응이 있었던 거네요. 안현미 시인의 시에 대해서 사람들이 많이 하는 이야기가 현실의 고통이나 애환을 정직하게 바라보고 거기에 특유의 발랄한 상상력을 결합시켜 독특한 어법으로 그것들을 입체적으로 환기시킨다는 것인데, 나도 동의하는 평가입니다. 개인적으로는 안현미 시인에게 매우 본능적인 현실감각이 있다고 생각해요. 그런데 시인에게 현실감각이 뛰어나다는 게 칭찬만은 아니잖아요, 사실. 나는 안 시인에게 있는 이 현실감각이 참 비상하게 느껴지거든요. 그것이 시적으로 과열된 카오스 상태를 되돌려놓는 것 같아서요. 그러니까 균형을 잡게 하는 거죠.

안현미　　현실감각이 뛰어나다는 건 욕처럼 들리는데요.(웃음) 균형감각을 얘기했는데 그건 사실 성장 환경과 관련이 있는 것 같아요.

사실 안현미 시인의 가족사와 성장기의 이야기를 나는 수년 전 사적인 술자리에서 상세하게 들을 기회가 있었다. 기억이 또렷한데, 신동옥 시인이 주선한 술자리에서였을 것이다. 이미 결혼해 아이들이 있던 그의 부친은 한때 강원도 태백 장성 광업소에서 일했는데, 한 여자를 만나 살림을 차렸다. 안현미는 그 둘 사이에서 태어났다. 역마살이 있던 아버지는 여자와 식솔을 돌보지 않고 경향 각지를 떠돌다가 본처에게, 태백 어디에 가면 자기 핏줄인 영민한 계집아이가 하나 자라고 있으니 집에 데려오라는 연락을 취했다. 그렇게 안현미는 다섯 살 무렵 생모를 떠나 아버지의 본처

슬하로 들어가게 됐다. 그 장면을 가만 상상해보자. 어느 날 갑자기, 자신을 낳아준 엄마를 떠나 생면부지의 두 번째 엄마, '뒤바뀐 엄마'의 집으로 들어가는 어린 여자아이의 초상을. 눈앞의 세계가 하루아침에 뒤바뀌는, 그 막막한 암전의 체험의 무게를. 아이는 얼마나 두렵고 어려웠으며 어리둥절했을 것인가. 아이는 자신의 삶의 좌표가 천공의 눈금에서 어느 지점에서 어느 지점으로 몇 센티미터 정도 이동했는지를 직감적으로 알아차렸던 것일까. 그가 자신의 타고난 균형감각이 성장 환경과 관련 있는 것 같다고 말했을 때, 나는 무릎을 탁 치지 않을 수 없었다. 그러니까 이쪽 세계와 저쪽 세계를 모두 살펴야 하는 양안적인 시각을, 그리고 감성과 감각을 교직하는 어떤 화학적 융합을 아이는 그때부터 체득했던 것은 아닐까.

김도언 　나 역시 안현미 시인의 성장 환경이나 유년 시절의 체험을 아주 특별한 것이라고 말하긴 싫지만 각별하다고는 할 수 있을 것 같아요. 왜냐하면 그런 체험을 한 아이가 나중에 시인이 되었으니까요. 그 체험이 안현미 시인의 감수성이나 영혼에 어떤 영향을 미쳤는지 조금 자세하게 이야기해줄 수 있을까요?

안현미 　내 부모의 이야기이기 때문에 다 말할 수는 없어요. 다 말하지도 않을 거고요. 그때는 그런 일들이 너무 많이 있었어요. 드라마에서 보면, 엄마가 다른 엄마한테 핍박받고 사는 그런 거. 그래서 분노에 차고 내가 성공해서 복수를 하는 그런 스토리 말이죠. 그런데 바뀐 엄마, 그러니까 나를 낳

은 엄마가 아니라 길러준 엄마는 너무 착한 사람이었어요. 내가 두 번째 시집에서 무덤에 있는 엄마와 태백에 있는 엄마에게 시집을 바친다고 했는데, 거기서 무덤에 있는 엄마가 날 길러준 엄마예요. 그러니까 아버지의 본처죠.

김도언 그러니까 안현미 시인을 낳지 않은 분이 성심껏 돌보신 거군요.

안현미 성심껏 돌본다기보다는 그냥 목숨 대 목숨으로 대해주신 것 같아요. 엄마의 소생들은 나이 차가 많이 나서 이미 대처로 나갔고 아빠도 옆에 없었고 그러니까. 남들이 생각하는 혼란이 있긴 했는데, 양가감정 같은 게 아니었을까 생각해요. 태백에 있는 엄마가 그립기도 했고, 여기 있는 엄마가 날 미워하지 않는 것만으로도 고맙다고 생각했던 거죠. 내가 공부를 굉장히 잘했는데도 아들을 대학 못 보냈으니까 나 역시 대학에 보낼 수 없다고 생각하실 정도로 보수적인 분이었는데, 자기가 할 수 있는 한계 조건 안에서는 구박하거나 그러지 않았어요. 특별하게 정을 베풀어주신 것도 아니었지만 그건 아마도 본인의 삶이 신산했기 때문일 거예요. 아무튼 그런 상황을 겪으면서 세상에는 절대선도 절대악도 없다고 생각했던 것 같아요. 그래서 자꾸 연민도 생겼던 것 같고. 이 사람은 이래서 안됐고, 이 사람은 이런 점이 너무 아프겠고, 그러는 거지요. 그런 연민이 생기는 계기였을 거 같아요. 그게 아마도 균형감각이 아닐까 싶은데, 한쪽으로 치우치면 불안하니까요.

김도언 안현미 시인의 가치관이나 인성이 형성되는 데 아버지의 영향은 없었어요?

안현미 좀 지랄 같은 성격 아닐까?(웃음) 약간 영민한 아이큐? 아버지가 똑똑했다고 하더라고요. 아버지는 늘 부재하는 사람이었으니까요. 내가 이십대 초반일 때 돌아가셨어요. 그 시절에 내가 정말 고민을 많이 했어요. 그리고 세 가지 중 꼭 한 가지를 해야겠다는 계획을 세웠지요. 그 세 가지는 결혼, 대학 입학, 출가였는데, 결국 결혼을 했지요. 그게 가장 쉬웠거든요. 그리고 몇 년 후에 대학을 가긴 했지만요.

시인의 균형과 현실감각

김도언 네, 성실하게 대답해줘 고마워요.(웃음) 개인적인 독법인지 모르지만 안현미 시인의 시를 읽어보면 확실히 균형에 대한 강박이 있는 걸 느꼈어요. 시에서 병적인 퇴폐성, 악마성, 낭만적인 자폐성 같은 것들에 유혹을 당한 흔적들이 다 눈에 띄는데, 시가 끝날 즈음엔 언제 그랬냐는 듯 현실로 돌아와 있거든요. 다시 말해 사회적 자아와 시적 자아 사이에서 끊임없이 균형을 잡고 있는 건데, 나는 그것이 안현미만의 시적 긴장을 만들어내는 동인이라는 생각이 들어요. 실제 시를 쓸 때 어떻게 과도한 낭만성을 통제하고 현실감각을 되찾는지 궁금하거든요. 어쨌든 그쪽으로는 안 가잖아요.

안현미　　통장? 급여명세서? 이런 걸까요?(웃음) 내겐 항상 고아 의식이 있는 거 같아요. 내가 날 지켜야 한다는 생각 같은 거죠. 아까 서두에 이야기했던 것처럼 엄마가 두 명이고, 아빠는 식구를 돌보지 않았기 때문에 항상 나 자신을 스스로 책임져야 한다는 강박이 있고 바닥까지는 내려가고 싶지 않다는 마음이 있는 거죠. 나는 든든한 배경도 없고, 재산이 많은 것도 아니고, 능력이 출중해서 프리랜서를 할 수 있는 것도 아니니까요. 나를 바닥까지 끌고 내려갈 자신이 없다는 거예요. 그래서 매일 현실로 출근하는 것 같아요. 힘들어도 늘 정신을 차리는 거죠. 회사 가자, 이렇게.

김도언　　나 자신을 지키기 위해, 비굴해지지 않기 위해 계속 수입이 있는 직장 생활을 하고 있다는 건데, 시인은 가장 자본에 취약한 직업이잖아요. 시인들 중에는 경제적으로 독립할 수 있는 가능성이나 열정을 너무 빨리 포기해버리는 경우도 있고요. 내가 무슨 돈을 벌겠어, 하고. 가난한 걸 자랑이나 훈장으로 여기는 시인들. 그런 시인들한테 할 말 없어요?

안현미　　일반적인 의미에서 말하자면, 가난한 걸 자랑으로 여기는 건 죄 같아요. 그런데 가난한 걸 견딜 수 있는 내공이 있다면 나는 그런 삶도 가능하다고 생각해요. 왜냐하면 견디는 것은 그 사람 몫이니까. 다만 그가 시인으로서 치열할 때 그 의미가 더욱 빛나겠지요. 그런 종족이 바로 시인인 것

같아요.

이즈음에 이르러 안현미는 자신의 종족에 대한 타고난 연민과 불합리한 삶을 지탱하는 균형감각으로 중무장한, 내공이 어지간히 깊은 시인임을 확인시켜준다. 그는 건강하고 견고하다. 그렇지만 바람에 기꺼이 흔들린다. 유혹에도 취한다. 그러나 꺾이지는 않는다. 그가 건강하고 견고하다는 건 꺾이지 않는 순간 증명되는 것. 개인적인 이야길 좀 하자면, 나는 문학하는 사람들이 가지고 있는 고통에 대한 과도한 엄살이나 문학적 엄숙주의를 불편해하는 편이다. 안현미가 시를 종교에 비유했듯, 다른 많은 시인들이 자신에게는 시밖에 없고, 시가 자기 삶의 전부이고, 그 제단에 기꺼이 자신의 모든 것을 바칠 거라고 얘기한다. 그런데 그것이 말처럼 가능한가? 그들의 과장된 말을 통해 문학의 신성은 현대에 이르러서도 여전히 팽창한다. 물론 나는 어떤 면에서는 그것이 진실을 확보하고 있다고 믿는다. 하지만 그런 것들이 지나치게 과잉된 수사에 의해 유포될 때 문학이 가지고 있는 보다 높은 차원의 기능들, 예컨대 이 삶과 세계를 인식하는 지적인 통찰이나 모순과 부조리의 심도를 세심하게 촉지하는 더 높은 차원의 문학 작용 같은 게 지워질 우려가 있는 것도 사실이다. 쉽게 소비되는 문학의 '세속적' 지위와 지켜져야 할 '고전적' 위의威儀 사이에서 시인은 어떤 고민을 하고 있을까.

김도언 좀 불편한 질문일 수도 있는데, 안현미 시인은 언젠가 시가 삶의

고단함을 덜어주는 치유제라고 말한 적이 있어요. 나는 그것이 의심의 여지없는 진실이라고 생각해요. 그런데 이런 말들이 지나치게 광범위하게 수용되면 오해의 소지도 발생하는 것 같아요. 예를 들면, 시가 단순히 개인의 고통이나 고난을 치유하는 그런 소비재로만 쓰일 여지도 있고요. 시에 비판적인 거리를 가지지 못하게 될 수도 있고. 어떻게 생각하세요?

안현미　그런 세속적인 분위기와는 상관없이 오히려 불멸의 시를 쓰기 위해 삶 속으로 자신을 던져버리는 사람들이 더 많지 않을까요? 그런 사람들 중에 훌륭한 시인들이 많기도 하고요. 내 눈에는 그렇게 보이는데. 시에도 여러 가지가 있잖아요. 흔히 달달하다고 얘기하는 대중적인 시도 있고, 난해한 부호 같은 시도 있죠. 그처럼 고통에도 다양한 컬러가 존재한다고 나는 생각해요. 그런데 다른 시인은 어떻게 하는지 잘 모르겠지만, 내 경우 그 고통을 감내할 수 있는 능력이 있을 때만 그 고통을 받아들이거든요. 취사선택의 문제인 거 같아요. 우리의 취향이 그렇듯이요. 시인의 태도나 수용의 문제는 정답이 없는 것 같다는 생각도 해요. 이미 정말로 힘든 고통은 나를 다 지나갔다고 생각하거든요. 그런데 만약 사랑하는 가족이 죽는다거나 자신의 죽음 같은 걸 겪어보면 이런 생각이 오만이라는 생각이 들 수도 있겠지요. 고통에도 내성이 생기는 거 같고. 고통을 표현하는 방식도 그렇기 때문에 다양할 수밖에 없지요. 치유의 방식도 다양하고, 엄살도 있을 수 있고, 자신이 발견한 치유제를 강력하게 어필하는 사람도 있을 수 있는 거죠. 난 지나치게 문학적인 엄살을 떠는 사람보다는 문학적인 삶을 사는 게

더 중요하다고 생각해요. 그러니까 '비만'에 대해 '슬픔의 두께'라고 표현하는 며칠 전 내가 만난 한 시인처럼.

고아 의식과 시인의 태도

김도언 시로 돌아가볼게요. 세 권의 시집을 냈는데 삶의 누진한 체험적 진실을 발랄한 상상력과 언어유희와 결합시키는 것이 이제 안현미의 시 세계를 설명하는 어떤 합의된 말인 것 같아요. 이런 스타일을 선보인 이후의 세계가 궁금해요. 네 번째 시집, 다섯 번째 시집을 낼 때는 이런 스타일을 바꿔볼 생각이 있는지, 아니면 심화시킬 생각인지.

안현미 바꿀 수 있다면 바꾸고 싶은데, 그렇다면 정말 변신 성공일 텐데, 내가 볼 때 나는 너무 게을러서 완전한 변신을 할 순 없을 거 같아요. 내가 다른 사람에게 늘 솔직하게 말하는 건, 나는 아는 만큼만 쓴다인데, 그 아는 만큼을 어떻게 쓸지 고민이 돼요. 언어유희라든가 테크니컬한 면도 많이 고민해서 좀 낯설게 보이고 싶고, 참신한 서정이나 세계를 만들고 싶다는 생각도 있지요. 내게 그런 재주가 조금 있기는 한데, (웃음) 뭔가 확 바꾸거나 변화를 주는 것에는 좀 무신경한 것 같기도 해요. 말하자면 그런 재주는 없는 거죠. 그걸 하기엔 내가 너무 바쁘기도 하고 피곤하고 늙었고요. 깊이 있게 내려가지 못할 바엔 그만 써야 하지 않나, 하는 생각도 들어요. 그런데 요즘엔 또 이런 생각을 하고 있어요. 지금처럼 이렇게 시를 안 쓸 바에야 내가 시인이라고 말하지 말아야 한다. 그리고 아까 또 얘기했던 것처럼, 동어 반복이나 그렇고 그런 시를 쓸 거라면 시 쓰기를 그만둬야 한다. 그만둘 수 있는 용기가 있어야 한다고 생각하는 거죠. 그런데 그럴 수 있을까? 이런 걸 못하는 게 노욕이라는 걸까? 항상 나의 문제는 내 연령과 다른 정신세계와의 불일치 속에서 끊임없이 균형을 잡아가려고 애쓰는 노력인 것 같아요. 십대 때 해맑게 웃고 그랬어야 했는데 그러지 못했으니까요.

김도언 시 공부를 한 이후에 스스로 사숙하고 있다고 생각하는, 그 계보를 내가 잇고 있다고 생각하는 선배 시인이나 스승이 있나요?

안현미 그렇게 단정적으로 말할 만한 선배도 스승도 없는 거 같은데, 그게 늘 고아 같다는 의식에 붙들려 있기 때문이 아닐까 싶어요. 아무튼 나는 백석의 어떤 면도 좋아하고 닮아 있다고 생각하고, 또 이상의 어떤 면도 되게 좋아하고 닮아 있다고 생각해요. 그러니까 어떤 계보로도 쉽게 묶을 수 없는 혼종적인 면이 내 시에 들어 있다고 생각해요. 그게 김도언 작가가 말한 다양하고 분열적인 것들에게 유혹당한 결과일 수도 있고요. 어떤 평론가가 내 시를 분석하기 위해 내 시집 세 권을 한데 펼쳐놓았을 때, 아무런 분석이 되지 않는, 그래서 치워버리는 그렇게 묶을 수 없는 것들을 하나하나 만드는 걸 좋아하는 것 같아요. 사실 내가 좋아하고 늘 읽는 작가는 보르

헤스예요. 보르헤스의 뇌가 섹시한 것 같아 마음에 들어요. 할 수만 있다면 그의 뇌 속에 사숙하고 싶죠. 뇌를 누군가와 바꿀 수 있으면 보르헤스의 뇌를 가지고 싶다는 생각도 한 적이 있어요.

김도언 시 공부를 일반적으로 하지 않은 케이스여서 묻는 건데, 습작 때는 어떻게 했어요? 다른 친구들이 하지 않는 안현미 시인만의 특별한 방법은 없었어요?

안현미 습작 때는 일주일에 한 번씩 써서 학교 애들이랑 합평했어요. 그때 함께했던 친구들이 최치언, 유형진 같은 친구들이에요. 그리고 특별한 습작 비결은 없었고, 도서관에 있는 책들은 여기부터 저기까지 모조리 읽었어요. 그래도 시인이 못 된다면 재능이 없는 것이다, 라고 간주하려고 했는데, 시인이 되더라고요. 읽는다는 행위 자체도 중요하지만 뭔가를 끊임없이 지속적으로 할 수 있는 마음을 유지하고 지속해가는 것들이 필요한 시기가 있는데, 그때의 책 읽기가 도움이 된 거죠. 그런데 그걸 기계적으로 하면 문제가 있어요. 나의 콤플렉스는 인문계 고등학교를 다니지 않았기 때문에 인문학적 베이스가 취약하다고 생각했던 거예요. 《자본론》도 안 읽고 뭐도 안 읽고. 대신 주산, 부기 이런 자격증만 있었으니까요. 나는 내가 아는 것만을 쓸 수 있는데 그럼 어떻게 해야 할까 고민했던 거죠. 시를 보면 내가 읽은 독서의 영향이 드러나요.

모든 시인에게는 저마다의 고유한 태도가 있다. 크게는 삶에 대한 태도이기도 하고, 작게는 타인과 사물에 대한 태도이기도 하다. 그런데 그 태도는 모두 시에 대한 태도로 환원되며 그것이 시인의 독자적 캐릭터를 만든다. 시인 안현미의 시적 태도는 무엇이고, 그 태도는 어떤 캐릭터를 구축하는 데 동원될까. 그는, 자신의 자부심인 동시에 콤플렉스이기도 할 고아 의식 속에서 남루한 현실을 탈주하겠다는 대담한 계획을 세우고 시로 육박해 시인이 된 '성인 동화'의 주인공이다. 그 동화의 행간에서 다소 독특한 태도가 발견되는데, 그것은 그가 가족이나 삶의 공간에서 만난 타자들과의 인연을 단호하게 끊어버리지 못하는, 그러니까 차단이나 절연을 계속 유보하는 태도다. 그 태도에서는 어떤 소속이나 공동체를 지향하는 욕망도 엿보인다. 일찍이 와해된, 가장 원초적인 혈연 공동체의 복원에 대한 본능적인 관심일까. 아니면, 그것은 단순한 연민일까. 아니면, 고아가 갖는 균형감각일까. 그는 과장도 엄살도 없이 이렇게 말한다.

누구처럼 세계를 여행하고 사람을 경험해야겠다는 욕망 자체가 별로 없어요. 그렇다고 삶이 만족스러워지는 건 아닐 테니까요. 그냥 살다가 가는 거라는 생각을 하는 것 같아요. 아무도 특별하게 미워하지 않으려고 생각하는 거죠. 누가 좀 미워질 때도 그냥 천천히 미워하기로 하는 거예요. 미워하게 될 때까지 이십 년이 필요한 경우도 있었어요. 그 과정에서 내가 좀 느슨하게 보이는 것뿐이에요. 매 순간 나는 이걸 그만둬야 할까, 이런 것을 고민하고 고민하다가 이십 년 만에 아, 이건 아닌 것 같아, 라고 생각하면 뒤를 돌아보지 않는 거죠. 나는 오히려 나 좋다는 사람에게 거리를 두는 편인데, 타인이 나에 대해서 뭐가 좋다고 그러면 나는 속으로 이렇게 말해 주고 있어요. 그러지 마. 인간 거기서 거기야. 네가 본 건 네가 보고 싶은 거지 나는 아니야. 내가 못된 거죠, 한마디로.

공교롭게도 안현미는 자신의 시 세계를 관통하는 단 하나의 키워드를 말해달라는 주문에 '고독'을 들었다. 그는 지나치게 견고해서 외로운 시인이다.

안현미 | 1972년 강원도 태백에서 태어났다. 2001년 문학동네 신인상에 〈곰곰〉 외 4편이 당선되어 작품 활동을 시작했다. 《곰곰》《이별의 재구성》《사랑은 어느날 수리된다》 등의 시집을 냈다. 2010년 신동엽문학상을 수상했다.

김
경주,

긴장과 대극을 창조하는 연출가

양팔이 없이 태어난 그는 바람만을 그리는 화가畵家였다 / 입에 붓을 물고 아무도 모르는 바람들을 / 그는 종이에 그려 넣었다 / 사람들은 그가 그린 그림의 형체를 알아볼 수 없었다 / 그러나 그의 붓은 아이의 부드러운 숨소리를 내며 / 아주 먼 곳까지 흘러갔다 오곤 했다 / 그림이 되지 않으면 / 절벽으로 기어 올라가 그는 몇 달씩 입을 벌렸다 / 누구도 발견하지 못한 색色 하나를 찾기 위해 / 눈 속 깊은 곳으로 어두운 화산을 내려보내곤 하였다 / 그는, 자궁 안에 두고 온 / 자신의 두 손을 그리고 있었던 것이다

– 김경주, 〈외계外界〉, 《나는 이 세상에 없는 계절이다》(랜덤하우스코리아, 2006)

충분히 소비된 시인의 영혼을 찾아서

내가 처음으로 그에 대한 풍문을 들은 것은 2004년 즈음이었던 것 같다. 문학에 관심이 많은 지인으로부터 김경주라는 시인이 등단을 했는데, 시도 좋지만 외모가 연예인 빰치게 잘생겼다는 것이었다. 그래서 나는 시인이 시만 잘 쓰면 되지 외모가 뭐가 중요하냐고 시큰둥하게 한마디 던지곤 곧 그의 이름을 잊었다.

그런데 김경주라는 이름이 다시 내게 뚜렷하게 각인된 것은 2005년쯤 내가 무한히 신뢰하는 시인 김정환 선생의 입에서 그의 이름이 나오는 걸 듣고 나서였다. 걱정스러울 정도로 천부적인 재능을 가진 젊은 시인이 있는데 그가 김경주라는 것이었다. 선생은 대산문화재단 창작기금 심사에 나섰다가 거기 응모된 김경주의 시를 일별할 기회를 가졌다고 했다. 김경주는 그해 창작기금 수혜자로 뽑혔고, 이듬해인 2006년 문제적 첫 시집《나는 이 세상에 없는 계절이다》를 상재했다.

시집이 나온 이후 세상이 이 시집에 보인 반응은 가히 폭발적이었다. 평단과 독자들이 한목소리로 젊은 시인이 보여준 혁신적인 문법과 목소리에 열광했다. 기형도의 시집《입 속의 검은 잎》이후, 시인의 처녀 시집이 보여준 가장 놀라운 현상이었다.

문예중앙 시인선으로 출간된 초판본이 출판사의 사정으로 절판되기까지 약 2만 부가량이 팔린 이 시집은 이례적으로 2012년 문학과지성사에서 재발간되었다(초판본, 재발행본 합쳐 40쇄 인쇄). 문지는 이 시집의 가치를 역산하면서 이렇게 썼다.

'이것은 기형畸形에 관한 얘기다'라는 저자의 말처럼 연극과 미술과 영화의 문법을 넘나드는 다매체적 문법과 탈문법적인 언어의 범람, 낭만적 감수성의 극한에서 그것이 어떻게 폭발하고 다른 차원으로 넘어가는지를 극적으로 보여주는 시편들로 구성되어 있다. 다른 시간, 삶의 다른 계기, 삶의 다른 기미를 읽는 저자의 눈을 따라가며 시는 불가능성에 대한 추구, 즉 쓸 수 없는 것을 쓰는 것이라는 것, 시는 결국 부재하는 언어에 대한 언어라는 것 등의 저자 시의 중요한 출발점을 엿볼 수 있다.

자존심 강하기로 소문난 문지가 다른 출판사에서 먼저 나왔던 문제적 시집을 복간하는 'R시리즈'를 발행하기 시작한 것은, 시의적 맥락에 갇혀 있기 쉬운 문학사의 균형과 복원을 생각할 때 퍽 의미 있는 일이다. 더욱이 김경주의 경우, 문지로부터 첫 시집을 거절당한 소이연을 갖고 있음을 생각하면 이것은 극적인 사건이기도 하다.

첫 시집이 나오고 십 년 가까이 지난 지금에야 말하건대, 김경주는 너무나 지나치게 그리고 가혹하게 소비된 측면이 있다. 그는 권혁웅을 위시한 의욕적인 비평가들에 의해 2000년대 젊은 한국 시단의 상징적인 아이콘으로 부상했고, 그 역할을 자의 반 타의 반 성실하게 받아들였다. 일부 언론과 매체는 그를 중심으로 하는 이례적인 시의 부흥을 호들갑스러운 특집으로 다루면서 그를 연예인처럼 취급했다. 수려한 외모, 저주받을 만큼의 천재적인 재능은 그때부터 그를 따라다니는 심드렁한 클리셰였다. 하지만 그러는 동안 역설적이게도 김경주는 자신의 텍스트가 섬세하고 정밀하게 읽힐 기회를 빼앗기게 되었다. 그의 이름은 어느 순간 은밀한 고유명사에서 읽지 않고도 읽었다고 말할 수 있는 상투적인 대명사가 되어 있었기 때문이다.

실제로 전국의 예술고등학교와 대학교 문창과에서 그의 텍스트는 교본처럼 사용된다. 시를 공부하는 많은 학생과 시인 지망생들이 그의 시를 학습하고 그의 목소리를 흉내 내는 것이다. 일찍이 모든 것에 시적인 것이 깃들어 있음을 간파하고 그것을 자신의 시론으로 삼았던 김경주 입장에서(그는 한 인터뷰에서 "시적인 것은 따로 없"으며 "다른 어떤 것에도 시적인 것이 담길 수 있"고, 심지어는 "시라고 생각하는 것에서 벗어나는 순간에도 시적인 것이 있을 수 있다"고 말한 바 있다) 자신의 시가 '한정적이고 억압적인' 교본으로 소비되는 것은 결코 환영할 만한 일이 아니다.

그를 인터뷰하겠다는 생각을 하면서 내가 가장 염두에 둔 것은, 이미 충분히 소비된 시인의 영혼, 그 영혼의 음화를 이해하는 일이었다. 그가 아무도 몰래 갈망하는 '소외'의 표정을 정확하게 담아내는 것이었다. 그를 만나기 하루 전날, 김경주는 뉴욕에서 서울로 돌아왔다. 그러니까 그에겐 아직 미국 동부와 극동아시아의 까마득한 시차가 남아 있었다는 것. 나는 그것이 어떤 행운처럼 느껴졌다. 왜냐하면, 그는 시차時差를 통해 시적인 것을 빨아들이는 시인으로 알려졌으니까.

그를 만난 곳은 그의 단골인 상수동의 '이리 카페'. 그가 하루가 멀다 하고 찾는 곳이다. 그는 카페 한구석에서 마음껏 해찰하며 친구들과 함께 재미있는 작업들을 궁리하고 기획한다. 인터뷰를 하기로 한 시간에 맞춰 가보니 그는 진즉부터 와 있었던 행색으로 카페 발코니에 나와 지인과 담배를 피우고 있었다. 뉴욕에는 무슨 일로 갔던 것인지, 근황부터 물었다.

김도언 뉴욕에 다녀왔다고 들었는데, 무슨 일로 다녀왔어요?

김경주 제가 연극에 관심이 많잖아요. 꾸준히 극작을 해왔고 공연도 계속 해오고 있어요. 그런데 서울시극단에서 공연한 제 희곡 〈나비잠〉이 영어로 번역되어 책도 나올 예정이고 내년에 공연도 하는데, 이번에 쇼케이스가 있어서 초대받아 다녀온 거예요.

김도언 김경주 시인에겐 연극이 뭔가요? 어떤 사람들은 시인이 시가 아닌 것에 관심을 갖는 걸 좀 부정적으로 보기도 하는 것 같던데. 외도를 한다는 얘기도 있고.(웃음) 혹시 시적인 것이 곧 극적인 것을 뜻하기도 하는 건가요?

김경주 네, 그런 셈이죠. 언젠가부터 사멸해버린 듯한 시극들이 우리 모국어의 속살로 부활할 수 있다는 생각을 해왔어요. 현대시가 사실은 가독성의 문제로부터 자유롭지 않잖아요. 점점 읽기가 어려워졌다는 거죠. 제도권 교육에서 시를 체감하는 방식이 의미 중심이다보니까 소리 내서 읽

는 방식이라거나 시를 읽었을 때 라임의 전달 방식, 사운드 메타포라는 것이 거의 눈으로 답을 찾는 방식으로 이루어지잖아요. 2000년대 초반에 낭독회를 했던 것도 그런 것 때문에 시작한 거였어요. 그런 것들을 통해서 내가 쓰는 언어들을 꾸준히 중얼거리고 소리 내어 읽어보는 작업들을 해봤는데 그것이 극성에 닿으면 포에틱해지는 지점이 있었거든요. 제가 하려던 것은 그것의 접점을 찾아보자는 거였죠. 시와 극 둘 다의 고유성을 찾는 방식이기도 하고, 동시에 우리 문학이 소리를 회복해야 한다고 생각하는 점이 있어요. 외국은 몇백 년된 낭독회 같은 게 동네마다 존재하고 있잖아요. 그런데 이게 다시 말하면 문학이 소리로서 존재하고 있다는 거거든요. 우리처럼 문학을 해독하고 그걸 자기 삶의 구체적인 부분에 닿게 하는 방식도 중요하지만, 발화해서 소리를 회복하는 게 중요하다는 생각을 했어요. 그래서 뉴욕까지 갔다 온 거죠.

늦게 쓰기 시작한 시

사실, 등단 전까지의 김경주의 필력이 의외로 길지 않음을 알고는 놀라는 사람들이 제법 있다. 김경주는 소위 말하는 '문학소년'이나 '문청'의 시절을 겪지 않았다. 중학교에 진학할 때까지 훈련이 엄격하고 고된 기계체조를 했던 그는 체육관 반대편에서 연습하는 발레리노들에게 열패감을 느꼈을 만큼 감수성이 예민했으나 그가 관심을 가졌던 것은 만화와 애니메이션 같은 것이었다. 그는 스스럼없이 자신을 이십 대 초반까지 만화가를 꿈꾸며 '만화방을 어슬렁거리던 녀석'이라고 칭하기도 했다. 그러다가 대학 연극반에 들어가서야 문학을 만났다고. 그곳에서 대본을 쓰고, 쓴 대본을 고쳐 쓰면서 문장 수련을 했다는 것이다. 그리고 유별난 선배들이 연극을 이해하기 위해서는 시를 알아야 한다면서 후배들에게 시집을 볼 것을 권유했다는 것이다.

김도언 　시를 비교적 늦게 쓰기 시작했다고 들었어요.

김경주 　네, 스물다섯부터였던 것 같아요. 저는 연극하는 선배들로부터 시를 처음 접했거든요. 당시만 하더라도 지방 극단 생활을 할 때, 연극하는 선배님들 주머니에는 시집이 항상 들어 있었어요. 그때 연극하던 분들이 지금 대부분 대학로에서 연극하는 분들이고, 시인이 된 분도 있어요. 그분들에게 늘상 연극을 하기 위해서는 시를 읽어야 한다는 이야길 듣고 또 그렇게 생각을 해와서 자연스럽게 시와 연극에 대한 관심이 겹쳐진 것 같아요. 사실 문학보다 먼저 연극이라는 걸 접했는데, 상당히 새로운 문화였어요. 연극하는 사람들의 몸 쓰기, 발화 같은 것들이 티브이나 이런 매체에서 보고 들은 질감과는 달랐고, 그러다 자연스럽게 연극하는 선배들을 접하면서 시를 읽었어요. 허연 시인의 《불온한 검은 피》(민음사, 2014)가 재출간될 때 발문을 제가 썼는데, 그것도 그 시절에 인상적으로 읽은 시집이에요.

김도언 2003년에 등단했기 때문에 편의상 2000년대 시인이라고 부를 수 있을 거 같은데, 김경주 시인에게 시를 쓰게 하는 욕망을 뭐라고 명명할 수 있을까요. 계보학적으로 흔히 말하는 90년대 시인과 또 변별되는 어떤 특징이 있을 것 같은데.

김경주 흔히 공동체에서 개인을 끌어낸 게 1990년대의 시라고 하는데, 저는 그런 의미보다는 시의 속성을 파악하는 방식에 관심이 많아요. 그러니까 언어로 쓰여 있지만 언어로 말해질 수 없는 것에 대한 떨림 같은 거요. 저는 그게 시의 속성이라고 생각하기 때문에 그것을 보면 떨리는 거죠. 분명히 언어로 쓰지만 언어로 쓸 수 없는 것을 향해 달려가고 있다는 것. 내가 무엇을 쓰는지 모른 채 갈 수 있는 부분이 어느 순간 자기 신뢰를 가질 수 있다는 거죠. 다른 말로 하면, 흔히들 현대시의 문학적 환원 방식을 이야기할 때는 은유의 체계에서 환유의 체계로 넘어온 방식을 말하잖아요. 공동체에서 개별성으로 수사적 접근을 하잖아요. 그게 2000년대에 구조화됐을 때, 더 미시적으로 쪼개질 수 있다고 생각해요. 저한테 시를 쓰면서 가장 설레는 지점이 뭐냐고 물어보면 시를 쓰는 순간 어딘가를 건너가고 있다는 느낌이 드는 부분인 것 같아요. 극을 쓰거나 스토리를 쓰는 작업을 할 때는 뭔가를 채워간다는 느낌이 강한데, 시를 쓸 때는 내가 모르는 어딘가를 건너간다는 느낌이 있어요. 그 운동성. 그래서 저는 독자가 시집을 읽을 때도 내가 건너가는 느낌 그대로 읽는 게 아니라 그 독자도 어딘가로 잠시나마, 그게 아무리 어려운 시집이라도, 잠시나마 다른 곳에 건너갔다가 오면

베스트셀러 시집이란 건 어쨌든 시라는 형식 안에서
대중에게 소비가 되는 거잖아요.
저는 나쁘게 생각 안 해요.
시라는 것 자체를 더 이상 우리가 말하지 않는
상황으로 가는 게 더 위험하다고 생각하고요.

좋겠다는 생각을 해요.

김도언 그게 바로 김경주 시인이 자주 얘기하는 시차時差 아닌가요? 시차를 확보하는 것이 본인의 시가 가지는 욕망이라고 할 수도 있겠는데요.

김경주 네, 그럴 수 있을 것 같아요. 시차는 제가 몸을 통해 얻은 것인데, 외국 여행을 갔다 오면, 몸을 통해서 공간과 시간을 건너고 넘어서는 느낌이 들거든요. 시차時差가 주는 시차視差가 발생하는 거죠. 그 순간에 매우 강렬한 포에틱이 발생해요.

시차時差는 몸에 깃든 감각의 혼란을 초래하고, 시차視差는 정신의 긴장을 유도한다. 이질적인 속성이 부딪치며 대극對極이 발생하는 것이다. 사실 내가 김경주에게서 받은 가장 인상적인 개성은 그가 늘 어떤 대치 상황 속에 자신을 몰아넣고 있다는 데서 발견된다. 그에게 그것은 익숙하고 낯익은 것을 징치하려는 어떤 정신의 모험이다. 그는 그것을 위해 언제나 새로운 대극을 창조한다. 그의 전략은, 자신으로부터, 자신에게 가장 편리하고 안정적인 요소들을 분리하고 이격시키는 것이다. 예컨대, 그가 시인으로서 누린 유례없는 문단의 구애를 고스란히 받아들이고, 그 안의 관습대로 자신의 프로필을 관리하고 소위 말하는 '한 우물'을 팠다면, 그는 지금보다 훨씬 안정적인 지위와 영향력를 가진 시인이 되었을 것이다. 하지만, 문단이 그를 체스판의 말처럼 시단 중심에 올려놓았을 때 그는 별 미련도 없이 터벅터벅 걸어내려와 다른 영역으로 횡단해갔다. 시극과 공연에 대한 관심을 바탕으로 언어와 소리를 둘러싼 다양한 메타적 실험실로 망명한 것. 그런데, 그것은 생산성과 경제적 효용 측면에서 보면 쓸모없는 일에 가까운 것이다. 그는 자신이 가지고 있는 시인으로서의 고정 자산을 소모시키는 감가상각 구조에서 플러스가 되지 않는 일을 감행한 것이다. 그는 문단과 독자의 주목을 한눈에 받는 상황을 억압적이라고 생각했던 것일까.

일찍이 주목받은 시인의 생, 그리고 시의 권위와 권력

김도언 본인은 부인할 수도 있겠지만, 등단과 동시에 다른 시인들과 비교했을 때 첫 시집부터 엄청난 평가와 인정을 받고 한국 시단의 아이콘 같은 존재로 부상했는데, 그렇게 주목을 받으면서 시를 쓸 때 시인으로서 장점과 단점이 다 있을 거 같아요. 시인은 자기 소외라는 걸 항상 감행해야 하는 존재인데, 주목을 받을 때 자기 소외를 감행할 수 있는 여지가 좁아질 수 있잖아요. 직접 느낀, 주목받는 것의 장점과 단점을 이야기해줄 수 있을까요.

김경주 아시겠지만 저 같은 경우는 글을 쓰면서 먹고살겠다고 마음을 먹고 고생을 오래했어요. 데뷔 전에 책이 다섯 권 있었으니까요. 늦은 나이에 대학을 와서 시인으로 데뷔했지만, 지방에서 서울로 올라왔을 때 감수성

의 지점 같은 게 변하더라고요. 서울은 욕망을 되게 많이 자극하는데, 저한테 가장 커다란 건 속도와 맛에 대한 욕망이었어요. 지방은 새벽 아침 아홉 시가 되어야 일상이 시작되는데, 서울은 네 시 반이면 움직이고 굉장히 빠르잖아요. 그리고 지방에 있는 것들은 웬만하면 엄마가 다 해줄 수 있는 음식인데, 서울 사람들이 좋아하는 스타벅스 스트로베리 케이크를 엄마가 어떻게 해줘요? 그걸 받아들이는 과정이 상당히 소외적이었고 힘들었어요. 시를 써서 등단까진 했는데, 그러고 나니까 저에게 굉장히 중요한 생존에 대한 본능이 살아나더라고요. 사실 시를 쓰는 건 일종의 실존적 본능이잖아요. 유령작가 시절이라고 이야기하기도 하는데, 생존을 위해 글을 써야 했던 시기가 있었죠. 그때 시의 자장으로부터 멀어지고 있다는 생각을 많이 했어요. 그게 한편으로는 굉장히 힘들었죠. 이렇게 가다가는 시의 원심력에서 완전히 튕겨나가겠다는 생각이 들어서, 작정하고 아예 시를 쓰기 시작했어요. 썼는데 거절도 당하기도 했고요. 권혁웅 시인이 그 무렵에 우리 시를 윗세대들이 잘 읽어내지 못했다고 썼는데, 제가 지금 돌아보면 그건 현대시를 읽는 스킨십이 전과는 달라졌다는 말인 것 같아요. 그런데 첫 시집을 내고 여행을 다녀왔더니, 여기저기서 인터뷰하자고 하고, 언론에서도 찾고 그러더라고요. 운이 좋았고 고마운 일이었어요. 그런데, 어느 순간 회의가 오더라고요. 자기 소외라고 하셨는데, 저는 시인이라면 자기 신경질을 확보하고 있어야 한다고 생각하거든요. 신경질을 피울 수 있는 순간이 시를 쓰게 하거든요. 그래서 2009년쯤부터인가는 문단 모임이나 시상식에 더 이상 나가지 않았어요.

김도언 권혁웅 시인이 주도한 미래파 담론을 얘기하지 않을 수 없는데, 그것이 김경주 시인의 시적 행보에 어떤 의미가 있다고 생각하는지요? 어디선가 한 말을 보면 미래파 담론에 동의하지 않는다는 말을 한 것도 같은데. 사실 시사적으로 그리고 계보학적으로 미래파 담론은 긍정적인 요소가 많지 않나요?

김경주 네, 그 부분에 동의해요. 당시에 필요한 담론이었고, 말씀하신 것처럼 시사적 차원에서 그렇게 유형화하고 계열화하는 게 불가피했다고 생각해요. 그런데 어찌 보면 그 시절에 새로운 시인들의 시를 말하기 위한 시도가 미디어와 문단 프레임 속에서 프로파간다적으로 오해되어 소비된 요소가 있었던 것 같아요. 아방가르드적인 역할을 한 거 같기도 하고요. 주목을 받아서 좋은 점은 지금까지 글을 쓰면서 살 수 있는 여건들이 만들어졌다는 거겠죠.

김도언 나름대로 균형 감각을 갖고 냉정하게 자신의 포지션을 돌아보고 있다는 생각이 드네요.

김경주 사실 시를 쓰는 방식 자체도 지면에 발표하고 시집을 묶는 관행이 지배적인데, 저는 이것에도 회의적이에요. 제가 하일지 선생님, 장정일 형과 했던 이야기가 있는데, 왜 출판사의 패러다임에 작가의 몸이 맞춰져야 하는지 모르겠다는 거였어요. 시인들은 평균 삼사 년에 한 권씩 시집이

나오잖아요. 그런데 잘 써지면 일 년에 두 권이 나올 수도 있고 안 되면 십 년이 걸릴 수도 있는 건데 관료처럼 매커니즘이 생긴 거죠. 어떤 설계 같은 것이 있는 거죠. 그런데 그걸 벗어나기가 어려워요. 그런데 다행히 저는 운이 좋게 저랑 같은 고민을 하는 하일지 선생님이나 장정일 선배 같은 분들을 만났어요.

김도언 그러면 이런 질문을 해볼게요. 시인이든 작가든 어쨌거나 자기 발언, 발화에 대한 영향력, 힘 같은 것이 생기기를 바라잖아요. 그걸 원하지 않는 작가나 시인이 있을까 싶어요. 그런데 좋은 의미에서의 힘, 영향력, 권력을 원하지만 그런 힘을 가지기 위해서는 안정적인 지위, 안정적인 입지가 필요하잖아요. 김경주 시인 같은 경우에는 첫 시집부터 주목을 받고 문단으로부터 구애를 받았죠. 그러면 그걸 그냥 모른 척하면서 받아들이고 안정적으로 문단 안에서 지위를 키울 수도 있었을 거예요. 권위 있는 잡지 편집위원이 되거나 대학에 임용될 수도 있고. 그런 이익을 포기한 건가요?

김경주 그런데 권위와 권력은 다르잖아요. 저는 하고 싶은 일을 할 수 있는 권위를 갖고 싶어요. 요즘 아이들에게 시에 대한 생각을 물어보면, '일베 문화'나 다양한 커뮤니티 문화처럼 그거 마니악한 거 아니에요? 이렇게 대답한단 말이에요. 그러니까 그 아이들은 엉뚱한 생각을 하면서 말놀이 같은 걸 하는 게 재미있어서, 그런 감각으로 시 공부를 시작해요. 그런데 등단을 하고 보면 문학이 숭고하고 진지한 거예요. 저의 경우 선배들로부터 문

학은 숭고하고 시 공부도 제대로 안 하고 은유도 모르면서 어떻게 문학을 하냐는 말을 들으면서 습작을 했는데, 문학이 가진 이런 위계에 감염된 상태에서 데뷔를 하고 보니 이게 완전 레드오션인 거예요. 진짜 이런 '씬'이 일어나는 것에 대해 저는 별 관심이 없었어요. 권력이라는 게 오염되고 불순해지기 쉬운 거니까요. 그리고 무엇보다 재미가 없는 거예요. 설렘이 없고. 바깥을 보면 너무나도 나를 시적으로 떨리게 하는 게 많은데, 굳이 내가 저기에 가서 헤게모니에 취해 있을 이유가 있느냐 하는 생각이 컸죠. 하지만 시와 문학이 가지고 있는 권위가 중요하다는 생각은 해요. 권위라는 건 권력이나 어떤 시스템 자체를 바꿀 수 있는 설계를 할 수 있으니까요.

시인의 생활과 고민, 그리고 대극

김도언　　워낙 다양한 작업을 한 덕분에 멀티플레이어와 기획자로 노출되었는데, 나는 시인이라는 당신의 본업에 주목해서 질문을 하고 싶어요. 지금까지 네 권의 시집을 냈는데, 개인적으로 받은 인상은 초기 시가 선언, 직관의 방식으로 관념적인 의미에 대한 탐구 같은 걸 보여줬다면, 두 번째, 세 번째, 네 번째 시집으로 가면서는 조금 더 세밀하고 구체적인 물상이나 이미지나 이야기 만드는 것에 관심을 가지는 쪽으로 바뀐 거 같은데, 본인 스스로 네 권의 시집의 변별점을 설명해줄 수 있을까요?

김경주 제가 좋아했고, 학창시절에 상당히 많이 읽었고 닮고 싶었던 시인 중에 오규원 선생님이 계셨어요. 시에 대한 '순례'의 태도가 인상 깊었죠. 다른 말로 하면 자신의 전 시집을 계속해서 배반할 수 있는 태도죠. 저도 두 번째 시집까지만 해도 그런 생각을 꽤 했어요. 대부분의 작가들이 가장 두려워하는 것도 자기 복제잖아요. 그런데 시는 자기 변주나 자기 번식이 주술적으로 강한 장르라고 생각해요. 왜냐하면 미리 설계를 하고 들어가는 게 아니기 때문에 어떻게 보면 언어에 대한 몽상을 포착하는 것이니까요. 그게 바로 주술성이죠. 때문에 자기 시가 감염이 되고 있다는 사실을 인지하고 전 시집들을 배반하는 방식을 스스로 고민했던 거 같아요. 그래서 두 번째 시집에서 첫 시집과 다른 방식의 작업을 했는데, 첫 시집은 누구에게나 그렇지만, 문학청년 시절부터 그 시절까지 싸우던 감정의 찌꺼기들이 다 있기 때문에 사실 울퉁불퉁할 수밖에 없어요. 우리가 첫 시집에 기대하는 지점은 바로 그런 에너지죠. 첫 시집은 정서의 산물이잖아요, 세계가 아니라.

김도언 그럼 그 이후는 세계의 산물이고?

김경주 네에, 본인이 세계에 대한 고민을 안 할 수 없다고 저는 생각하거든요. 그런데 그걸 찾는 데까지 시간이 오래 걸리죠. 세 번째 시집《시차의 눈을 달랜다》(민음사, 2009) 부터는 생각이 많이 달라지기 시작한 게, 아시다시피 2000년대의 시들이 새로운 감수성들을 촉발하는 계기는 됐지만 대중과는 유리되었다는 혐의로부터 자유롭지 못했잖아요. 결국 우리끼리만 자폐적으로 소화하면서 동시대에 시가 왜 필요한지에 대한 고민이 적었던 거겠죠. 그래서 예전에 주목했던 언어의 감각이나 레토릭적인 접근보다는, 시 고유한 것들에 대한 질문을 다시 던지기 시작했어요. 시가 머금고 있는 근본적인 침묵들. 그 침묵의 질에 대해서요. 침묵의 질을 만들어내지 못하면 안 된다는 생각이 들었던 거죠. 그러다보니 자연스럽게 언어가 줄어들더라고요. 이게 굉장히 아슬아슬해요. 많이 채운 산문시나 쏟아져내리는 시들은 그 자체가 가지고 있는 파장이 있기 때문에 거기에서 생기는 페이소스 같은 것도 기대할 수 있는데, 언어를 비운다는 게 내적인 필연성을 확보해야 하기 때문에 어려운 부분이 있더라고요. 그래서 네 번째 시집이 저한테는 오 년 반이란 시간이 걸렸어요.

우리 나이로 그는 올해 마흔이다. 그리고 등단 십삼 년차 시인으로 개인 시집 네 권을 갖고 있다. 문화관광부에서 주는 올해의 예술가상 문학 부문과 민음사가 주관하는 김수영문학상 등을 수상했고, 아내와 두 아들이 있는 가장이기도 하다. 김경주는 시단의 '꽃미남'이라는 지극히 세속적인 레토릭으로 대별되는 아이콘에서, 논리 정연한 근거와 자기의 깊이와 너비를 정밀하게 재는 혜안과 설득력 있는 목소리를 가진 장년의 시인으로 진화해 있다. 하지만 긴장은 여전히 그의 몸 곳곳에 팽팽하게 서려 있다. 그것은 도약대 앞에 서서 숨을 고르는 기계체조 선수의 그것과도 같다. 이 긴장은 여전히 그를 청년으로 보이게 한다. 그는 언제나 세계와 대치 중이다. 다시 그는, 대치하지 않은 상황을 견딜 수 없는 날렵한 밴텀급 복서와도 같다. 평온해지려는 감각을 끊임없이 혼돈 속으로 밀어넣고 대극을 창조하는 것이다. 그가 창조한 대극에는 '단독자'와 '협업자'의 대극이 있다. 그는 시인으로서 철저한 단독자이지만, 공연을 기획하고 극을 만들 때는 누구보다도 유연하고 신뢰할 만한 협업자다. 그 간극을 그는 하루에도 수시로 왔다 갔다 한다. 그에겐 또 '개인'과 '가족'이라는 대극이 있다. 그는 일체의 구속이나 억압을 경계하는 개인주의자이지만, 가족 앞에서는 믿음직한 남편이고 다정한 아비다. 개인과 가족의 대극적 상황을 그는 너무나도 편안하게 즐긴다. 또한 그에겐 실존적인 존재를 증명해내야 하는 '예술가'와 생존을 도모해야 하는 '생활인'의 대극이 있다. 그는 타고난 재능과 열정을 의심받지 않는 탁월한 예술가이지만, 매일 아침 일곱 시 삼십 분이면 어김없이 하루를 시작하는, 술도 즐기지 않는 철저한 생활인이다. 어쩌면 이런 대극 사이에서의 역할놀이는, 그가 스스로 고안해낸 일인극을 완성하기 위한 리허설 같은 것이 아닐까. 실제로 그는 바이크를 탔던 시절도 있고, 붉게 머리를 염색하고 레게 머리를 하는 등 수시로 스타일을 바꾼 적이 있다. 그런 위장도 어쩌면 대극을 창조하기 위한, 시차 확보를 전제로 한 가면(페르소나)의 무도 같은 건 아니었을까. 그렇다면 그는 언제 자기 자신을 방전시킬까. 자신을 완전히 이완시키기 위해 그는 어떤 옵션을 갖고 있는 것일까.

김도언 '김경주' 하면 내게 떠오르는 이미지는 늘 어떤 일을 벌이고 있다는 거예요. 그런데 시인들한테는 나른한 공명 상태, 권태, 자기를 이완시키

는 시간도 필요하다고 생각되는데, 김경주 시인 같은 경우엔 자기를 공명시키고 비워버리고 이완시키는 행위가 뭔가요?

김경주 여행이죠. 제가 지금까지 517개 도시를 돌아다녔어요. 사람들한테 어디 다녀왔다고 잘 떠들지 않는데 지금도 삼사 개월은 그렇게 있어요. 그 시간에는 온전히 시만 생각해요. 이번에 뉴욕에 다녀왔는데, 아, 뉴욕은 나한테 한 줄의 시적 영감도 줄 수 없다는 걸 알았어요. 그렇게 속도가 빠르고 욕망이 강한 도시들에서는 진공 상태가 잘 안 와요. 저는 예술가는 좀 공산당처럼 자본주의를 끊임없이 착취해야 한다고 생각해요. 일부러 여행을 다닐 동안 저는 무인도를 많이 다녔어요. 그런 곳에 가서 그냥 나른하게 있었어요. 그러면서 다른 자아로 가는 거죠. 정 그게 안 되면 국내 어디라도 가요. 그렇게 다시 시작을 하는 편이고.

김도언 결혼을 하고 아이도 낳고, 육아에도 정성을 들인다고 들었는데, 그러면 생활에 필요한 수입원이 있어야 할 텐데요. 그런데 내가 알기로 김경주 시인은 고정적인 샐러리가 없잖아요. 주 수입원이 뭔가요? 생활비가 만만치 않을 텐데.

김경주 저는 나름 생활전선에서 훈련이 되어 있어요. 아침에 일정한 시간에 일어나 작업실 가서 일을 하거든요. 가장 중요한 수입원은 저술과 강연이죠. 기본적으로 책을 일 년에 너덧 권 작업하려고 하고 있어요. 그리고

가끔 프로젝트 작업도 하는데, 그래도 돈을 많이 벌지는 못하지요. 제 주변에 술 좋아하는 분들이 많은데, 저는 영감을 받는 생활 습관 자체가 많이 다른 것 같아요. 프리랜서로 사는데, 다양한 일을 동시에 많이 하는 편이에요.

김도언　어쨌거나 시를 쓰고 글을 쓰는 게 가장 중요한 생업일 텐데요. 문학적으로는 일찍이 인정을 받고 평가를 충분히 받았는데, 대중적인 관점에서는 책만 내고 살 수 있을 정도로 유명하고 인기 있는 작가는 아닌 것 같아요. 대중적인 독자들의 인색한 반응에 대해 어떤 생각을 하고 있는지, 그리고 할 수만 있다면 베스트셀러 작가가 되고 싶은지 궁금해요.

김경주　축구로 비유하자면, 점유율이 많다고 이기는 건 아니잖아요. 한국 사회 소통의 방식은 양적으로 환원하는 게 강하잖아요. 많이 참여하면 질적으로 괜찮다고 생각할 수 있어요. 그런데 시는 결국 양적인 점유가 아니라 질적인 점유 같아요. 그것이 확보가 된 상태에서 어떻게 상업적으로 대중과 만나느냐 하는 건 내 몫이 아닌 거죠. 그건 운이 있으면 좋고. 대중성과 보편성은 다른 거 같아요. 보편성은 인간에 대한 문제를 고민하면서 생기는 거고, 대중성은 내 곁에 있는 사람들과의 호흡 안에서, 그러니까 동시대인들과의 호흡에서 확보되는 것 같아요. 저는 늘 시가 보편적인 거라고 생각했고. 내 시 역시 보편적일 수 있다고 생각해요. 그런데 같은 시대를 사는 사람을 글썽거리게 만드는 방식으로 가는 건 다른 해결 방식이 필요한 거 같아요. 그게 팬시가 될 수도 있고 감수성의 문제일 수도 있고 시스템

의 문제일 수도 있는데, 그 방식은 아직까지는 저한테 계속 고민해야 하는 문제죠. 베스트셀러 시집이란 건 어쨌든 시라는 형식 안에서 대중에게 소비가 되는 거잖아요. 저는 나쁘게 생각 안 해요. 시라는 것 자체를 더 이상 우리가 말하지 않는 상황으로 가는 게 더 위험하다고 생각하고요.

김경주는 자신의 삶에 가장 큰 영향을 미친 사람으로 자신의 아버지를 들었다. 그의 부친은 삼십삼 년간 강력계 형사로 일하고 은퇴를 했단다. 말하자면 "의심이 특기"인 사람이었다고. 의심을 잘해야지만 일을 잘할 수 있고 유능하다는 말을 들을 수 있는 아버지의 의심이 종종 가족에게 옮겨올 때, 그는 고통을 느꼈다고 한다. 아버지의 의심에서 벗어나는 것, 아버지를 완벽하게 속이는 것, 그것을 힘겹게 앓으며 성장통을 겪었다는 것. 그 아버지는 지금 육체의 쇠락과 함께 언어를 잃어버리고 사신다. 의심이 특기인 사람이 육중한 침묵의 세계에 거한 것이다. 하지만 그의 아들은 언어가 직업인 시인이다. 그는 침묵을 깨고 발화해야 살 수 있는 사람이다. 여기에서 또다시 '침묵'과 '발화'라는 대극이 발생한다. 그 대극은 아버지가 그에게 물려준 긴장의 유산이다. 그리고 김경주는 그 사이에서 또다시, 맹렬히 대치 중이다. 인터뷰를 마치며 그에게 자신의 시 세계를 관통하는 시어 하나만 꼽아달라고 하자, 명쾌하게 "시차"라는 대답이 돌아왔다. 시차는 대극 사이에서 대치하는 자의 숙명적인 감각 혹은 오브제일 것이다.

김경주 | 1976년 전남 광주에서 태어났다. 2003년 〈대한매일〉(현 〈서울신문〉) 신춘문예로 등단했다. 연극실험실 '혜화동 1번지'에 작품을 올리며 극작가로도 활동 중이다. 《나는 이 세상에 없는 계절이다》《기담》《시차의 눈을 달랜다》《고래와 수증기》 등의 시집을 냈다. 그 외에 희곡집 《늑대는 눈알부터 자란다》《내가 가장 아름다울 때 내 곁엔 사랑하는 이가 없었다》, 산문집 《패스포트》《자고 있어, 곁이니까》《밀어》 등을 썼다. 2008 작가가 선정한 '오늘의 시'상, 2009년 오늘의 젊은 예술가 문학 부문상, 2009년 제28회 김수영문학상 등을 수상했다.

서
효인,

불가능한 평범을 구축하는 비범한 생활 예술가

대재앙의 이유를 알기 위해 우리는 모였다 오른쪽과 왼쪽에 앉을 사람을 구분하기 위한 파티가 먼저였다 파티로 보낸 시간에 대해서는 입 다물기로 한다 누구도 본인의 자리에 만족하지 못했고 토론에 불참하는 자가 부지기수였다 뒤를 돌아보세요, 그의 아이디어로 우리는 오른쪽과 왼쪽이 순식간에 바뀌는 기적을 보았다 카리브 해에서 우리는 격정적으로 화해했다 옷깃만 스쳐도 인연이라는데, 해변의 여인들은 옷을 입지 않고 밝게 웃어 주기만 하였다 뒤를 돌아보면 큰 지진으로 키우던 염소가 죽고 해일로 말려 놓은 이불 빨래가 엉망이 되어 있었다

– 서효인, 〈아이티 회의록〉 중, 《백 년 동안의 세계대전》(민음사, 2011)

건강함과 안정적인 이미지를 가진 시인이라니?

20세기 들어 안정적인 제도와 문화적 위계를 구축한 이래, 시인들의 문학적 욕망과 태도는 세밀한 분화를 거듭해왔다. 21세기의 문학은 낭만적 음풍농월과 고전주의적 엄숙함을 지워가는 20세기 말의 징후적 운동을 좀더 구조화하는 차원에서 첨단의 전위에 대한 요구를 받아들이고 있다. 그럼에도 불구하고 시인에 대해 독자 대중이 가지고 있는 관점에는 쉽게 변하지 않는, 내면화된 요소가 있다. 예컨대 그것은 시인에게 당연히 번뜩이는 '이재異才'와 '광기' 같은 것이 임재해 있을 거라고 추정하는 것이다. 물론 이것은 오래된 고정관념 혹은 관습의 산물이다. 하지만 이 추정에 대해 시대착오적인 것이라고 간주하는 것은 의미 있는 논의의 가능성을 차단하는 것이다. 현대의 시인 중 대다수는 여전히 과도한 낭만성을 투사하는 방식으로 시인으로서의 정체성을 표시하고, 일상적 가치를 부정하면서 문학적 진실을 적출해내기 때문이다. 시인의 문학적 경향이나 유형에 대해 객관적인 통계가 나와 있는 건 아니지만, 어쩌면 낭만적 태도는 여전히 시인들에게 (표면적으로 축지되는) 가장 대세적인 삶의 한 양식일 수 있다. 불안이나 불온함과 접속하는 것은 이러한 시인들이 가장 쉽게 선택하는 시적 전략이다. 그런데 여기 보기 드물게도 건실하고 안정적인 태도로 일상적 가치를 옹위하는 한 젊은 시인이 있다. 올해 등단 십 년차를 맞은 서효인 시인이 바로 그다.

내게만 그렇게 느껴지는 것이 아닐 거라고 확신하면서 하는 말이지만, 서효인 시인에게서는 어떤 건강한 기운이 느껴진다. 그는 실제로 운동선수 같은 균형 잡힌 체구에 숱 많은 고수머리와 진한 눈썹, 서글서글한 인상을 갖고 있다. 그늘이나 구김살이라고는 찾아볼 수 없는 호남형의 얼굴이다. 예의 낭만성에 침잠하는 시인에게 나타나는 병색이나 불온함 같은 게 느껴지지 않는다. 시니컬하거나 신경질적인 표정도 보이지 않는다. 밝고 분명한 목소리에서는 우울증이나 자폐적 성향의 흔적 같은 것도 발견할 수 없다. 오히려 그는 언제나 지나치게 반듯하고 편안한 인상이다. 웃는 얼굴은 얼마나 선하고 예의는 또 얼마나 바른가. 그런데 이쯤 되면 독자들은 여기에 어떤 반전이 개입되어 있을 거라고 생각하기 쉽다. 저 건강하고 안정적인 이미지 속에 격렬하고 광포한 기벽 같은 걸 숨겨놓고 있을 거라고 말이다. 하지만 그에게 그런 반전은 없다. 역설적인 말이지만 반전이 없다는 게 그가 가진 (매우 희유한) 반전이다. 서효인 시인은, 외양에서 관찰되는 건강하고 안정적이고 긍정적인 이미지를 완벽하게 내면화한 시인이다. 기표와 기의가 한 시인의 안팎과 좌우에서 일치하는 경우다. 그는 실제로 일상적 가치와 제도를 긍정하고 존중한다고 말한다. 현실에 대한 격렬한 냉소나 조롱, 위악이 매혹적인 포즈로 권장되는 상황에서 사실 이것은 매우 문제적인 발언이다. 일상적 가치를 존중한다는 것은 어떤 의미에서는 시가 복무해온 재래적인 역할과 소용을 부정하는 의미로 해석될 수 있기 때문이다. 시는 규범과 관습을 초월하면서 삶을 무력하게 하는 억압적인 통속성과 싸운다. 그런데 규범과 관습에 의해 유지된다고 알려진 일상성을 옹호한다는 것은 이 같은 싸움을 포기한다는 것 아닌가. 이 물음에 대해 답하는 것은 서효인 시인이 가진 독특한 좌표를 온전히 이해하는 것과 깊은 연관이 있다.

2006년 등단한 서효인 시인은 2010년 첫 시집《소년 파르티잔 행동지침》(민음사)을 상재했다. 그리고 정확히 일 년 뒤 민음사와《세계의 문학》이 주관하는 김수영문학상을 수상하며 시집《백 년 동안의 세계대전》을 펴냈다. 그러니까 그의 첫 시집과 두 번째 시집의 물리적 시간 차는 고작 일 년밖에 나지 않는 것이다. 어떻게 불과 일 년 사이, 권위 있는 문학상의 수상작에 걸맞은 문학성과 결구력을 담보한 시편들을 쓸 수 있었을까. 나는 개인적으로 그의 두 권의 시집을 정독하면서 시인에 의해 정교하게 구축된, 어떤 의도된 구성과 연출의 세계를 읽어낼 수 있었다. 시인이 확고하게 통제하고 장악하면서 시편들을 가공하고 배열하고 있다는 심증, 일단 이것부터 확인해보고 싶었다.

시집을 기획하고 구성하는 시인

김도언 작가 프로필을 보니 2006년도에 등단한 뒤 2010년에 첫 시집을 냈고, 그리고 바로 이듬해에 김수영문학상을 받으면서 두 번째 시집을 냈는데요. 그런데 내가 두 시집을 읽으면서 생각한 게, 첫 시집도 그렇거니와 두 권의 시집이 전부 다 시인의 정교한 장악력을 보여주고 있다는 것이었어요. 시인의 어떤 의도된 기획이나 구성이 들어가 있다는 느낌. 보통 시집을 출간하면 휴지기나 슬럼프가 오기도 하는데, 어떻게 일 년 만에 김수영문학상을 받을 수 있을 정도로 양질의 시들을 쓸 수 있었을까요. 예외적인 경우잖아요.

서효인 그 말씀이 맞아요. 기획적인 면을 생각하면서 시를 썼어요. 두 권 모두요. 그래서 아마 두 권이 이어지는 느낌이 강할 거예요.

김도언 김경주 시인 같은 경우는, 시인에게 첫 시집이란 복합적인 정서의 총합이라고 얘기를 하더군요. 그만큼 이질적인 것이 막 섞여 있다는 거지요. 그리고 내가 생각해도 보통 다른 시인들의 첫 시집은 그런 유형이었어요. 그런데 서효인 시인의 시집은 그렇지 않더라고요. 거기에 대한 본인의 생각을 듣고 싶어요.

서효인 다른 분들이 시에 대해서 이야기를 해봐라, 시집에 대해서 이야기를 해라, 하면 저는 다소 난처할 때가 많아요. 제가 저 자신을 가만 관찰해보면, 사람들이 생각하는 시에서 조금 떨어져 있는 것 같아요. 제가 생각하는 시는 소설, 시나리오, 희곡, 구절, 이야기. 이런 것들이 다 통틀어서 혼융이 될 수 있다고 생각하거든요. 그런데 시가 우월한 장르다, 그렇게 생각하지는 않아요. 그냥 제가 좋아하고 즐겁게 할 수 있는 장르일 뿐이죠. 그

래서 아까 말씀하신대로 다른 시인의 첫 시집처럼 다종다기한 세계와 혼돈에 처한 자의식이 막 섞여 있는 세계가 나온 건 아니었던 것 같아요. 글을 쓰면서 제가 관심 있고 잘할 수 있는 게 시라는 걸 알게 되었어요. 그래서 시를 쓸 때, 막 우연에 기대거나 영감에 빠져서 시를 쓰진 않았어요. 내가 잘할 수 있는 게 뭘까에 대해 의도적인 고민이 많았던 거죠. 기획적인 아이디어가 많아서 그것의 의도에 의해 쓰이는 경우가 많았죠. 첫 시집 같은 경우는 기획대로 쓴 것과 아닌 것 중에서 제 의도에서 많이 어긋나는 것은 배제가 되었고, 잘 어울리는 것들끼리 묶었어요. 1부, 2부, 3부를 배열할 때도 시간을 고려하면서 구성했고요.

김도언 그러니까 자신이 가장 잘하고 재미있게 할 수 있는 게 무얼까를 생각한 거군요.

서효인 첫 시집에서는 제임스 조이스의《더블린 사람들》처럼 하나의 도시를, 그러니까 보이지 않는 선으로 연결되어 있는 도시를 시를 통해 구성해보고 싶었어요. 오밀조밀하면서도 정교하게요. 감자 뿌리처럼. 그리고 그것의 화자는 소년으로 설정했던 것이고요. 그래서 하나의 세계를, 하나의 공간을 시집 안에서 구축하고 구현해보고 싶었던 거죠. 두 번째 시집은 첫 시집이 나오고 나서 정말 일 년 동안 미친 듯이 쓴 거예요. 일 년 동안 시를 70편 정도 쓴 거 같아요. 한 계절에 15편 내외로 썼어요. 그때는 아무 일을 안 했거든요. 그냥 아르바이트 같은 거나 하면서, 수입을 신경 쓰지 않고

시와 산문을 쓰는 데만 집중했어요.

김도언 일종의 폭발이 일어난 거네요.

서효인 네, 스물네 시간 동안 시만 생각하고 글만 썼던 거 같아요. 그래서 두 번째 시집도 의도된 기획이 있죠. 첫 시집이 소년이 화자고 하나의 지방 소도시가 공간이라면, 이를테면, 광주 같은 도시요. 그래서 좁은 공간의 이야기를 디테일하게 쓰자는 생각이 있었는데 좀 좁잖아요. 그래서 두 번째 시집에서는 멀리 시선을 넓혀서 확장시켰는데, 우리 눈에 생경한 곳의 이야기가 사실은 우리의 이야기와 이어지고 겹쳐 있다는 것을 두드러지게 드러내자는 생각을 했어요. 그래서 첫 시집 내고, 바로 쭉쭉 써나갔어요. 김수영문학상 수상이 확정되었을 때는 이미 50편이 넘어가 있는 상태였어요. 50편이면 시집 한 권 분량이었지만 시집을 내진 않았고요. 이 세계에 대한 내 관심을 어떤 식으로든 빨리 정리해야겠다는 생각이 있었어요. 내가 봐도 너무 폭발하고 있으니까. 그런데 운이 좋아서 문학상을 받으면서 자연스럽게 시집을 내게 되었죠. 그렇게 된 것이 지금 돌아보면 장단점이 다 있겠지만, 잘됐다고 생각하고 있어요.

김도언 두 번째 시집을 기획하고 구상하면서 시야를 확장시키는 방법론적인 고민을 했다는 얘기군요. 그런데 그것이 전략인 동시에 시인의 통찰의 결과일 수 있다고 생각해요. 단순히 전략적인 고민만으로 그토록 풍요

로운 세계를 구축할 수 있다고 보진 않거든요.

서효인 그렇게 봐주시면 고마운 일이죠.

1980년대생 시인과 '개인'

서효인 시인은 1981년생이다. 그리고 그해 1월, 우리나라는 컬러 TV 방송을 정규 편성해 전면적으로 시작한다. 시인이 태어나던 해, 컬러 TV 방송이 시작되었다는 것, 나는 이것이 매우 상징적인 의미를 내포하고 있는 제법 공교로운 우연이라고 생각한다. 1981년생 시인은 아마 처음부터 컬러TV를 통해 방송을 접했을 것이다. 그 이전의 시인들은 흑백TV를 보다가 컬러TV를 보게 된 세대다. 처음부터 컬러TV를 본 세대와 흑백TV를 보다가 컬러TV를 경험한 세대의 감수성과 상상력에서 어떤 차이가 감지된다면, 이처럼 영상의 시각적 성질을 수용하는 방식의 차이가 영향을 미쳤을 가능성은 없을까. 서효인이 두 권의 시집(《소년 파르티잔 행동 지침》, 《백 년 동안의 세계대전》)을 통해 다양한 시공간을 지배했던 활달하고 스펙터클한 담론을 구조화해낸 것 역시 컬러TV 세대로서의 어떤 독자성을 (그 자신도 모르는 사이) 자신의 텍스트에 암호처럼 새겨둔 것은 아닐까. 이 가정이 맞다면, HD 고화질 디지털TV나 3D를 통해 처음 영상을 접한 또다른 세대의 감수성은, 그들이 시인이 되었을 때 어떤 고유한 분화를 보여줄지 면밀한 관찰을 해봐야 할 것이다. 그렇다면 서효인은 자기 또래의 시적 동질성이나 정체성에 대해 어떤 생각을 가지고 있을까.

김도언 1980년대에 출생한 시인으로 또래에 대해 어떤 동질감 같은 게 있는지 궁금해요. 서효인 시인의 유년 시절은 군부독재의 막바지였고 문화적으로는 산업화의 영향을 받아 조금씩 개방되던 시기였어요. 그리고 컬러TV와 PC가 보급되었고요. 예컨대 나는 서효인의 시에서 정치적 억압에 대한 유물론적 자의식과 문화소비 취향 같은 걸 동시에 보았거든요. 1990년대나 2000년대 등단한 선배들과 비교해서 설명을 해줘도 좋고요.

서효인 제가 광주 사람이잖아요. 그 지역의 특수성이 있다고 생각해요. 대선이나 청문회 같은 정치 이슈가 있을 때 다른 지역 친구들보다 더 집중해서 민감하게 받아들였던 것 같아요. 1987년 대통령 선거 때 후보자 포스터가 김대중 것만 붙어 있고 나머지는 다 뜯겨 있었거든요. 그런 걸 보면서 왜?, 라는 질문이 생겼고 유물론적 관점도 생겨난 거 같아요. 무엇 때문에 패배하는가, 저 길에서 왜 사람이 죽었지, 이런 생각도 했었고요. 저는 제 고향을 굉장히 좋아하고 자부심도 있어요. 하지만 그런 자부심은 이미 전 세대의 선배들이 충분히 발화를 했잖아요. 저는 그것과 다른 방식을 찾아야 했죠. 첫 시집 출간된 날이 5월인데 일부러 그렇게 한 거예요. 그 시집은 광주를 가상의 모델로 한 거니까요.

순간적인 재치나 그때 당시의 기획에 기대는 거 말고
시 자체로 생명력이 있는 걸 쓰고 싶어요.
계속 방법을 모색하고 있는 중이고요.
그 과정에서 고민이 많아요.

김도언 서효인 시인 자신을 포함해서 80년대 태어난 시인들의 세대적인, 보편적 특질을 유형화해서 이야기해주기는 어려울까요?

서효인 음, 80년대와 90년대에 시를 쓰셨던 분들에게는 대상이 있었던 거 같아요. 싸워야 할 대상, 분노해야 할 대상, 관찰해야 할 대상, 쓰다듬어야 할 대상, 그 대상이 자신일 수도 있고요. 저희는 근데 그 대상이 없어요. 심지어 적도 없어지고, 우리 편도 없어진 거죠. 갑자기 모래 알갱이가 된 거 같아요. 그리고 80년대 태어난 친구들이 IMF가 정리되었을 때 사회에 나왔는데, 정리되면서 나쁜 것뿐 아니라 좋은 것들도 다 정리가 된 거예요. 마을 공동체도 없어지고, 노조도 정리되고. '전부'가 정리되고 개인만 남은 거죠. 최선의 혈투를 벌여야 하는 개인만요.

김도언 지금 중요한 말을 하고 있는 거 같아요. 개인성을 본격적으로 시의 공간으로 끌어들인 걸로 평가되는 1990년대 시인들은 개인성을 전 시대와 자신들의 시대를 구분하는, 그러니까 어떤 선언적인 성격에서 개인성을 이야기했던 것에 반해, 서효인 시인의 세대가 느낀 개인은 정말 실질적인 개인이라는 거잖아요.

서효인 네, 광화문에 시위를 하러 나가도 개인 자격으로 가는 사람이 더 많고, 모여 있으면 오히려 도움이 안 되는 거죠. 예전에는 다들 깃발 아래 모였는데 말이에요. 1990년대 선배들에게 개인성을 확보하는 게 중요했다면, 우리는 이미 처음부터 개인으로 사회에 나온 거죠. 전투를 벌일 때 일렬로 서서 방패를 들면 그 뒤에 숨을 수도 있고, 앞에 서 있으면 내 의지랑 상관없이 앞으로 가기도 하고 그러잖아요. 그런데 지금 우리는 그냥 게릴라처럼 서 있는 거예요. 언제 어떻게 죽을지도 모르고, 죽어도 드러나지도 않고.

김도언 나는 서효인의 시집에서 명징한 사회적 상상력 같은 걸 보았어요. 이런 스타일을 계속 심화해서 자기만의 스타일로 견고하게 다질 건지 아니면 앞으로 쓰는 시에서는 스타일에 변화를 줄 생각이 있는지 궁금해요.

서효인 스타일에 변화가 있어야 한다는 생각을 하고 있어요. 아무래도 앞선 두 권의 시집은 기획을 많이 해서 제가 쓰고 싶은 대로 쓴 시집이기 때문에 그것 나름대로 의미가 있다고 생각하는데, 만약 다른 스타일과 주제를 가지고 시를 쓰더라도 어차피 제가 쓰는 거니까 연결선 상에 있긴 하겠죠. 첫 번째, 두 번째 시집에선 할 말이 되게 많았어요. 쓰면서 재미도 있었고 나름 재기를 부리면서 혼자 즐거워하기도 했죠. 지금 보면 쑥스럽고 그런 것도 있는데, 그건 그때 반짝한 걸로 충분히 의미가 있다고 생각해요. 세 번째 시집이나 그 이후에는 조금 더 오래가는 시를 쓰고 싶어요. 순간적인 재치나 당시의 기획에 기대는 거 말고 시 자체로 생명력이 있는 걸 쓰고 싶어요. 계속 방법을 모색 중이고요. 그 과정에서 고민이 많아요. 사실 세 번째 시집은 이미 원고가 다 넘어갔어요. 문지에서 내년 하반기쯤 나올 예정

이에요.

김도언 어떤 시집일지 살짝 소개해줄 수 있을까요?

서효인 제가 시간이랑 공간이 그래프 상에서 만나는 어떤 점과 그것의 흔들림에 대해 관심이 있었거든요. 그래서 도시 연작을 많이 썼어요. 서울, 광주, 목포, 부산, 성남. 이런 식으로 도시 이름이 제목이고 그것에 대한, 연작은 아닌데 연작이라고 볼 수 있는 시가 수십 편 돼요. 그런 쪽으로 시집이 나올 거 같아요.

시인의 직업과 일상의 긴장

서효인은 뛰어난 시인인 동시에 개성적인 산문을 쓰는 작가지만, 매일 출근과 퇴근을 반복하는 직장인이기도 하다. 그의 직장은 한국의 대표적인 문학 전문 출판사인 민음사다. 그는 문학과지성사에서 일하다가 작년 10월 민음사로 옮겼다. 한국문학팀 소속으로 시집과 소설책을 만들고 최근에 폐간이 결정된 계간 문예지 《세계의 문학》도 만들었단다. 사실 창작자가 문학 출판사에서 일하는 것은 일반 사람들의 생각만큼 녹록지만은 않다. 빼어난 창작자일수록 더욱 그렇다. 글을 쓰고 창작을 하는 사람 입장에서 다른 사람에게 글을 요구하고 원고를 받아 읽는 것이 직업이기 때문이다. 이 과정에서 많은 이들이 창작자로서의 자의식이나 자존심에 상처를 입기도 한다. (1980년대 중반《세계의 문학》주간으로 영입된 시인 황지우 역시 일하는 동안 "내가 창녀가 된 참혹한 기분이었다"는 매우 극적인 소회를 남기면서 그 자리에서 물러나기도 했다.) 더욱이 서효인 시인의 경우, 집이 있는 경기도 파주에서 강남구 신사동에 있는 회사까지 물경 한 시간 반 이상을 출근길에 할애해야 한다. 퇴근까지 하루 세 시간을 피고용자의 일정한 동선에 바치는 셈이다. 보통의 노동 강도가 아닌 것이다.

김도언 《세계의 문학》이 폐간된 것이 문단에서 정말 큰 뉴스였잖아요. 그것과 관련해 그 잡지에 관여했던 사람으로서 마음고생이 심했을 것 같다는 생각이 들었어요. 그 얘기 좀 해줄래요.

서효인 네, 제가 속한 조직 안에서 일어난 일이라 마음고생을 하긴 했죠. 왜 하필 내가 있을 때 이런 일이 생기는 것인가부터 시작해서. 그런데 그렇게 하기까지의 판단이나 회사 내 분위기에는 저도 동의를 했어요. 물론 그런 결정이 안 났으면 더 좋았겠지만, 그걸 절대 안 됩니다라고 말할 위치도 아니었고, 지금은 일정 부분 그럴 수도 있겠다고 생각해요. 현재의 문학판 상황이나《세계의 문학》의 현실, 그리고 향후의 전망 등을 생각할 때 그럴 수도 있겠다는 생각이 드는 거죠.

김도언 문학 편집자로 일하면서 가장 힘든 건 뭐였죠?

서효인 시인과 문학 편집자의 자의식이 일을 하면 할수록 더 부딪치는 걸 느껴요. 문지에서 일할 때는 본격적인 편집 업무가 아닌, 시인으로서의 자의식을 덜 의식해도 되는 기획 같은 일을 주로 했거든요. 그런데 민음사에 와서 정통 편집 업무를 맡다보니, 그런 충돌이 더 잘 느껴지더라고요. 그러면서 자연스레 시를 쓰는 것도 고민이 더 많아졌고요. 특히 요즘은 제가 슬럼프라는 생각을 많이 하고 있어요. 그것도 편집자와 시인의 자의식이 서로 부딪치는 것과 연관이 있는 것 같아요. 그리고 사실 물리적으로도 회사에 절대적인 시간을 할애하다보니 지치는 것도 있고요. 출퇴근 시간도 길고.

김도언 슬럼프라는 말이 엄살처럼 들리지가 않네요. 지금 서효인 시인의 나이가 시인으로서도 그렇고 한 남자의 생애에서도 매우 중요한 시기인데.

서효인 네, 슬럼프도 오고 좀 지쳐 있는 것 같아서 이번 봄에 청탁 들어온 건 거절했어요. 그리고 대학교의 교수님들처럼 일 년 정도 안식년을 가지면 재충전이 좀 되려나 이런 생각도 해봤어요. 그래서 과감하게 일 년만 아무것도 안 쓰고 쉬어보자…… 한 번도 그런 적이 없었거든요. 매년 시를 20편에서 30편 정도는 무조건 써왔는데, 일 년만 좀 안 써보는 게 좋지 않을까, 이런 생각을 했어요. 저는 늘 시를 쓰는 게 재밌고 즐거운 일이었거든요. 그

런데 아이 낳고 회사 다니면서 확실히 힘들어지더라고요. 그래서 다시 내가 시가 간절할 때까지 좀 쉬어볼까, 생각하고 있어요. 그런데 길지는 않을 거예요.

김도언 회사 얘기도 하고 시인으로서의 고민도 들려주고 아이 얘기도 나왔는데, 생활에서 비껴설 수 없는 시인의 애환이 느껴져요. 사실 내가 막연하게 포착한 시인으로서의 서효인 시인의 이미지가 있거든요. 그런데 지금 하는 이야기를 들으니까 그게 매우 선명해지는 것 같아요. 난 서효인 시인에게서 오래전부터 건강한 현실주의자, 낙관주의자, 풍속의 관찰자 같은 인상을 받았어요. 그러니까 시인으로서는 드물게 삶의 보편적인 원리나 세계의 질서 같은 것에 관심이 많고, 그 안에서 특별한 걸 잘 찾아내는 그런 캐릭터를 가지고 있는 것 같거든요. 병약하고 퇴폐적이고 개인 취향에 골몰하는 그런 낭만주의자로서의 모습이 잘 없는 게 오히려 개성이라는 생각이 들었어요. 내가 볼 땐 서효인 시인의 문학적 인격과 사회적 인격이 멀리 이격되어 있는 것 같지 않아요. 그런데 보통 문학적 긴장이라는 것은 사회적 인격과 문학적 인격이라는 것이 부딪치고 불화할 때 발생하는데, 그런 점에서 난 서효인 시인의 문학적 태도가 참 희유해보인다는 거죠.

서효인 이게 답변이 될지 모르겠는데, 요즘 또래 시인들이나 시 쓰는 친구들 모임에 가면 제가 제일 건전한 시민 같아 보여요. 아이도 키우고, 세금도 제일 많이 내고, 4대 보험도 다 가입되어 있고, 매일 출퇴근도 하고 있고.

그런 시인들이 거의 없잖아요. 그렇더라고요. 그래서 저는 아, 내가 가장 건전한 시민 같다, 내가 가장 열심히 살고 있구나, 라는 생각이 드는데, 그런 생각이 저를 오히려 기쁘게 해요. 앞으로도 일 열심히 하고 싶고 잘 하고 싶어요.

김도언 오히려 그 생각 속으로 몰입해 그걸 즐기는 거군요.

서효인 네, 저는 그렇게 해야 해요. 아이들(서효인 시인은 두 딸 '은재'와 '은유'의 아빠다)한테 좋은 환경을 주고 싶고, 아내 고생을 덜 시키고 싶고. 그렇게 하려면 이 체제 하에서 나쁘지 않은 방식으로 열심히 살아야겠다, 그런 아주 건전한 생각을 하게 되죠. 물론 제 안에서 분열 같은 게 발생하기도 해요. 제가 애들 키우는 책을 내니까 관련 단체나 기관에서 연락이 가끔 와요. 한번은 좋은 아빠가 되려는 신청자들에게 멘토링을 하는 행사에 나가게 됐어요. 그들을 코칭하는 게 제게 주어진 일이었죠. 멘토를 할 만큼 좋은 아빠는 아닌 거 같아서 안 하려고 했는데 돈을 주신다는 거예요. 그래서 생계에 도움이 되겠다 싶어 나갔어요.(웃음) 모임에 나갔더니, 정말 인격이나 품성이 좋은 분들이 나와서 좋은 아빠가 되려면 어떻게 해야 하는지 묻고, 저처럼 멘토 역할을 맡은 분들은 희생, 봉사 이런 어휘들을 섞어가며 확신에 차서 말씀을 하시는데, 그 순간 견디기가 힘들고 외로워지더라고요. 그러고선 며칠 후에 시인들 모이는 시상식장에 갔는데, 거기에 불량한 친구들이 다 앉아 있는 거예요. 그러니까 이제 좀 살겠다 싶더라고요. 그러니까 이질

적인 세계의 긴장 속에서 제가 살고 있는 것 같아요. 그 균형이 깨지려는 신호가 오면 저 스스로를 단속하죠. 좋은 아빠가 되어야 해, 좋은 직장인이 되어야 해, 이런 생각을 하는 거죠. 저는 정말 일을 잘하고 싶거든요. 그렇게 평범한 가장이 되고 싶어서 저를 단속하고 억압하는 게 있고, 반대에서는 아, 정말 괴롭고 하기 싫다는 내면의 소리도 있고요.

김도언 그 긴장 사이에서 '의도된 일반'을 택한다는 것, 그게 서효인 시인만의 문학적 개성이나 특질을 만들어내는 것 아닐까요. 자기 스스로의 사회적 인격이나 자의식을 시적 욕망과의 다툼 속에서 묻고 계속 스스로를 단속하는 것. 방금 평범한 가장이 되고 싶고 시민이 되고 싶다고 했는데, 시인으로서 평범한 사람이 되고 싶다는 건 어쩌면 가장 비범한 욕망일 수도 있겠다는 생각이 들어요. 그러니까 불가능한 평범을 구축하는 거지요.

서효인 아시겠지만 시를 쓸 때 사실 조금은 위악적인 상태가 되어야 하거든요. 예전에는 저도 되게 날카롭고 신경질적인 상태에서 시를 썼어요. 주로 카페 같은 데 가서 시를 썼는데 지금은 집에서 써요. 그럼 애들이 막 문을 열고 들어와요. 그러면 사람이 시적으로 긴장된 상태를 오 분도 유지할 수 없는 거예요. 그런 물리적인 준비가, 시를 쓰기 위한 상태가 전혀 안 되는 상황에서 어떤 스킬 같은 것으로만 시를 쓴 것 같다는 자기 판단도 있어요. 물론 독자들은 제 시를 보고 전혀 다른 걸 느낄 수도 있고 다른 생각을 할 수도 있지만요. 아무튼 지금이 시를 쓰는 데 유리한 상황은 아니긴 하

지만, 제가 시인치고는 긍정적인 편이라서 한 일 년 정도 있으면 또 나아지지 않을까 생각하고 있어요.

시인과 아빠 그리고 딸아이

서효인 시인과 인터뷰를 하면서 첫째 딸아이 은재 이야기를 안 할 수가 없다. 은재는 태어날 때 다운증후군 진단을 받았다. 은재에 대한 이야기는 특별한 것도 아니고 특별하지 않은 것도 아니지만, 시인에게 은재가 각별하고 좀더 간절한 대상임에는 분명하다. 그는 은재의 둘도 없는 아빠이고 은재에게 생명을 불어넣어준 장본인이니까. 우리 사회가 일반과 조금 다른 것을 가진 이에게 결코 너그럽지 않은 고약함을 가진 사회임을 상기할 때, 은재에 대한 아빠의 태도가 방만할 수만은 없을 것이다. 그는 은재와 자신을 위해, 그리고 이 사회의 야만성에 항의하기 위해 무언가라도 해야 했다. 그는 은재 이야기를 사람들이 다 보는 자신의 페이스북에 올리기 시작했고, 그러면서 자신 안에 자기도 모르는 사이 스며들었을 두려움이나 자책감을 조금씩 조금씩 다스렸던 것 같다. 그러면서 아빠의 마음을 다잡았던 거겠지. 그는 페이스북에 쓴 글을 바탕으로 이야기를 보태 산문집 《잘 왔어 우리 딸》(난다, 2014)을 펴냈다. 서효인은 그 책 머리에 이렇게 썼다.

"다운증후군은 병명이 아니다. 특별한 염색체가 발생시키는 여러 불편함을 통틀어 일컫는 말이다. 은재는 특별한 염색체를 타고났지만 알고 보니 그런 친구들은 많았다. 동시에 모든 아이가 그렇듯이 은재라는 아이는 단 하나다. 나는 아이의 고유성과 일반성 사이에서 갈등했다. 내 특별한 아이가 평범하기를 바랐다. 하지만 세상 모든 아이는 일반적으로 빠짐없이 특별하다는 걸 잘 몰랐다. 나중에 알았다."

김도언 불편한 질문일 수도 있는데, 은재가 처음에 다른 아이들과 다르다는 걸 알았을 때 어땠어요? 그리고 지금은 어떻게 생활하고 있는지.

서효인 태어나서 알았어요. 과호흡증 때문에 아이가 바로 나왔는데, 외양을 보고 의사가 바로 알더라고요. 그래서 저 자신이 별로 축하를 못해줬던 거 같아요. 내 아이가 태어났는데, 괴로워한 이삼 일의 시간이 굉장히 죄책감으로 남아요. 그 죄책감이 산문집을 쓰게 했고, 그걸로 해소가 다 된 거는 아니지만, 그냥 가지고 살 것 같아요. 그런데 키워보니까, 저는 정말 괜찮아요. 우리 가족도 괜찮고요. 정도의 차이는 있겠지만, 다운증후군이 있는 아이치고는 고맙게도 건강한 편이에요. 상대적으로는 편안해요. 잔병치레도 오히려 둘째가 더 많아요. 대신에 지금 가장 두려운 건, 얘는 지금 모르잖아요, 자신이 어떤 사람인 걸 모르잖아요. 몇 년 남지 않았겠죠. 그런데 나는 다른 사람과 다르다, 나는 장애인이다, 이런 걸 깨닫는 순간이 올 텐데, 그때가 저는 두려워요.

김도언 그때 그 아이가 겪을 좌절이나 고통이 두렵다니, 아빠로서 참 솔직한 말이네요. 어쨌거나 은재가 나중에 자신이 다른 친구들과 다르다는 걸 알았을 때, 아빠로서 격려하고 위로하는 말을 어떻게 할지 지금부터 생각해야 하지 않을까요. 이건 중요한 것 같은데, 우리 사회에 존재하는 수많은 편견, 차별에 대한 시인으로서의 태도와도 연결되니까. 시인이면서 아빠로서 말이에요.

서효인 이런 경험을 하면서 발달장애인, 특히 다운증후군에 대해 알게 되고 접촉이 늘어날수록 이렇게 생각하게 됐어요. 그들이 행복하다면, 우리 사회가 이 정도는 아닐 거라고요. 그리고 진짜 장애가 있는 자들이 누구인가에 대한 고민을 했어요. 모두가 각자 장애가 있는 거 같아요. 사회도 장애가 있고요. 은재에겐, 너는 제도에 의해 결정된 장애를 가진 거다, 다른 사람도 다 장애가 있고 약한 지점이 있고 강한 지점이 있다, 너도 너만의 강점이 있다고 말해주고 싶어요.

서효인 시인은 이십 대 중반에 시인이 되었고, 결혼을 했고, 지금은 사랑하는 식솔을 둔 한 집안의 어엿한 가장이다. 또한 중대한 모색을 해야 할 시점에 와 있는 회사의 중요한 구성원이기도 하다.(인터뷰 후 가진 뒤풀이에서 그는 폐간된《세계의 문학》을 대신할 새로운 잡지의 창간 작업이 이미 시작되었다고 말했고 그 작업에 자신도 참여하고 있다고 했다.) 그러는 사이 십 년이라는 시간이 그의 앞을 휙 지나갔다. 문학적 생애의 첫 십 년 동안 한 인간으로서, 남자로서, 그리고 시인으로서 그는 누구보다 치열하게 자신의 진화를 기획하고 구성했으며 실행했다. 때로는 영광도 있었고 좌절도 있었을 것이다. 기쁨과 슬픔도 차례차례 오고갔을 것이다. 하지만 그는 자신을 흔들기 위해 외부로부터 달려드는 감정에 포획되지 않는다. 그는 풍속 안으로 걸어들어가지 않고, 놀라운 균형감과 분별력으로 풍속의 자장에 머물며 풍속을 기록하는 관찰자다. 이 관찰자의 시선은 통찰과 분석에 두루 능하다. 그는 시인에게 여전히 이재나 광기나 기벽을 기대하는 사람들을 보기 좋게 배신하면서, 자신이 믿는 삶과 문학의 가치를 밀고 나아가는 생활 예술가다. 그리고 조금만 거리를 두고 보면 그 생활 자체가 믿을 수 없는 기벽이나 광기처럼 보이는데, 그게 안 보인다면 그는 21세기의 시가 어디쯤 가고 있는지를 잘 모르는 사람이다.

서효인 | 1981년 전라남도 목포에서 태어났다. 2006년 《시인세계》 신인상에 당선되어 등단했다. 《소년 파르티잔 행동 지침》《백 년 동안의 세계대전》 등의 시집을 냈다. 그 외에 산문집 《이게 다 야구 때문이다》《잘 왔어 우리 딸》을 썼다. 2011년 김수영문학상을 수상했다.

황
인찬,

응시의 감각과 정직한 조율사

내가 되고 싶었던 것은 부자의 아내 창밖으로는 삶이 부서지지 않는 풍경이 펼쳐져 있고, 복도에 울려 퍼지는 내 아이의 이름이 있는 / (…) / 내가 되고 싶었던 것은 내가 되고 싶었던 것 / 하지 말아야 할 것은 해서는 안 되는 것

– 황인찬, 〈풍속〉 중, 《희지의 세계》(민음사, 2015)

모험을 보여주지 않는 모험의 시인

2014년 12월 세밑의 어느 날 실천문학사에서 주관한 송년 모임 술자리에 갔다가 황인찬 시인을 만났는데, 그와 인상이 비슷한 다른 시인의 이름을 대며 모 시인 아니냐고 묻는 실례를 범했다. 계간《실천문학》의 편집위원 자격으로 그 자리에 나와 있던 그는 사람 좋게 웃으며 내 착시를 부드럽게 받아넘겼다. 그리고 일 년여가 지나 그와 나는 인터뷰이와 인터뷰어의 관계로 마주 앉았다. 그와의 인터뷰를 준비하는 과정에서 그의 시집과 산문을 찾아서 읽고, 그가 여러 곳에서 행한 발언 등을 확인한 지금 나는 2014년 12월의 일을 다시금 상기하게 되었다. 자신을 다른 사람과 착각한 이에 대해 그가 취했던 대수롭지 않다는 태도에 대해서. 과장으로 하는 말도 아니고 억지스러운 내포를 엮으려고 하는 말도 아닌데, 나는 그것에서 시에 대해 시인 황인찬이 갖는 특유의 자의식, 내 식으로 표현하자면 '백치적 절대성'이라고 할 어떤 태도를 먼저 발견한 느낌이었다.

그는 현재 한국 시단의 가장 뜨거운 주목을 받고 있는 젊은 시인이다. 1988년에 태어났으니 이제 만 스물여덟인데 이미 인상적인 두 권의 시집을 한국 시단에 돋을새김한, 현재로서는 딱히 비교 대상을 찾기 어려운 우량주다. 1988년은 많은 사람들에게 서울 올림픽이 열렸던 해로 기억된다. 변방 극동아시아의 개발도상국이었던 한국에 모처럼 세계인의 시선이 몰리게 했던 올림픽은, 역사적 내상이 깊은 한국인의 열등감을 다소간 보상해준 정치적 협상의 결과물이었다. 물론 그해에는 올림픽 말고도 여러 가지 사건이 있었다. 소련의 서기장 고르바초프는 페레스트로이카(개혁정책)에 착수했고, 한국에선 노태우 대통령이 취임했으며, 지리멸렬한 전쟁을 벌이던 이란과 이라크는 정전 협정에 서명했고, 미국은 자국 무역을 보호하는 포괄무역법안, 일명 '슈퍼 301조'를 통과시켰다. 이 밖에도 진보지를 표방한 〈한겨레〉가 창간됐고 마이크로소프트사는 윈도우 2.1을 출시했으며, 훗날 고유한 자기만의 영역을 개척한 두 명의 뮤지션 신해철과 이상은이 가요계에 데뷔했다. 인기 아이돌그룹 '빅뱅'의 멤버 태양과 세계적인 영국 가수 아델이 태어난 것도 바로 그해다.

젊은 시인이 태어난 해에 일어난 일들을 이렇게 나열해본 것은, 시공을 가득 채운 풍속과 기호들의 세례를 받으며 한 시인의 시적 상상력과 리듬이 창조되었으리라는 가설을 분명히 전제하고 있는 것이거니와, 황인찬 시인이 도정하고 있는 한국 시의 새로운 세대론적 의미에 대해 나름의 객관적 감수성을 확보하기 위한 것이기도 하다. 실제로 온라인게임과 아이돌 그룹의 광팬인 그의 세대와 그의 시간에 대해 적절한 감수성을 가지는 것은, 곧 그의 시를 바라보는 유효한 관점과 심리적 거리를 확보하는 일이기도 할 테니까. 문득 일전에 김경주 시인에게서 전해들은 이야기가 떠오른다. 젊은 시인들의 시를 쓰는 태도에 대해 말하면서 그는 이런 이야길 들려줬다. 요즘 젊은 시인들은 시를 하나의 유희 대상으로, 오타쿠적 취미의 아이템처럼 대한다는 것. 거기에 엄숙함이나 비장함이 끼어들 여지는 거의 없다고. 그의 말을 전적으로 황인찬 시인에게 적용시키기는 어려워 보이지만, 황인찬 시인에게도 '오타쿠적'인 어떤 정신의 태도가 있는 것은 분명해 보인다. 그것은 일종의 편집증paranoia의 세계다. 편집증이 시적 진술의 전략으로 채택될 때 그 진술에 균형과 질서를 도모하려는 외부의 욕망은 시적 자아에 의해 의도적으로 무시된다. 그것은 그가 두 번째 시집에 붙인 제목 '희지의 세계'가 그가 즐겨 읽었다는 만화 제목 '미지의 세계'의 착각에서 온 것임을 아무렇지 않게 자인하는 것처럼, 자신이 받아들인 것을 즉자적으로 정물화하는 과정에 확인된다. 그가 편견이나 억압 없이 즉자적으로 받아들이는 대상은 아무런 의미 값이나 서열이 매겨지지 않는다.

황인찬은 비교적 최근에 행한 한 인터뷰(〈채널예스〉 인터뷰, 2015년 11월 18일)에서 이런 말을 한 적이 있다.

> 메시지를 던지는 건 정말 의미가 없어요. 아주 일시적이고, 심지어는 내가 무슨 메시지를 갖고 있었는지 나도 잘 몰라요. 그런 건 다 착각이에요. 내가 정말 중요하다고 생각해서 고른 말이, 오히려 그 말을 선택하는 순간 훼손돼요. 손상되고 아무것도 아닌 덜떨어진 종류의 말로 메시지가 갈 수밖에 없어요. 말하자면 '내가 말하고 싶은 것은 이것이오' 하고 짚어서 전달하는 게 아니고, 그물을 더 넓게 펼쳐서 던지는 거예요. 그러는 편이 원래 내가 갖고 있던 문제의식, 생각, 진정성을 덜 훼손시켜요.

메시지를 의식하지 않고, 자신이 말하고 싶은 것을 구조화하지 않고 더 넓게 펼쳐서 그대로 던지는 것, 그것은 마치 아이가 처음 배운 말을 혀를 움직여 공중에 던지는 것처럼 백치적으로 순결한 행위다. 그 순결한 행위에 풍속과 정직하게 호흡하는 즉자적 편집증이 입혀질 때, 황인찬의 새로운 문법이 탄생하는 것은 아닐는지.

이쯤해서 한국 시의 애독자로서 그의 시에 대한 개인적인 인상을 고백하자면, 그의 시는 언어적 구조와 직관의 극단적 모험으로 가득 차 있는 것처럼 보인다. 언어의 첨단을 갖기 위해 극단의 모험을 감행하지 않는 시인이 과연 어디 있겠냐 반문하는 이가 있다면, 나는 이렇게 대답하고 싶다. 모험을 보여주는 일은 사실 생각보다 쉬운 일이라고. 진짜 모험은, 자신이 모험 중인 것을 감추는 것이라고. 다시 말해 다른 사람이 모르는 사이 모험을 감행하는 것, 그것이 진짜 모험이라고. 황인찬은 그걸 할 줄 아는 시인이 언어의 진정한 모험가임을 동물적으로 알고 있는 시인이다. 물론 이 말은 어떤 정치한 분석을 근거로 하는 말이 아니라 여전히 모호한 인상에 빚지고 있다. 그리고 이 세상이 모조리 소멸할 때까지 확인되지 않을 것이다.

젊은 시인은 약속 시간에 십여 분 늦었고, 우리가 만나기로 한 카페에서는 인터뷰 중에 촬영을 허락하지 않았다. 두 번째 들어간 카페에서도 퇴짜를 맞았다. 귀가 시려울 정도로 추운 날씨에 상수동 일대를 헤매다가 겨우겨우 네 번째 들어간 카페에서 그와 마주 앉았다. 그에게 가장 궁금했던 것은, 아스팔트 키드에서 오타쿠 세대로 이전되는 문화적 지표를 갖는 그의 성장 환경에 대한 것이었다. 그러니까 '응답하라, 1988'.

부모가 권고하는 신앙과의 충돌

김도언　경기도 안양 출신이고, 서울 올림픽이 열린 1988년에 태어났고, 스물셋이었던 2010년에 《현대문학》으로 등단했어요. 대부분의 작가와 시인들은 가족으로부터 지울 수 없는 영향 같은 걸 받는데 황인찬 시인의 경우는 어떤 편인지. 성장기는 어땠고 부모님과 형제들은 어떤 분들이었나요.

황인찬　성장기에 제겐 큰 딜레마가 있었어요. 아버지가 목회를 하시는 분이거든요. 그런데 장남인 제가 자라면서 신앙을 못 가진 거예요. 신앙을 갖는 데 실패했다고 하는 표현이 더 맞을 것 같아요. 그래서 그것에서 벗어나려고 애를 많이 썼는데, 결국 대학을 가고 부모님이 계신 집을 나오면서 가까스로 그걸 이룰 수가 있었어요.

김도언　아버지가 목사님이라는 거죠? 신앙 문제로 불화가 있었어요?

황인찬　아니요. 딱히 두드러지는 불화는 없었고요. 제가 속으로 그냥 불편해하는 편이었죠. 저희 집이 굉장히 독실한 기독교 집안이거든요. 그런 분위기 안에서 제가 겉돌았으니까요. 어릴 때부터 어머니가 저를 앉혀놓고, 인찬아 너는 하느님의 사람이니까 세상 사람들과는 다르게 살아야 해, 이런 말씀을 매일 하셨는데, 그게 부담이 되었던 게 사실이에요. 제게는 부모님과 교회가 떼놓을 수 없는 거라서요. 부모님에 대한 어떤 불만이나 반항심 같은 게 신앙을 갖지 못한 원인일 수도 있고요.

김도언 그게 억압으로 다가왔을 수도 있겠네요.

황인찬 그런데 제가 다행히 흘려듣는 걸 잘하거든요. 마음에 오래 쌓아두지 않는 편이에요. 그리고 대학 입학 후 집에서 나오게 되면서 자연스럽게 부모님이 제 입장을 납득하게 되신 듯해요. 저도 그때 최소한의 정신적인 독립을 했던 것 같아요.

김도언 독립이라는 말이 나와서 하는 얘긴데요. 빨리 어른이 되고 싶다고 말한 걸 봤어요. 그리고 시를 읽어봐도, 성장 서사에 대한 욕망이나 자의식이 느껴지고요. 황인찬 시인의 시에 대해서 개인적으로 깊은 인상을 받은 것이, 호기심이 왕성한 소년의 이미지가 시 속에 있다는 거예요. 어른이 되고 싶다는 욕망이 다 채워졌을 때, 어른으로 표상되는 성숙한 시적 자아가 시적 발화를 이끌 때, 소년일 때 가질 수 있는 여러 가지 호기심이나 궁금증 같은 것이 방해를 받을 수도 있잖아요. 빨리 어른이 되어버린 사람들은 조로를 할 테니까요. 예를 들어서 랭보도 스물몇 살 이후로는 시를 못 썼고 장정일 같은 시인도 나이 들어서는 소설로 전향했고요. 어른이 되고 싶은 마음과 소년으로서 호기심을 지키려는 태도 사이에 모순은 없었을까요?

황인찬 그런데 말씀하신 소년의 이미지로서 제 시적 자아가 갖는 호기심이 없어질 거라고 생각은 안 해요. 당연히 어릴 때 반짝반짝하는 감수성이나 상상력이 있고 젊을 때만 할 수 있는 게 있고, 그와 동시에 늙지 않으면 할 수 없는 것들이 있겠죠. 그런데 저는 변하지 않는 게 분명 있을 거라고 생각해요. 제가 문학 작품에서 좋아하고 항상 감탄했던 것들은 운 좋게 잘 가지고 태어난 반짝이는 재능 같은 게 아니고 오랜 시간을 견뎌서 만들어낸, 그래서 한 명의 시인이나 작가로 완성시켜주는 그런 것들이에요. 저는 그래서 랭보나 기형도 같은 시인은 별로 좋아하지 않아요. 그들의 재능은 배울 수 있는 것도 아니잖아요. 배울 수 있는 건 태도겠죠. 점차 자신을 완성시켜가는 자세, 그러면서 자기 복제를 하지 않는 것, 그렇게 희소한 태도를 견지한 작가들에게 감동을 받아요.

김도언 예컨대 황인찬 시인이 영향받은 시인이라고 여러 자리에서 고백한 이승훈 시인도 그런 경우인 것 같네요. 그리고 제가 볼 때는 박상순 시인도 좋아했을 것 같은데, 아닌가요?

황인찬 네, 그렇죠. 맞아요. 제가 제일 좋아하는 시인들이에요. 그런데 또 빨리 어른이 되고 싶다는 마음은 그분들의 세계를 갖는 것과는 좀 다른 거라고 생각해요. 저는 지금 이십대가 가지는 불안함을 그대로 느끼고 있으니까요. 이걸 부인할 수는 없죠. 지금 이 시기는 어쩌면 아무것도 아닌 시기인 거 같아요.

종교적인 억압에 대해 말할 것 같으면, 나는 그와 능히 동병상련의 정을 나눌 만하다. 나 역시 외가 쪽에서 대대로 계승된 신앙인 개신교를 일방적으로 강요받으면서 고통스러운 성장기를 보냈으니까. 그 믿음의 강요에 대한 거역과 반항은, 과장된 죄의식과 더불어 낭만적으로 풍화된 정신적 소외를 자초하게 한다. 일종의 '배교자'로서의 위악적 포즈를 자기 몸에 불가피하게 들여놓게 될 공산이 크다는 것이다. 물론 이것은 진부한 것이다. 배교자의 위악으로는 어떤 시적 결기도 보여줄 수 없다. 그것을 보다 자연스럽게 통과시켜버리는 자세, 믿음과 신앙의 체계와 부딪혔던 기억을 골똘한 파라노이아의 태도로 마모시키는 불수의적인 전략, 아마도 그것이 첨단의 세련된 양식에 가닿는 것이리라. 역시나 단정적인 직관으로 말하거니와, 목회를 했던 아버지의 기대와 독실한 신앙의 가풍에서 스스로 튕겨나는 동안, 시인 황인찬의 내면에는 그와 같은 체험이 아니었으면 결코 만들어지지 않았을, 그러니까 고독하고 불안하고 위험한 정신적 모험을 기꺼이 받아들이는 어떤 성숙하면서도 유연한 태도가 만들어졌을 것이다. 그리고 그 태도가 예의 균형과 질서 같은 정언적 체계마저 무화시키는 즉자적이면서 편집증적인 세계를 기술하는 특유의 문법을 만든 것은 아닐는지.

자신을 배반하려는 시도

김도언 원하든 원하지 않든 등단 이 년 만에 김수영문학상을 받으면서 엄청난 주목을 받았고 그런 주목이 두 번째 시집을 낸 최근까지 이어지고 있어요. 그것에 대한 개인적 소회가 궁금합니다.

황인찬 너무 여러 가지인데요. 일단은 큰일났다 싶은 생각이 제일 먼저 들었어요. 언제나 과분한 말들을 듣게 되면서 속으로 나는 그만큼은 아닌데, 하는 불안이 일기도 했고요. 그러면서 솔직히 사람들이 좋다고 말해주니까 기분이 좋기도 했지만요. 결국에는 여기서 빨리 도망가고 벗어나야지 하는 마음이 들더라고요. 그러니까 감사하면서도 거기서 도망가고 싶은 그런 마음이 있는 거 같아요.

김도언 도망간다는 게 어떤 의미죠?

황인찬 그게 약간 여러 가지 맥락이 있는데, 일단 사람들이 좋다고 하는 걸 계속하는 것에 제가 더 이상 재미를 못 느낀다는 것인데요. 첫 시집을 내기 전부터 사람들이 제 시에 대한 이야기를 할 때 들었던 생각은 아, 내가 이러다가 되게 빨리 소비되겠구나, 빨리 소비되고 금방 사라질 수도 있겠구나, 하는 생각이었어요. 그러면 그렇게 빨리 소비되는 것에 내가 어떻게

지금은 참조할 서양의 흐름이나 사조가 없어요.
전 세계적으로 경제적인 전망이 악화되면서
예술이 위축되는 것과 영향이 있는 것 같아요.
이 형편없이 쪼그라든 멘탈로
경쟁 사회에서 어떻게 예술을 할 것인가,
어떻게 자생할 것인가의 문제만이 던져져 있다는 거죠.

대처해야 할까, 하는 생각을 같이 했던 것 같아요. 그때 이런 생각을 했죠. 사람들의 기대에 계속 부응하려고 노력하는 것보다는 그들의 기대를 계속 배반하려고 움직이는 쪽이 내게 의미가 있고 모두한테도 좋은 일이겠다는. 그런 생각을 첫 시집이 나오기 전부터 했어요.

김도언　　첫 시집 나올 때쯤 사람들이 나한테 응당 기대하는 것을 배반하려는 시도를 했다는 거군요.

황인찬　　네, 첫 시집을 내면서 답답한 게 많았거든요. 왜냐하면 이미 이런 저런 이유로 방법론에 질려 있었고, 어떤 건 이제 그만하고 싶고, 어떤 건 조금 더 하고 싶고, 더 하면 더 잘할 수도 있을 것 같은데 그랬다가는 제가 원하지 않는 방향에서 제 시가 고정될 것 같은 거예요. 사람들은 잘 보이는 것만 보려고 하니까요. 저는 그렇게 제가 고정된 형태로 사람들에게 규정되는 게 싫었어요. 첫 시집 묶으면서 차분하게 시를 돌아보면서 많은 생각들이 오갔어요. 한 권의 시집을 어떻게 구성해야 하는지, 어떻게 통일성을 기해야 하는지도 고민했고, 시집을 묶고 내보내면서 제 시적 관심을 어떻게 정리할 것인지 생각했죠. 그것 말고 이제 내가 할 수 있는 다른 걸 하고 싶다는 열망도 커지고 있었고요. 어쨌거나 일단 한 권의 시집을 완성시켜야겠다는 생각이 가장 컸어요. 그걸 위해 다른 걸 하고 싶은 마음을 잘 다독이자고 했어요. 참고 한동안은 몇 편 만들어서 잘 하자, 그런 마음으로 한 일 년 정도는 더 썼던 거 같아요.

김도언 네, 그렇게 해서 2012년에 《구관조 씻기기》(민음사)를 내고, 2015년에 《희지의 세계》를 냈는데, 본인 입으로 직접 이 두 시집의 변별점 같은 걸 이야기해줄 수 있나요?

황인찬 첫 시집 같은 경우 많은 비평가들의 이야길 접하면서 좀 당황했어요. 다는 아니지만, 내가 이렇게까지 들통나기 쉬운 걸 썼구나, 이런 생각이 들었거든요.(웃음) 정말 제가 생각한 걸 평론가들이 많이 얘기하더라고요. 예컨대 시적 대상을, 세계를 잠깐 멈춰서 보는 게 첫 시집에서 하고 싶은 거였거든요. 잠깐 멈춰서 거리를 두고 손 안 대고 보는 것. 그게 필요하다고 생각했고요. 그런데 첫 시집을 그렇게 내고 나서 그게 진짜 쓸모없고, 아무것도 아닌 거구나를 알게 된 거 같아요. 세상이 내가 생각하는 것과 다르고 사람들이 중요하다고 생각하는 것이 정말 다르구나, 이런 생각이 들었죠. 혼자 그렇게 멈추는 건 아무 의미가 없더라고요. 다 멈추거나 다 안 멈추거나 해야 어떤 의미가 있을까…… 혼자 멈추는 건 별 의미가 없다는 걸 깨달은 거죠. 그러면 두 번째 시집에서는 무얼 말해야 하나, 하는 생각에 많은 고민을 했어요. 이것저것 들춰보기도 하고 화를 내기도 했어요. 두 번째 시집은 그런 고민들이 들어간 시집이에요. 첫 시집은 터치가 별로 없는데, 두 번째 시집에서는 대상하고 터치하는 부분이 훨씬 많이 늘어났다는 생각을 하고 있어요.

김도언 이해가 돼요. 두 번째 시집은 제 독법에 의하면 또래 세대의 취향,

정서, 고민 같은 것들을 가급적 기존의 시적 포즈나 색깔을 희박하게 하면서 공감각적 상상력과 독특한 리듬을 가진 산문 구조로 녹여냈다고 생각하거든요. 자신의 스타일이 두 번째 시집에서 무르익은 것 같은데, 이런 스타일을 세 번째 시집, 네 번째 시집에서도 심화시킬 것인지. 아니면 정말 황인찬의 기존 독자들이 예상하지 못했던 어떤 새로운 세계를 보여줄 생각인지.

황인찬　제가 하고 싶은 건 가능한 한 전혀 다른 세계로 전혀 다른 모습을 보여주면서 가는 거예요. 아까 박상순 시인 이야기도 나왔지만, 그분이 왜 시집을 드물게 내는지 알겠더라고요. 이제야 이해를 했어요. 왜 시집을 세 권만 내고 안 내시는지. 그분이 문예지 발표하는 걸 보면 시를 안 쓰는 건 아니거든요. 그런데 시집은 안 내는 거예요. 시집을 안 내면, 그 자리를 정리하지 않고 계속 더 모색하면서 움직일 수 있어요. 책을 안 내면 내가 머물고 있는 세계를 정리할 필요가 없는 거죠. 그래서 박상순 시인이 시집을 묶지 않는 것 같다는 생각이 들어요. 그러니까 저는 서둘러서 무엇에 쫓기듯 자신이 머물던 세계를 정리하고 시집을 내는 건 별 의미가 없다고 생각해요. 그런데 시집을 묶어낸 이후 다른 세계를 보여주지 못하고 무의미한 자기 복제를 거듭하는 시인들도 있는 것 같더라고요. 그럴 바에는 자기 자리에서 계속 모색하는 게 더 낫다는 생각이 들어요. 말 그대로 자리를 정리 안 하고 편하고 자유롭게 움직일 수 있잖아요.

소년, 오타쿠, 시인의 이미지들

김도언 개인적으로 아까 황인찬 시인의 캐릭터에 소년 같은 이미지가 있다고 했는데, 조금 더 구체적으로 이야기하면 황인찬 시인의 이미지는 어떤 백치적인 '오타쿠', 이런 것도 보이고, 개인주의, 몽상과 현실의 경계를 즐기는 모더니스트, 이런 것들이 오버랩되어 보이거든요. 어떤 비평가는 유물론적 미니멀리스트, 라고 표현한 것도 봤고요. 얼핏 보기에는 보통의 시인들이 가지고 있는 깊은 내상, 트라우마나 어떤 정한, 이런 것이 없어 보이는 게 특이해요. 실제로 그런지? 아니면 그런 걸 안 보이게 위장하고 있는 건지.

황인찬 그런 것이 없을 순 없어요. 저는 그런 내상이나 고통을 드러내는 게 좀 부끄럽더라고요. 아프다는 말을 내뱉는 게 남세스럽게 느껴져서 못 하겠더라고요. 어떤 강렬한 감정에 사로잡히는 건 고등학교 때 많이 했거든요. 드라마 광팬이어서 드라마 속에서 살다시피 했는데, 어느 순간 내가 진짜 '쪽팔린 짓'을 하고 있었네, 하는 생각이 드는 거예요. 사실 저를 추동하는 가장 큰 감정이 부끄러움이거든요. 저는 부끄러운 게 싫은 거예요. 부끄러움이 생각보다 무척 강력한 감정이잖아요. 저는 분노나 슬픔, 기쁨보다 부끄러움을 더 크다고 느끼거든요. 그래서 사실 시적 대상을 손을 대지 않고 지켜본다는 저의 어떤 태도도 그런 성격에서 영향을 받은 것 같아요.

터치하는 순간 관계가 발생하는데, 그때부터는 부끄러워지니까요.

김도언　어떤 의미에서는 자기 자신에 대한 숭고미, 고결함, 그런 걸 추구하는 것 아닌가요?

황인찬　오히려 자기혐오에 가까운 거 같아요. 내가 잘나고 고결해서 그런 게 아니라, 부끄러워지면 죽고 싶을 정도로 너무 싫거든요. 자기혐오가 일어나는 감정을 피하기 위해 지켜보는 절대적인 거리가 필요한 거죠.

세상에는 이미 너무나 많은 시인들이 있고, 그들은 서로 접촉하면서 다양한 연을 맺는다. 그러한 가운데 많은 시집들이 스승이나 선배 시인의 영향 하에서 계열화되거나 유형화되고, 어디서 본 듯한 기시감을 안겨주는 경우도 있다. 그것이 계승이라는 이름으로든, 패러디나 키치 같은 전략적 개념으로든, 아니면 트리뷰트나 오마주의 의미로든, 시들이 어떤 좌표 안에서 동일한 운행을 보이는 것은 현대시의 풍속에서 새삼스러운 일도 아니고 비난받을 일도 아니다. 그런데, 그것이 불가능한 것이라고 해도 시인은 자기만의 문법과 발성을 끝없이 찾는 존재여야 하고, 그 불가능한 꿈을 포기하지 않는 태도 속에서 가장 극적인 존재 증명을 할 수 있다. 그런 점에서 황인찬 시인의 시편들이 보여준 선명한 이색은 근래에 출현한 젊은 시인들의 그것과 비교할 때 가장 돌올한 것으로 평가받는다. 그가 들려주는 시적 자아의 목소리는 마치 처음 말을 배우는 자폐아의 그것과도 같은, 혹은 뇌졸중으로 언어가 퇴화한 달변가의 슬픈 혀 같은 느낌이 든다. 비문인 것 같은데도 의미가 흘러나오고 정언인 것 같은데도 의미가 증발해 버리면서, 그 과정에서 언어가 깃든 자리가 신비하리만치 명징하게 드러나는 것이다. 해변, 교실, 바다, 종로 같은 익숙한 공간을 부조리한 한 행의 획으로 순식간에 연극적 공간으로 치환시키는 미장센도 어지간하다. 어눌한 말투와 생략되고 뒤틀린 문장, 이것들이 소격효과마저 자아내면 그의 시적 공간은 미증유의 우주가 된다. 이런 감각은 어떻게 만들어지는 걸까.

김도언 특유의 시적 문법과 목소리를 갖기 위해 어떤 연습을 했나요? 타고난 것인가요?

황인찬 글쎄요. 그건 아닌 것 같아요. 제가 사실 나름대로는 시 쓰기 전에 준비를 많이 해요. 다른 시인들의 시를 열심히 읽어요. 시집이 나오면 거의 다 읽고 확인하죠. 그러면 누구는 같고 누구는 다른가, 이런 게 보이고 더 나아가면 아무도 하지 않은 말과 아무도 만들지 않은 세계까지도 보이거든요. 제가 습작할 때 황병승이나 김행숙 시인을 무척 좋아했어요. 정말 사랑하는 시인들이었는데, 나도 모르게 그분들을 따라하기도 했어요. 그래서 칭찬도 듣고 그랬는데, 이걸 내가 아무리 잘해도 내가 황병승이나 김행숙 시인만큼 탁월하게 할 수는 없는 거잖아요. 이런 생각이 딱, 드는 거예요. 그래서 의식적으로 방향을 바꿨어요. 다른 시인이 가지 않는 길을 가는 게 맞다는 생각이 든 거죠. 그런 게 체화되면 의식을 안 해도 다른 길을 이

미 가고 있는 자신을 발견하게 돼요. 그 다른 길이 바로 제 길인 거죠.

김도언 샤이니나 엑소 같은 아이돌그룹에 열광한다고 들었어요. 확실히 대중문화적인 취향도 있는 것 같고, 감각적인 유희 같은 것도 추구하고. 그걸 저속한 거라고 밀쳐두지 않고 아무 편견 없이 감각적으로 받아들이는 태도가 있는 것 같아요. 그런데 황인찬 시인이 시를 통해서 주로 보여준 건 응시와 관조라는 거죠. 그런데 그 응시와 관조라는 게 방금 이야기한 감각을 촉지해내는 능력과 다른 욕망일 수도 있잖아요. 그런 게 어떻게 시에서 합치될 수 있는지 궁금해요. 다시 이야기하자면, 감각적인 유희를 받아들이는 태도가 있는데, 응시하고 관조하는 건 어떤 의미에서는 감각을 잘라버리는 것이잖아요. 보기에는 이게 양립할 수 없을 듯한데, 시에서는 조화롭게 드러나더군요.

황인찬 저는 그 두 세계가 딱히 분리되는 거라고 생각해본 적이 없어요. 그냥 어떤 중심적인 태도가 있는 거고 그 태도를 구성하고 구축해나가는 감각이 있는 거라고 생각해요. 제가 어떤 대상을 응시한다고 해서 그게 팔, 다리가 잘리는 일이라고 하기 힘들고요. 오히려 저는 그렇게 아무것도 안 하고 지켜보기만 하는 것이 되게 감각적이고 어떤 의미에서는 포르노적이라고 생각했거든요. 다른 걸 다 지우고, 오히려 하나만 보여주는 게 어쩌면 더 외설적인 방식이구나, 그런 생각도 했고요. 그래서 딱히 분리된다는 생각은 들지가 않아요.

김도언 황인찬 시인의 시 세계에서는 제가 '현상학적인 전복'이라고 표현하고 싶은 것들도 보이더라고요. 이를테면, 우리가 고깃집에서 쓰는 가위를 보면 냉면을 자르던 가위, 고기를 자르던 가위, 이런 것이 연상되면서 익숙한 정보들이 따라오는데, 그냥 그 가위를 가위 자체로 보는 거죠. 은빛 날이 두 개 있고, 동그란 테가 두 개 있고, 손잡이인 걸 알지만, 모르는 것처럼 말이죠. 그런 것들이 황 시인의 작품들에서 보이는 것 같더라고요.

황인찬 네, 제게 그런 태도가 있는 것 같아요. 생경하게 묘사하려고 의식적으로 애를 쓰는 건 아니고요. 예컨대, 제 시 속에 교실이나 숲이나 공원이 나오는데, 제가 그걸 딱히 좋아해서 쓰는 건 아니거든요. 그런 공간이 사람들에게 공통적으로 불러일으키는 상像이 있어요. 그게 워낙 대중매체를 통해 재현이 많이 되어서 사람들한테 비슷한 정서와 감각을 불러일으켜요. 그러면 저는 그것들을 가져와 그냥 그대로 쓰는 거예요. 그냥 그대로 쓰는 것만으로도 생경해지더라고요. 거기에 제 관점을 얹지도 않고 별로 손질도 안 하는데, 그것만으로 충분히 생경해지는 걸 느꼈어요. 그게 텍스트의 특성 같기도 하고요.

레퍼런스가 없는 또래의 세계

김도언 지금 비슷한 또래들과 동인 활동을 하고 있죠? '는' 동인이라고. 김승일, 박성준, 최정진 등이 속해 있다고 들었어요. 아까 얘기한 황병승, 김행숙 등이 바로 윗세대 시인인데, 황인찬 시인 또래가 열어가고 있는, 전 세대와 구분 지을 수 있는 시사적인 의미와 가치는 뭘까요?

황인찬 저는 제가 시인이 된 2010년대가 지지부진한 시대라는 생각을 하고 있어요. 그게 가장 큰 차이일 것 같아요. 1980년대, 90년대, 2000년대가 명확하게 구획되는 어젠다가 있다면, 2010년대는 그렇게 구획될 만한 어젠다가 없다고 생각해요. 제 생각에는 문학만 그런 게 아니라 다른 예술도 마찬가지인 것 같은데, 2010년대가 '레퍼런스'가 없는 시대인 것 같아요. 지금은 참조할 서양의 흐름이나 사조가 없어요. 전 세계적으로 경제적인 전망이 악화되면서 예술이 위축되는 것과 영향이 있는 것 같아요. 이 형편없이 쪼그라든 멘탈로 경쟁 사회에서 어떻게 예술을 할 것인가, 어떻게 자생할 것인가의 문제만이 던져져 있다는 거죠. 제가 아이돌을 좋아하는데, 2000년대까지 나온 아이돌의 경우 끊임없이 미국 팝들을 따라하고 수입해오는 게 많았어요. 그런데 2010년 아이돌들을 보면 이제 다시 1990년대 말, 2000년대 초 한국 아이돌들을 복제한 거예요. 그러니까 레퍼런스가 외국에서 1990년대 2000년대 한국으로 옮겨온 거예요. 우리 세대가 느끼는 한국 시에 닥친 위기는 문화적 차원에서의 레퍼런스가 없다라는 걸 얘기하고 싶어요.

김도언 웬만한 문화적인 어젠다들은 1990년대, 늦어도 2000년대에 이미 다 나왔다는 거죠? 그때가 격렬했던 시대였기 때문에. 또 시에 관한 걸 물어볼 게요. 〈백자〉라는 시가 있고, 〈리코더〉라는 시가 있는데, 이런 시들은 그 자리에 있는 무언가를 그대로 놓아두고 바라만 보는 거잖아요. 나는 거기서 독특한 미적 가능성을 느꼈거든요. 왜냐하면 시적 자아가 백자나 리코더에 손도 안 대고 불어보지도 않고, 그냥 보고 있을 때, 독자들은 그 백자나 리코더를 보고 있는 시적 자아를 또 보게 되거든요. 그러니까 독자는 대상을 보고 있는 시적 자아를 보고 있는 것이고, 시인은 또 바깥에서 그 독자까지 보는 거죠. 거기서 굉장히 묘한 쾌감이 느껴지더라고요. 그런 어떤 시적 대상을 시적 자아가 그냥 놓아둔다는 것은 어떤 세계관일까요?

황인찬 일차적인 의미로 이야기하면 훼손시키지 않고 그대로 두는 것, 이를테면 김춘수식으로 꽃이라는 이름을 불러서 꽃을 만들지 않고 더 많은 것들이 반응하는 몸짓으로 두는 것에 가까운 걸 느끼는 거라고 생각해요. 기본적으로 그런 생각을 하고 있지만, 아까 말씀하신 것처럼 그게 쾌감을 주는 이유는 그걸 지켜본다는 것이, 시선이라는 것이 어쨌든 권력이고, 포르노 같은 측면이 있기 때문이죠. 그런 부가적인 것들까지 파생이 되는 거겠죠.

인터뷰 말미에 그가 다소 불편하게 느낄 수 있는 질문을 던졌다. 그는 한국문학의 산실인 중앙대 문창과 출신이고 지금은 같은 대학 문창과 대학원 박사과정에 있다. 2학기를 마쳤고 봄이 되면 다음 과정을 밟는다. 한 시인의 시적 자아나 태도가 만들어지는 과정에는 상당히 다양한 루트가 있을 것이다. 어떤 이는 위리안치된 한 뼘의 영토에서 회복될 수 없는 상처의 힘으로 시를 쓰고, 어떤 이는 노마드처럼 끝없는 방랑과 순례 속에서 시의 근육을 기르기도 한다. 노동과 사회 참여의 가치 속에서 시가 놓일 자리를 모색하는 시인도 있을 것이다. 예컨대 황인찬 시인의 경우, 지극히 순탄하면서도 공식적인 과정을 밟고 있다고 말할 수 있다. 게다가 그는 상대적으로 이른 나이에 등단했고, 등단하자마자 시인들이 선망하는 큰 상을 받았고 주목과 상찬의 대상이 되었다. 물론 이것은 타고난 재능과 치열한 노력의 산물임이 분명하지만, 밖에서 바라볼 때 지나치게 문단의 관리를 받아들이는, 편하고 쉬운 길을 가는 것처럼 보일 수도 있다. 그럴 때, 시적 자아가 이 세계를 받아들이는 사유의 깊이라거나 감각의 폭들이 자칫 협소해질 수 있다는 의심이나 염려가 발생한다. 야생의 어떤 것들이 들어오는 길이 차단될 수 있다는 것이다. 상존하는 이 리스크에 맞서 그가 자신을 어떻게 방어하는가에 따라 시인으로서 그의 좌표가 정해질 수도 있을 것이다. 그런데, 그는 이번에도 대수롭지 않게, 툭, 이런 대답을 내놓았다.

사실 그걸 우려한 적은 없어요. 이를테면, 문창과에서 글만 읽고 쓰는 사람이 얼마나 세상을 알고, 많은 것들을 보았겠느냐 염려를 하신다면 저는 당연히 안 봤다고 대답할 거예요. 저는 매일 책만 읽고, 집에서 컴퓨터만 하고, 핸드폰만 보고 노니까요. 그런데 그게 저의 세계예요. 이 세계에서 제가 할 수 있는 게 있는데, 제가 갖지 못하는 다른 세계에서 제가 하지 못하는 일을 자책할 이유는 없다고 생각해요. 제가 하지 못하는 걸 억지로 한다고 제가 대단한 시인이 된다는 생각도 들지 않고요. 그냥 제가 서 있는 자리에서 제가 할 수 있는 말들을 하면서, 제가 가질 수 있는 태도를 가지고 사는 게, 그게 시 안에서 제가 자유로워지는 거라고 생각해요.

"하지 말아야 할 것은 해서는 안 되는 것"이라는, 그가 풍속에서 길러낸 말을 들어보면 정직하다는 것이 시에서도 얼마나 효용이 높은 태도를 만드는지 확인된다. 좌고우면하지 않고, 우회하지도 않고 자신의 자리에서 자신에게 가장 정직한 태도가 무엇인지를 들여다보는 것. 어쩌면 그것이야말로 시인이 자신만의 문법을 갖는, (쉬운 듯하면서도 사실은 아무나 할 수 없는) 비책인 듯하다. 이렇게 써놓고 보니, "아이고 비책 같은 게 어딨어요"라고 황인찬, 그가 어디선가 말하는 소리가 들리는 것 같다.

황인찬 | 1988년 경기도 안양에서 태어났다. 《현대문학》을 통해 등단해 《구관조 씻기기》《희지의 세계》 등의 시집을 냈다. 2012년 김수영문학상을 수상했다.

삶의 진부함에 맞서는 15개의 다른 시선, 다른 태도
세속 도시의 시인들

초판 1쇄 인쇄 2016년 4월 25일
초판 1쇄 발행 2016년 5월 2일

지은이 김도언
사진 이흥렬

펴낸이 연준혁
편집인 김정희
책임편집 김경은
디자인 함지현

펴낸곳 로고폴리스
출판등록 2014년 11월 14일 제2014-000213호
주소 (410-380) 경기도 고양시 일산동구 정발산로 43-20 센트럴프라자 6층
전화 (031)936-4000 **팩스** (031)903-3895
홈페이지 www.logopolis.co.kr **전자우편** logopolis@naver.com
페이스북 www.facebook.com/logopolis123 **트위터** twitter.com/logopolis3

값 16,000원
ISBN 979-11-86499-26-9 03810

이 도서의 국립중앙도서관 출판시도서목록(CIP)은 서지정보유통지원시스템 홈페이지(http://seoji.nl.go.kr)와
국가자료공동목록시스템(http://www.nl.go.kr/kolisnet)에서 이용하실 수 있습니다.(CIP 제어번호 : CIP2016008178)